三尖樹時代

約翰・溫德姆 著
John Wyndham
王聖棻、魏婉琪 譯

目次

第一章 末日來臨

如果哪天，你碰巧知道是星期三，但那天剛開始時聽起來卻像是星期天，一定有哪裡出了大問題。

我一醒來就感覺到了。然而，當我的身體機能變得更敏銳一點的時候，我又有點懷疑。畢竟，錯的很可能是我，而不是別人——儘管我不知道怎麼會這樣。我帶著疑惑，繼續等待。但沒過多久，我就得到了第一個客觀證據——遠處的鐘響了起來，聽起來像是八點鐘。我認眞而狐疑地聽著。很快，另一處鐘聲也來了，聲音響亮而果斷。它不慌不忙地敲出了無可爭議的八下。然後我就知道，事情不對勁了。

我之所以和世界末日擦身而過，完全是意外——嗯，以我快三十歲的年紀看來，那就是我所知道的世界末日——和許多倖存下來的人一樣，我也是後來回想才發現的。正常狀態下，醫院裡總是住著很多人，大約一星期前，平均法則[1]挑中了我，讓我成爲其中之一。這件事其實也可能在上上週發生——如果是那樣的話，我現在就不會寫下這些東西了：因爲我根本就不會在這裡。但是機緣巧合不僅讓我在那個特定的時間住院，而且讓我的眼睛、甚至整個頭都纏上了繃帶——這就是我必須感謝訂下這些平均法則的人的原因，不管那人是誰。然而，當時我只覺得火大，想知道到底發生了什麼事，因爲我在這個地方已經待得夠久，知道在醫院裡，鐘是最神聖的東西，僅次於護士長。

要是沒有鐘，這地方就別想關門休息了。每秒鐘都會有人來諮詢關於出生、死亡、藥量、飲食、燈光、說話、工作、睡眠、休息、探病、穿衣、梳洗等問題——目前規定是，早上七點零三分，要有人開始爲我梳洗整理。這是我欣賞單人病房最好的一個理由。在多人病房，這個程序會提前一小時開始，完全沒有必要。但今天，各個可信度不同的鐘陸續在四面八方敲完了八下，這裡依然沒有人出現。

儘管我非常不喜歡海綿擦身的過程，也一直認爲只要有個幫手帶我到浴室，就不需要讓別人幫我擦身體，但這件事突然沒了，還是讓我非常不安。再說，擦澡一般來說是早餐

1平均法則：也被稱為大數法則，指規律的隨機事件，只要樣本夠多就會發生。比如人受傷住院的機率很低，但因為人那麼多，所以每天都一定會有人因事故受傷住院。

的前奏，我餓了。

也許不管哪天早上，這種事都會讓我不爽，但今天，五月八日星期三，對我個人來說特別重要。我比平時更急著解決所有的麻煩和例行公事，因爲這天是我拆繃帶的日子。

我摸索了一陣子，找到了呼叫鈴，按了整整五秒鐘，只是爲了讓他們知道我現在對他們是什麼感覺。

我一邊等著這樣的鈴聲應該帶來的暴躁回應，一邊聽著四周的動靜。

這時我意識到，這天外頭的情況聽起來比我想的更不對勁。它發出的聲音，或者說它沒發出的聲音，比星期天更像星期天——我又回想了一下，不管發生了什麼事，今天都絕對是星期三。

我一直沒能眞正理解，創辦聖梅林醫院的人爲什麼會選擇把醫院建在昂貴辦公區的主幹道交叉口，使病人的神經系統暴露在這種環境下不斷耗損。但是對那些有幸不被連續車流折磨而抱怨的人來說，它確實有好處，這麼說吧，一個人就算躺在床上，也不會和生活的流動脫節。通常，西行的公車會轟隆隆地往前衝，打算飛越拐角的紅綠燈；而通常，豬叫似的煞車聲和消音器發出的一連串砰砰聲也會告訴我們，它們沒成功。然後，當十字路口再次放行，車流開始加速運轉、咆哮，開始衝上斜坡。偶爾還會來段插曲：漂亮的強烈碰撞聲，然後是一陣全面停頓——對身在這種狀態的我來說，這是非常能挑起好奇心的事，因爲完全只能根據產生的髒話有多髒來判斷嚴重程度。當然，大部分時間，無論是白天還是晚上，聖梅林的病人都不可能因爲他自己無人聞問，就認爲周遭的一切已經停擺了。

但這天早上不同。一種讓人坐立難安的不同，因爲沒辦法解釋。沒有轟隆隆的車輪聲，沒有公車的呼嘯聲，事實上，一點汽車的聲音都聽不到。沒有煞車，沒有喇叭，甚至連偶爾會經過的幾匹罕有的馬蹄聲也沒有。連在這樣一個時間該有的，因爲工作而顯得沉重的腳步聲也沒聽見。

我越聽，感覺就越怪——也越來越不在意。在我仔細聽著的那大約十分鐘裡，我聽見了五組拖拖拉拉、猶豫不決的腳步聲，三個在遠處不知道在叫什麼的哭喊聲，還有一個女人歇斯底里的抽泣聲。沒有鴿子的咕咕聲，也沒有麻雀的啁啾聲。只有風中的電線，不斷地嗡嗡作響……。

一種令人厭惡、空虛的感覺開始在我心裡慢慢爬上來。我小時候偶而會想像臥房陰暗的角落潛伏著可怕的東西，那時也會有相同的感覺；我不敢伸出腳，害怕床底下會有什麼東西冒出來抓住我的腳踝；我甚至不敢伸手去碰開關，就怕這動作會讓什麼東西朝我撲過來。我必須壓抑這種感覺，我小時候在黑暗中也是這麼做的。這並不容易。令人驚訝的是，人都是在考驗來臨的時候，才發現自己根本沒成長多少。原始的恐懼依然伴隨著我，伺機而動，幾乎就要爆發——只是因爲我的眼睛纏上了繃帶，而且交通完全停止了……。

等到我稍微振作一點，我試著把事情合理化。爲什麼交通停了？嗯，通常是因爲維修，所以道路封閉了。就是這麼簡單。現在開始，不管什麼時候，它們都會和氣鑽攜手合作，爲長期受罪的病人們提供另一種聽覺體驗。但這個合理思考方向再往前多推一點就會出現問題。它指出，不只是附近，連遠方車輛的嗡嗡聲、火車的汽笛聲、拖船的轟鳴聲都消失了。什麼都沒有——直到八點十五分，鐘開始報時了。

偷窺非常誘人——當然，僅止於偷窺，只要讓我知道到底發生了什麼事就夠了。但我克制住了。首先，偷窺遠遠沒有聽起來那麼簡單。不是把蒙住眼睛的東西一掀了事：那裡還有很多棉片和繃帶。更重要的是，我不敢嘗試。一個多星期的完全失明會讓你害怕，不敢拿自己的視力冒險，他們確實打算今天拆繃帶，但要在某種昏暗的特殊燈光下進行，而且只有我眼睛檢查結果令人滿意了，他們才會拿下繃帶。我不知道情況會不會是這樣。我的視力可能已經永久受損，或者，我可能根本就看不見了。我還不知道會是哪一個……。

我咒罵了一聲，再次按下了呼叫鈴。這有助於緩解我的情緒。

似乎沒有人在意鈴聲。我變得又煩又擔心。不管怎麼說，依賴別人都是件丟臉的事，但沒有人可以依賴卻是種更糟糕的處境。我越來越沒耐心了。我決定，自己得做點事。

要是我在走道裡大吵大鬧，引起騷動，總該有人出現了吧，哪怕只是來告訴我他們對我的不滿也行。我掀開被單，下了床，我從來沒看過自己住的病房，儘管靠著聽覺，我對於門在哪裡很有概念，但要找到它也不那麼容易。我似乎碰到幾個不明所以又多餘的障礙，但我還是克服了，代價是踢到腳趾和小腿輕微撞傷。我把頭探進走道。

「嘿！」我大喊。「我要吃早餐。四十八號房！」

有一瞬間，什麼也沒發生。接著就傳來了所有人齊聲喊叫的聲音，聽起來有好幾百人，但一個字也聽不清楚。就好像我錄下了一群人的噪音——而且是一群心懷惡意的人。我心裡突然升起一陣寒意，會不會是我睡覺的時候被轉到了精神病院，這裡根本就不是聖梅林醫院。那些聲音我聽起來就是不正常。我趕緊把嘈雜聲關在門外，摸索著回到床上。在那一刻，床似乎是整個令人困惑的環境中唯一安全舒適的東西。就像爲了強調這一點一樣，我掀起床單的時候，突然傳來一個聲音，讓我停住了動作。下方的街道響起一聲慘叫，悲痛欲絕，令人膽戰心驚。叫聲出現了三次，即使那人不再喊叫了，聲音依然在空中淒厲地迴響著。

我嚇壞了。可以感覺到繃帶下的汗水刺痛了我的額頭。現在我知道了，有可怕的事正在發生。我再也受不了這種孤獨和無助，我必須知道周圍發生了什麼。我把手放在繃帶上，然後，就在我手指按在安全別針上的時候，我停住了……。

假如治療沒有成功呢？假如我拿下繃帶，卻發現自己還是看不見呢？那就更糟了——

糟糕上百倍……。

我沒辦法獨自面對他們沒能挽救我視力這件事，我沒有那個勇氣。就算他們成功了，我不包著眼睛安全嗎？

我放下手，躺了下來。我對自己和這個地方都感到不受控制，便愚蠢而軟弱無力咒罵了幾句。

肯定又過了好一會兒，我才再度對事情有了點合理的概念，但沒多久，我又發現自己開始在腦子裡翻來覆去地尋找可能的解釋。我沒找到。但我百分之百確信，不管地獄裡有再多怪事，今天都是星期三。因爲前一天非常特別，我可以發誓，從那之後只過了一夜。

你會在記錄中發現，五月七日星期二，地球軌道穿過了一團彗星碎片雲。如果你願意的話，你甚至可以相信這件事——幾百萬人都相信了。說不定事情眞是這樣。反正我也沒辦法證明。我看不見發生了什麼；但我確實有自己的想法。關於這個特殊事件，我所知的一切，就是被迫整晚待在自己床上，聽著目擊的人們描述這場所謂有史以來最引人注目的天文奇觀。

然而，在事情眞的發生之前，根本沒有人聽說過這顆所謂的彗星，或者它的碎片，一個字也沒有……。

想到每個能走路、一瘸一拐，或者被抬著走的人不是在戶外就在窗邊欣賞有史以來最盛大的免費煙火表演，我不知道爲什麼他們還要廣播。但他們就是這麼做了，這讓我更深切地意識到失明意味著什麼。我開始覺得，如果治療不成功，我寧願結束一切，也不願意這樣活下去。

那天的新聞快報說，前一天晚上在加州的天空看見了神秘的亮綠色閃光。然而，加州發生的事情實在太多了，沒有人會因爲這種事過分激動，但隨著彗星碎片主題的進一步報導，新聞熱度開始上升，而且一直沒有降溫的跡象。

全太平洋各地都有消息說，綠色的彗星照亮了整個夜空，據說：「有時流星雨大到彷彿整個天空繞著我們轉。」你想一下那景象，就知道確實是這樣。

夜幕逐漸西移，閃耀的光輝卻絲毫沒有減弱。即使天還沒黑，也偶爾能看見綠色的閃光。播報員在六點鐘的新聞中報導了這個奇觀，他對大家說，這是個令人驚嘆的景象，不容錯過。他還提到，它似乎嚴重干擾了遠距離短波接收，但中波段的實況轉播目前不受影響，就跟電視一樣。他不需要擔心這一點。醫院裡每個人都很興奮，看起來沒有人會錯過它，除了我。

而且，就好像光是收音機播報還不夠似的，給我送晚飯來的護士簡直忍不住要把每個細節都告訴我。

「天上滿滿的都是流星啊。」她說。「都是亮綠色的。把人的臉照得超級可怕。每個人都在外頭看，有時候簡直亮得跟白天一樣——只是顏色不對。偶爾還會來顆大的，亮得連看都眼睛痛。這景象太奇妙了，據說以前從來沒有過呢。你看不見真是太可惜了，是吧？」

「是。」我簡短回應，表示同意。

「我們把病房的窗簾都拉開了，讓大家都能看到。」她繼續說。「要是你沒包那些繃帶就好了，從這裡就能看見壯觀的場面了呢。」

「喔。」我說。

「不過，外頭肯定更好。他們說有成千上萬的人在公園和荒地裡欣賞奇景。每一塊平面屋頂上都看得到人站在那裡往上看。」

「他們預估會持續多久？」我耐心地問了一句。

「我不知道，不過他們說現在已經沒有其他地方那麼亮了。可是就算你今天就拆繃帶，我也不指望他們會讓你看。剛開始你得慢慢來，有些閃光真的很亮。他們——噢！」

「幹嘛『噢』？」我問。

「有個好亮的閃光——你整個房間看起來都是綠的。真可惜你看不到。」

「是這樣吧？」我表示同意。「行行好，你快走吧。」

我試著聽廣播，但全是千篇一律的「噢」和「啊」，夾雜著高雅的語調，絮絮叨叨地談著這「壯觀的場面」和「獨特的現象」，最後，我開始覺得全世界都在參加一場派對，而我是唯一沒有被邀請的人。

我沒辦法選擇要什麼娛樂，因爲醫院的廣播系統只有一個節目，聽不聽隨你。過了一陣子，我意識到這場大秀已經開始落幕了。播音員建議所有還沒看的人趕緊去看，否則就會因爲錯過它而遺憾終身。

總之，所有的一切似乎都在說服我，我降生於世的最大目的即將和我失之交臂。最後我受夠了，關了收音機。我聽見的最後一件事是，閃光正在迅速減少，我們可能幾小時內就會離開碎片區。

毫無疑問，這一切都是前一天晚上發生的——首先，如果是在更早之前，我一定會比現在餓得多。很好，那現在是怎麼回事？難道整個醫院、整個城市，都因爲這件事整夜鬧得天翻地覆，到現在還回不了神嗎？

想到這裡，我的思緒被打斷了，遠遠近近的時鐘開始齊聲合唱，宣布現在九點鐘了。

我第三次胡搞了呼叫鈴。當我躺在那裡等的時候，聽見門外有種類似竊竊私語的聲音，似乎是由嗚咽聲、跌跌撞撞的滑行聲和拖拖拉拉的腳步聲組成的，不時會被遠處拉高嗓門的說話聲打斷。

可是還是沒人來我房間。

這時，我又陷入了之前的狀態。那些討厭、幼稚的幻想又在我心裡出現。我發現自己在等那扇看不見的門打開，然後可怕的東西悄悄進來——事實上，是不是有人或什麼東西已經潛入，正偷偷地在房裡逡巡，我也沒辦法完全確定……。

並不是我已經習慣這樣想，眞的不是……只是因爲那些該死的繃帶蒙住了我的眼睛，走廊上對我喊叫的聲音又太混雜。但我確實開始緊張了——而一旦你開始緊張，就會越來越緊張。到了這個階段，已經沒有辦法用吹口哨，或唱歌給自己聽來放鬆了。

終於，我不得不面對那個直截了當的問題：我是比較害怕拆掉繃帶會危及我的視力，還是更害怕待在黑暗裡，每分鐘都比之前更不安？

如果在一兩天前，我也不知道我會怎麼做——也許最後還是老樣子——但今天，至少我可以告訴自己：

「噢，管他的，要是我用點常識，不會有太大傷害的。畢竟，繃帶本來就是今天要拆。我願意冒這個險。」

我做了件值得稱讚的事。我沒有躁進，沒有貿然一把扯下繃帶。我很理智，也很有自制力，我先下床拉起了百葉窗，這才開始動安全別針。

當我拿下繃帶，發現自己可以在昏暗中看見東西時，我有一種前所未有的解脫感。儘管如此，我在放心之後做的第一件事，就是在確定床底或其他地方沒有惡意的人或東西潛伏之後，把椅背塞到門把底下卡住。我能夠控制自己，也確實做得更好。我花了整整一小時讓自己適應白天的明亮。最後我知道，多虧了急救迅速和後續優秀的治療，我的眼睛還是和以前一樣好。

只是，還是沒有人來。

我在床頭櫃下層架子上發現了一副墨鏡，應該是用心考慮後爲我準備的。我小心翼翼戴上眼鏡，走到窗邊。窗戶下半本來就不能打開，我的視野也受到了限制。我瞇著眼睛，往底下和側面看，有一兩個人似乎在街道另一邊，以一種有點奇怪、像是漫無目的的方式走來走去。但最讓我訝異的是畫面居然這麼清晰，就算越過對面屋頂看更遠處的屋頂，也是每樣東西都清清楚楚。然後我注意到，所有的煙囪，不管大的小的，沒有一根在冒煙……。

我發現我的衣服在櫥櫃裡掛得整整齊齊。換上衣服之後，我覺得自己更正常了。櫃子裡還有幾根香菸。我點了一根，然後我開始進入某種精神狀態，儘管每件事都依然古怪，無可否認，但我再也無法理解之前爲什麼我會有那樣近乎恐慌的反應。

想讓人回想起過去生活的模樣並不容易。我們現在必須更自立。只是後來例行公事實在太多，事情又都互有關連。我們每個人都在正確的位置固定地做著自己該做的那小小一部分工作，就很容易把習慣和習俗誤以爲是自然法則——因此，當這些例行公事受到擾亂時，便分外令人感到不安。

要是一個人大半輩子都在有序的概念中度過，要重新找到方向就不是五分鐘的事了。那時再回頭想想每樣事物，會發現在日常生活中，我們不知道也不打算知道的事物數量不但讓人訝異，某種程度上甚至令人震驚。比方說，食物是怎麼到達我手裡的，自來水從哪裡來，我穿的衣服是怎麼織出來、怎麼製作的，城市的排水系統如何保持衛生，這些習以爲常的事我幾乎一無所知。我們的生活變得錯綜複雜，專家們多半都埋頭致力於自己的工作，也期望別人都這樣做。因此，醫院居然會變得這麼混亂，讓我難以置信。我敢肯定，在某個地方，一定有個人在操控這一切——不幸的是，這個人把四十八號病房完全遺忘了。

然而，當我再次走到門口，朝走廊張望時，我不得不意識到，不管發生了什麼，它影響的都不只是住在四十八號病房裡的那個人而已。

那時，我一個人也沒看見，雖然我可以聽見遠方無處不在的模糊人聲。另外還有拖沓的腳步聲，偶爾還會出現一個更大的聲音，在走廊空洞地迴響，但都和我之前擋在門外的嘈雜聲完全不同。這次我沒喊。我小心翼翼地走出房間——爲什麼要小心呢？我也不知道。但就是被某種東西引著這麼做。

在各種聲音迴響的大樓裡，很難判斷聲音是從哪裡來的，但走廊的一頭通往一扇模糊的落地窗，上面有陽台欄杆的影子，所以我走向另一頭。轉過拐角，我發現自己走出了單人病房區，來到一條更寬的走廊。

一開始我順著走廊張望，還以爲那裡是空的，然後我往前走，卻看見一個人形從陰影中走了出來。是個穿著黑外套和條紋長褲的男人，外面還罩著一件棉布白袍。我判斷他是個主治醫生——但奇怪的是，他居然屈身靠牆，摸索著往前移動。

「你好。」我說。

他突然停住。一張蒼白的臉轉向我，充滿恐懼。

「你是誰？」他不確定地問。

「我叫梅森。」我跟他說。「威廉·梅森。是病人，住四十八號房。我是來看看爲什麼——」

「你看得見？」他迅速打斷了我。

「當然看得見。和以前一樣清楚。」我跟他保證。「手術做得棒極了。但是沒人來幫我拆繃帶，所以我就自己拆了。我想我沒弄砸什麼。我用——」

但他再次打斷我。

「請帶我回診療室。我必須立刻打電話。」

我花了很久才弄懂他的意思，但從那天早上醒來開始，沒有哪件事是我弄得懂的。

「診療室在哪？」我問。
「在五樓，西側。門上有名牌——索姆斯醫生。」
「好的。」我答應了，心裡有點訝異。「我們現在在哪兒？」
那人波浪鼓似地猛搖頭，表情又急又怒。
「我他媽的怎麼會知道？」他痛苦地說。「有眼睛的人是你，該死。用一下眼睛嘛，你看不出我瞎了嗎？」
根本沒有跡象顯示他是瞎子。他眼睛睜得大大的，顯然正直視著我。
「在這兒等一下。」我說。我到處看了看，發現電梯門對面的牆上漆著一個大大的「5」。我回去告訴了他。
「很好。抓住我的手臂。」他指示。「你出電梯之後右轉，然後走左邊的第一道走廊，第三扇門就是了。」
我按指示行事。路上一個人也沒碰到。進了房間，我把他帶到書桌前，把電話遞給他。他聽了一會兒。然後，他摸索著找到了其他部分，不耐煩地搖著手柄。慢慢地，他的表情變了，煩躁的情緒和惱火的樣子消失了。他看上去純粹就是累——非常非常累。他把話筒放在桌上，默默地站了幾秒鐘，像在凝視對面的牆。然後他轉過身來。
「沒用——壞了。你還在嗎？」他又問了一句。

「在。」我說。

他的手指沿著桌邊摸索。

「我現在面朝哪個方向？那該死的窗戶在哪？」他問，口氣又煩躁起來。

「就在你背後。」我說。

他轉過身，伸出雙手朝窗戶走去。他當心地摸了摸窗台和兩邊窗框，往後退了一步。在我意識到他在做什麼之前，他已經用盡全身的力量撞了出去……。

我沒過去看。畢竟這裡是五樓。

我僵住了，等到終於能動，只能沉重地癱在椅子上。我從桌上的菸盒裡拿出一支菸，顫抖著點了起來。我在這裡坐了幾分鐘平復心情，讓噁心的感覺稍微消退一點。過了一陣子，我覺得可以了。我離開房間，回到我一開始遇見他的地方。我走到那裡的時候，感覺還是不太好。

寬走廊盡頭是一間病房的門。除了臉部高度的橢圓形玻璃是透明的，門板其他部分都磨砂處理過。我想那裡應該有人值班，我可以跟他報告一下醫生的事。

我打開門，裡面很暗。窗簾顯然是昨晚的世紀大秀結束後才拉上的——現在還沒拉開。

「護士小姐？」我問道。

「她不在這裡。」一個男人的聲音說。「而且。」那聲音繼續說，「她也好幾個小時沒來了。兄弟，你可以幫個忙拉開窗簾，給我們來點光嗎？今天早上這鬼地方不知道出了什麼事。」

「好吧。」我答應了。

就算整間病房亂成一團，似乎也沒有讓這些不幸的病人躺在黑暗裡的理由。

我拉開最近一扇窗的窗簾，一束明亮的陽光照了進來。這是間外科病房，大約有二十個病人，全都躺在床上。從外表上看，大部分是傷了腿，還有幾個是截肢。

「別拿那東西耍他們了，兄弟，把窗簾拉開吧。」那聲音又說。

我轉過身，看著說話的人。他膚色黝黑，身材魁梧，皮膚飽經風霜。他從床上坐起來，直接面對著我——還有那道光。他的眼睛彷彿凝視著我的眼睛，他鄰床的人、再鄰床的人也是……。

我也直直看著他們，看了好一陣子。我居然花了這麼長時間才意識到。然後：

「我——呃，窗簾——窗簾好像卡住了。」我說。「我找個人來看看。」

說完我就逃離了病房。

我又開始發抖了，真想喝點烈酒。情況越來越明白。但我發現我很難相信那個病房裡每個人都跟那個醫生一樣瞎了。但是……。

電梯不動了，所以我開始走下樓。到了下一層樓，我振作精神，鼓起勇氣往另一間病房看了看。那裡的病床也是一片狼藉。起初我以爲裡頭沒有人，然而並不是——不完全是。有兩個穿著睡衣的男人躺在地板上。其中一個傷口沒有癒合，衣服都被鮮血浸透了，另一個好像整個人都在充血。兩個死了，其他人都跑了。

我又回到樓梯那兒，這時我意識到，我一直聽見的大部分背景音都是樓下傳來的，而且現在越來越響，也越來越近。我猶豫了一下，但好像也沒有別的辦法，我只能繼續往下走。

在下一個拐角處，我差點被一個躺在陰影裡的人絆倒。樓梯底下躺著另一個已經被他絆倒的人——那人摔下去的時候撞到了石階。

我終於到了最後一個拐角，在那裡，我可以站著俯瞰大廳。這裡每一個還動得了的人似乎都本能地往那裡移動，不是尋求幫助，就是想出去。說不定他們當中有些人已經逃出去了。

出口大門有一扇是大開的，但大部分人都找不到。大廳裡擠滿了男男女女，幾乎每一個都穿著醫院的睡衣，緩慢而無助地在那兒推磨似地繞圈子。這個動作把那些身在邊緣的人殘酷地壓在大理石尖角或突出的裝飾物上。有些人在牆上被壓得喘不過氣。偶而還有人絆倒。如果他是被人擠壓倒地的，那麼他能再站起來的機會微乎其微。

這地方看起來——嗯，就像杜雷[2]那些罪人在地獄的插畫活生生地展現在你眼前。但杜雷畫不出這些聲音：抽泣、模糊的呻吟，還有不時冒出來的悲慘哭聲。

我只能忍受一兩分鐘。然後我就逃回樓梯間去了。

我覺得我應該做點什麼。也許我可以帶他們到外面街上，至少可以讓他們那恐怖的緩慢繞圈停下來。但只要看一眼就能明白，我連走到門口給他們引路都不能指望。再說，就算我去了，就算我把他們帶出去——又能怎樣？

我在階梯上坐了一會兒，雙手抱頭，耳朵裡一直迴盪著可怕的人流碾壓聲。然後我探了探，找到了另一座樓梯。那是一道工作人員專用的窄梯，讓我從後門走到了庭院。

也許我這部分描述得不是很好。整件事實在太出乎意料，太令我震驚了，所以有一段時間我刻意不去回想細節。當時我覺得那簡直是場惡夢，我只想弄醒自己，好從夢裡逃出來，但不管怎麼努力都是徒勞。當我走進庭院時，還有點不敢相信自己看見了什麼。

但有一件事我非常確定。不管是現實還是惡夢，我都需要喝一杯，我以前很少這樣

2杜雷（Paul Gustave Louis Christophe Doré，1832—1883），法國藝術家、版畫家、漫畫家、插畫家和木雕雕刻家。曾為但丁《神曲》、《聖經》、《唐吉訶德》等名著繪製插畫。

的。

庭院門外那條小巷看不見一個人，但幾乎正對面就有一家小酒館。我現在還記得名字——「阿拉曼雄師」[3]。鐵架上懸著一塊牌子，上面是大名鼎鼎的蒙哥馬利子爵肖像，下方是一扇開著的門。

我直接朝那裡走去。

踏進公共酒吧，片刻之間，我有了一種回歸正常的舒適感。平淡而熟悉，和其他幾十次一樣。

但是，雖然那地方一個人也沒有，但拐角的吧台裡頭肯定有什麼正在發生。我聽見沉重的呼吸聲。一枚軟木塞砰一聲噴出了瓶子。一陣沉寂。然後一個聲音說：

「琴酒，混帳！該死的琴酒！」

接著是一陣打碎東西的聲音。那人笑了笑，聲音裡帶著醉意。

「打破鏡子啦。可是鏡子又有什麼鬼用？」

---

3 酒館名來自於第二次阿拉曼戰役，是第二次世界大戰中北非戰場的轉折點。這次戰役從一九四二年十月二十三日持續到十一月三日。蒙哥馬利將軍以這次戰役的勝利扭轉了北非戰場的形勢。

又是一個軟木塞噴出來。

「天殺的，又是琴酒。」那聲音憤憤不平地抱怨。「該死的琴酒。」

這次瓶子撞上某個軟軟的東西，砰一下掉在地上，瓶裡的東西咕嚕咕嚕地流出來。

「嘿！」我喊。「我想來杯酒。」

一陣沉默。然後：

「你是誰？」那聲音小心翼翼地問。

「我是從醫院過來的。」我說。「我想喝一杯。」

「我不認得你的聲音。你看得見？」

「是的。」我告訴他。

「那，看在上帝的份上，醫生，到吧台裡給我找瓶威士忌來。」

「雖然我不是醫生，這件事我還做得到。」我說。

我翻過吧台，繞到角落。一個肚子大大臉紅紅、留著灰白海象鬍子的男人站在那兒，只穿著一條褲子和一件無領衫。他喝得醉醺醺的，似乎拿不定主意是要打開手裡的酒瓶，還是拿它當武器。

「如果你不是醫生，那你是幹嘛的？」他懷疑地問。

「我是病人——但我跟醫生一樣需要喝一杯。」我說。「你手裡那瓶還是琴酒。」我又加了一句。

「喔，是喔！去他的琴酒。」他說，直接把瓶子甩出去，清脆響亮地砸穿了窗戶。

「把開瓶器給我。」我說。

我從架子上拿下一瓶威士忌打開，連同一只玻璃杯一起遞給他。我給自己選了一杯高濃度白蘭地，只加了一點點蘇打水，一杯下肚後又調了一杯。然後我的手就抖得不那麼厲害了。

我看著我的酒友。他正拿著瓶子往嘴裡灌純威士忌。

「你會喝醉的。」我說。

他停下動作，把頭轉向我。我可以發誓，他的眼睛眞的看到了我。

「喝醉！我他媽的已經醉了。」他輕蔑地說。

他的話一點沒錯，我沒什麼話好說。他沉思了一會兒，然後宣布：

「我還要喝。我要喝個爛醉。」他靠過來。「你知道嗎？——我瞎了。我現在是個什麼也看不見的瞎子。每個人都瞎了。除了你。你怎麼沒瞎呢？」

「我也不知道。」我說。

「都是因爲那顆該死的彗星，就是它搞的鬼。綠色的流星雨——現在每個人都瞎了。你看見流星雨了嗎？」

「沒有。」我承認。

「看吧，這就是證明。你沒看見流星雨，所以你沒瞎。其他人都看見了。」他表情豐富的手臂在空中揮舞——「所以全瞎了。我說，操他媽的彗星。」

我給自己倒了第三杯白蘭地，想著他說的話，也許不無道理。

「每個人都瞎了？」我重複了一遍。

「就是這樣。全部。說不定全世界每個人都瞎了——除了你之外。」他似乎說完才想起來，補上了最後一句。

「你怎麼知道的？」我問。

「簡單。用聽的啊！」他說。

我們並肩靠在昏暗酒吧的吧台邊，仔細地聽。什麼聲音也聽不見——除了一張爛報紙被風吹過空蕩街道時發出的沙沙聲。這樣的死寂佔據了附近的一切，這種事情千百年來都沒有過。

「懂我意思了吧？夠清楚了。」那人說。

「嗯。」我慢慢地說。「嗯——我懂你的意思。」

我決定我必須繼續應付他。我不知道還能聊什麼。但是我得多知道點究竟發生了什麼事。

「你是老闆嗎？」我問他。

「是又怎樣？」他回答，有點戒備的口氣。

「我只是想，我總得找個對象付三杯雙份白蘭地的錢啊。」

「啊——不用啦。」

「可是，聽著——」

「我說，算啦。你知道爲什麼嗎？因爲呢，錢對一個死人來說有啥屁用啊？我現在就是這樣——跟死了差不多。只要再喝幾杯就行了。」

就他的年紀來說，他看起來相當健壯，我也這麼跟他說。

「瞎了眼活一輩子有什麼好處？」他咄咄逼人地反問。「我太太就是這麼說的。她是對的——只不過她比我勇敢。當她發現孩子們也全瞎了的時候，她做了什麼呢？她把孩子們都帶到床上，開了煤氣。這就是她做的事。我沒有勇氣追隨他們。我太太啊，她比我更有勇氣。但是我很快就會有了。只要我喝夠了，我很快就會回去了。」

我能說什麼呢？我不管說什麼，除了激怒他之外都毫無用處。最後他摸索著走上樓梯，手裡拿著酒瓶，就這麼消失了。我沒有阻止，也沒有跟上去。我一路目送他。然後喝掉了我最後一點白蘭地，走進寂靜的街。

第二章　三尖樹現身

這是我個人的記事，裡面涉及大量已經永遠消失的東西，但除了我們過去用來形容這些已逝事物的字詞，我沒辦法用別的方式說明，所以它們必須存在。但爲了讓故事背景更清晰易懂，我發現我必須再往前回溯一點，回到我這個故事開始之前：

我還小的時候，我們，也就是我父親、母親和我，住在倫敦南部郊區。我們有一棟小房子，我父親每天都在稅務局辦公桌前克盡職責，支撐一家生計。我們還有一小片菜園，每到夏天，他在菜園裡格外賣力。我們和當時住在倫敦和周邊地區的一千萬或一千兩百萬人沒什麼不一樣。

當時那裡使用的貨幣亂得簡直到了荒謬的地步，然而在那樣的貨幣制度下，我父親卻只要瞟一眼就能算出數字總和。理所當然的，他也希望孩子能成爲一個會計師。結果，我一列數字從來沒算出過兩次相同答案，這讓他對我既難以理解又失望透頂。儘管如此，事情就是這樣了：而且這只是其中之一。每個嘗試讓我明白數學答案是邏輯推導出來、而不是透過某種神秘降靈形式感應到的老師們，最後都確定我沒有數學頭腦，被迫放棄。父親看我學校成績單的時候總是神色凝重，而在其他方面，他幾乎不會有這種反應。我想，他的思維方式應該是這樣的：沒有數學頭腦＝沒有理財概念＝沒錢。

「我眞不知道該拿你怎麼辦。你到底想做什麼呢？」他會問。

十三四歲之前，我總是搖搖頭，很清楚自己可悲的缺陷，並且承認自己也不知道要做什麼。

然後父親就會搖頭。

在他眼中，世界是分成兩種人的，一半是坐辦公桌，靠腦子工作的人；另一半是坐不了辦公桌，不賣腦子賣勞力，全身髒兮兮的人。我不知道他的腦子是怎麼留著這種過時了一百多年的觀點，但我年少時代對此深信不疑，所以我很後來才意識到，就算數字方面不行，我也未必就注定要當清道夫或洗碗工。我從來沒想到，我最有興趣的學科居然會爲我帶來一份職業——我父親也沒注意到，也許，就算他注意到了，對我生物成績一直很好這件事也從沒在乎過。

直到三尖樹出現，這才眞正決定了我們的命運。事實上，它們爲我做的遠不只這些。

它們讓我有了一份工作，讓我活得很舒適。它們有幾次差點要了我的命。然而話說回來，我必須承認，保住我性命的也是它們，因爲在穿越「彗星碎片」的關鍵時刻，把我送進醫院的，就是一根三尖樹的刺。

三尖樹突然出現，書裡有各式各樣不嚴謹的猜測，大部分都是胡說八道。當然，它們並不像許多單純的人相信的那樣，是自然產生的。然而另一種理論大多數人也不贊成，也就是它們的造訪其實是隨機抽樣，他們認爲這是個預兆，如果這個世界不改邪歸正，繼續找麻煩，還會發生更糟糕的事。它們的種子也不是穿越太空飄到我們這兒來的，就像其他不怎麼受歡迎的星球上的恐怖生命形式一樣——至少我確定不是。

我對三尖樹的瞭解比大多數人都多，因爲那就是我的工作，它們之所以會出現在公眾眼前，和我工作的公司脫不了關係，而且似乎不是能體面地放檯面上講的事。然而，它們眞正的起源依然不明。我的看法是（不管這個看法是對是錯），它們是一系列巧妙生物干預的結果——而且很可能出於偶然。如果它們是在這之外的任何一個地方逐漸演化出來的，我們必然能爲它們找到一個有充分證據的祖先。但事實上，最有資格知道內情的人從來沒有發表過什麼權威聲明。而造成這種情況的原因，無疑是因爲當時佔上風的奇特政治環境。

當時我們生活的世界很廣闊，大部分都對我們開放，沒多少限制。公路、鐵路和船運航線四通八達，隨時準備安全舒適地把人運到幾千英里外。如果我們想更快一點，又負擔得起，我們就搭飛機旅行。那段時間，不管誰都不需要帶武器，甚至連預防措施都不必做。你可以隨意去任何你想去的地方，沒有什麼能阻擋你——除了一大堆表格和規定之外。這樣一個溫順的世界，現在聽起來就像烏托邦。然而，地球有超過六分之五的地區都是這樣——儘管在這六分之五以外的地方又是另一回事。

這樣的世界，對於對它一無所知的年輕人來說，想像起來肯定很困難。也許這聽起來像是個黃金時代——儘管對身處其中的人來說並非如此。或者他們可能會認爲，一個井然有序、幾乎人人都文明有教養的地球聽起來很無聊——但事實也並非如此。這更像是一個非常令人興奮的地方——至少對生物學家來說是這樣。每一年，我們都會把糧食作物的生長極北線再往北推一點。過去只是苔原或不毛之地的地方成了新農田，裡頭種著快速成長的作物。同樣的，每一季都有新舊沙漠被開墾出來，用來種草或食物。因爲當時糧食是我們最急迫的問題，人們對再度生產計畫的進展和地圖上耕作線的推進，幾乎和上一代對戰線一樣關注。

這種從刀劍到犁頭[1]的興趣轉變是一種社會進步，這點毫無疑問，但樂觀主義者認爲

1典故來自於《聖經・以賽亞書》：「他們必把刀劍打成犁頭，把矛槍打成鐮刀；這國不舉刀攻擊那國，他們也不再學習戰事。」

同時也顯示了人類心態上的變化，這就錯了。人類的心態一如既往——百分之九十五的人希望平靜度日，另外百分之五的人則一直在考量是不是有值得冒險開始做點什麼的機會。平靜之所以繼續下去，主要是因為沒有好的冒險機會。

而同時，世界上每年會多出兩千五百萬張新的嘴，嚷著要吃東西，糧食供應問題越來越嚴重，經過多年的粉飾太平，和幾次嚴重收成不足之後，人們終於意識到問題的急迫。

讓百分之五的激進分子暫時放緩，不再繼續挑起爭端的東西是衛星。對火箭的持續研究終於實現了其中一個目標。他們射出一枚飛彈，還讓它停留在空中。事實上，把一枚火箭射到夠高的地方，讓它落入軌道繞地球運行是可能的。一旦進入軌道，它就會持續繞行地球，像一顆小月亮，靜靜的，乖乖的，沒什麼危害——直到有人按下按鈕，它才會產生回落的推力，造成毀滅性的影響。

在第一個研發出令人滿意的衛星武器的國家得意洋洋地宣布成果時，公眾確實非常關注；但得知其他國家其實早已獲得了類似的成功卻沒有做出任何宣布後，人們反而更擔心這一點。有數量未知的威脅在你頭頂上悄悄地繞圈圈，不斷地繞，直到某個人讓它們掉下來，你意識到這件事，卻無能為力，這可一點都不令人愉快。但就算這樣，生活還是要繼續——新鮮感總是短命得出奇。人非得去習慣不可。有報導說，漂浮在頭頂上的，除了帶著核子彈頭的衛星之外，還有些衛星帶的是農作物疾病、牲畜疾病、輻射塵、病毒和傳染病，這當中不但有人們熟悉的種類，還有實驗室最近才研發出來的最新種，人們得知消息時總是驚慌失措，強烈抗議。這種不確定、潛伏式的後援武器是不是眞的放在那裡其實很難說。但愚蠢本身能到達什麼地步（尤其是緊跟在恐懼之後的那種愚蠢）並不容易界定。一種不穩定到可以在幾天內變成無害的劇毒有機物（誰說這種東西不能培育的？）只要投放在合適的地點，就可以被認定爲具有戰略用途。

至少美國政府認眞對待這些建議，堅決否認他們並未控制任何以直接對人類進行生物戰爲目的的衛星。一兩個小國也急忙發表了類似聲明，雖然本來就沒有人懷疑他們手裡有衛星。其他大國則閉口不言。面對這種不祥的沉默，公眾開始要求知道，其他國家都在準備這種戰爭形式，爲什麼美國忽視了爲這種戰爭形式作準備？——而且「直接」到底是什麼意思？對於這一點，各方都心照不宣地放棄否認或證實有關衛星的一切，努力將公眾關注的焦點轉移到同樣重要，但敏感程度遠不及此的糧食短缺問題上。

供需法則本來應該會讓更有經營能力的人逐漸壟斷商品，但世人大部分對公然壟斷有敵視。然而，結盟公司制度卻運作得極爲順利，就像《聯邦條例》一樣無可指摘。一般群眾幾乎沒聽說這制度裡有過什麼問題，連偶爾冒出來必須解決的小毛病都沒有，就像幾乎沒有人聽說過翁貝托·克里斯多福羅·帕朗奎茲這個名字一樣。我是多年之後，因爲工作才知道他的。

翁貝托有多種拉丁混血，國籍似乎是某南美國家。他第一次出現，就打算徹底扭轉與食用油關係重大的一套規律生產系統。當時他走進了北極暨歐洲魚油公司的辦公室，拿出一瓶淡粉紅色的油，打算引起對方的興趣。

北極暨歐洲魚油公司反應興趣缺缺，交易沒有任何進展。然而，一陣子之後，他們還是抽出時間分析了他留下的樣本。

他們發現的第一件事是，那東西不管怎麼測試，都不是魚油：那是植物油，儘管他們無法確定來自什麼植物。第二個發現是，就算是他們最好的魚油，和它一比，簡直都只能拿去灌潤滑油箱。他們驚慌失措，把剩下的樣品送去深入研究，並且趕緊打聽帕朗奎茲先生是不是已經跟其他公司接觸過。

當翁貝托再次來訪時，總經理殷勤地接待了他。

「您上次給我們帶來的油非常了不起，帕朗奎茲先生。」他說。

翁貝托點了點他長著光滑黑髮的頭。這點他清楚得很。

「我從來沒見過這樣的東西。」總經理承認。

翁貝托又點點頭。

「沒見過嗎？」他禮貌地說。接著，又加上一句：「但我想你會看見的，先生。看見很多很多。」他像在沉思。「我想，七年，也許八年之後，它就會上市。」他露出微笑。

總經理認爲這不太可能。但他還是坦白地說：
「這比我們的魚油更好。」
「我聽說的也是這樣，先生。」翁貝托表示同意。
「你打算自己讓它上市嗎，帕朗奎茲先生？」
翁貝托又笑了。
「如果我要這麼做，還會拿來給你看嗎？」
「我們可以把我們的一種油拿來強化合成。」總經理若有所思地說。
「加一點維生素進去——但就算你全都合成得出來，成本也很高。」翁貝托溫和地說：「而且。」他補充說，「我聽說這種油的價格優勢可以輕鬆碾壓你們最好的魚油。」
「嗯。」總經理說。「好吧，我想你有想法要說，帕朗奎茲先生。我們來談談吧？」
翁貝托解釋說：「處理這樣一件不幸的事有兩種方法。一般作法是防止它發生——或者至少也要想辦法拖延，直到現有設備已投入的資金回本爲止。當然，這是理想的方式。」
總經理點點頭。這方面的東西他很清楚。
「但是這次，我很爲你難過，因爲，你知道，不可能這麼做了。」
總經理很懷疑。他很想反擊一句：「你會很驚訝的。」但他忍住了，只是不置可否地回了一聲：「哦？」

「還有一個方法。」翁貝托建議，「就是搶在這個麻煩開始之前自己先生產出來。」

「啊！」總經理說。

「我想。」翁貝托告訴他，「我想也許我能爲你提供這種植物的種子，也許半年內就可以給你。如果你要種，那麼你五年內就可以開始產油——全面量產可能需要六年。」

「事實上，時間正好。」總經理說。

翁貝托點點頭。

「這種方式更簡單。」總經理說。

「如果各方面都能配合的話。」翁貝托同意。「但不幸的是，你們的競爭對手並不友善——也難以壓制。」

他信心滿滿地說了這句話，總經理忍不住仔細打量了他一陣子。

「我明白了。」最後他說。「我想知道——呃——帕朗奎茲先生，您不會碰巧是蘇聯公民吧？」

「不是。」翁貝托說。「我這輩子大體說來還算走運——但我各式各樣的關係都有……。」

這就不禁讓我們想起了世界的另外六分之一——也就是人們不能和其他地方一樣隨意

訪問的那部分地區。事實上，訪問蘇維埃社會主義共和國聯邦的許可幾乎是拿不到的，就算獲得了許可，行動也會受到嚴格限制。它刻意把自己弄成一片神秘之地。在這片地區幾近病態的秘密帷幕後頭發生的事，世界其他地方幾乎一無所知。也因此，它究竟是什麼情況，向來只能猜測。雖然它們可笑的古怪宣傳把可能最不重要的東西全都掩蓋掉了，但在這背後，它們肯定在許多領域取得了成就。其中之一就是生物學。俄羅斯和世界其他國家一樣面臨糧食供應不斷增加的問題，大家都知道，俄羅斯一直致力於開墾沙漠、草原和北方苔原的嘗試。在訊息尚能流通的時代，俄羅斯曾經報告過一些成功例子。然而後來，由於方式和觀點的分歧，在一個叫李森科[2]的人的領導下，那兒的生物學走上了一條不同的道路。之後，這件事也屈服在地方性的保密政策之下。它採取的路線不爲人知，也公認並不可靠——但誰也不知道那裡是不是發生了非常成功、非常愚蠢，或者非常古怪的事——如果不是三者同時發生的話。

「向日葵。」總經理心不在焉地隨口說。「我碰巧知道他們正在嘗試提高葵花油的產

2李森科（Trofim Lysenko，1898—1976），蘇聯生物學、農學家。否定孟德爾遺傳學，得到史達林的支持，使用政治迫害的手段打擊學術上的反對者，使他的學說成為蘇聯生物遺傳學的主流。

量。但這並不是葵花油。」
「不是。」翁貝托表示同意。「不是葵花油。」
總經理在紙上隨意亂畫了幾筆。
「你剛才說種子。你的意思是，這是個新物種？因爲，如果它只是一種更容易加工的改良品種——」
「據我所知，這是個新物種——全新的。」
「所以，你也沒親眼見過？會不會這其實是一種改良過的向日葵？」
「我看過一張照片，先生。我不會說那種植物完全沒沾到一點向日葵，完全沒沾到蘿蔔，完全沒沾到蕁麻，甚至完全沒沾到蘭花。但我要說的是，如果它們都是這種植物的父親，它們也認不出自己的孩子。但我想，對於自己有這樣的後代，它們應該不會太高興。」
「我明白了。那，你希望我們給你多少，你才願意把這東西的種子給我們？」
翁貝托說了一個讓總經理瞬間停止塗鴉的數字。他摘下眼鏡，更仔細地端詳眼前這個說話的人。翁貝托滿不在乎。
「想想，先生。」他說，一面掰著手指列舉重點。「這件事很困難，而且危險——非常危險。我並不害怕——但我冒險可不是爲了好玩。另外還有一個人，一個俄羅斯人，我必須把他帶走，還得給他豐厚的報酬。還有一些他必須先打點的費用。我還必須買一架飛機——一架噴射機，速度很快的噴射機。這一切都需要花錢。

「而且我跟你說，這件事並不容易。你必須有好種子才行。這種植物的種子很多都是沒有繁殖能力的。爲了確保它能結果，我必須弄到分揀過的種子才行。這些種子很貴重。而且在俄羅斯，一切都是國家機密，受到嚴密保護。要做到這件事肯定不容易。」

「這我相信。不過，這還是——」

「還是太貴嗎，先生？幾年之後，當這些俄羅斯人把他們的油賣到全世界，而你的公司完蛋那一天，你會怎麼說呢？」

「我們需要考慮一下，帕朗奎茲先生。」

「這是當然，先生！」翁貝托微笑著同意了。「我可以等——等一會兒。但降價恐怕不行。」

他確實沒有降價。

發現者和發明家是商人最大的災星。相較之下，機器運轉時進了點沙子根本算不上什麼——你只要把損壞的零件換掉，然後繼續運轉就是了。但是，當你生產效率正高，運轉順利的當下，突然出現了某種全新的製程、全新的物質，這才是眞正棘手的事。有時候情況還要更糟——所以絕對不能允許這種事發生。賭注太大了。如果合法的方式不行，你就得試試別的方式。

翁貝托對這件事輕描淡寫。但事實並不這麼簡單，廉價新油的競爭力會讓北極暨歐洲公司以及他們的同行全都破產。這影響是非常廣泛的。對花生油、橄欖油、鯨油和某些油業來說或許並不致命，但也會是個嚴重打擊。此外，人造奶油、肥皀，以及從面霜到房屋塗料等一百多種依賴性產業，也將連帶遭受嚴重影響。事實上，一旦某些影響重大的擔憂眞的取得威脅性的優勢，翁貝托的條件就顯得微不足道了。

他拿到了他想要的合約，因爲他的樣品非常有說服力，儘管他說的其他部分有點模稜兩可。

事實上，對這樣東西有興趣的人花的錢比他們答應要給的數目少得多，因爲翁貝托帶著他的噴射機和預付款離開之後，就再也沒有出現過。

但是，他並不是從此消聲匿跡。

幾年後，一個身分不明的人出現在北極暨歐洲油業公司的辦公室（當時他們已經把「魚」這個字從公司頭銜和活動名稱中拿掉了），他只說他叫費多，是俄羅斯人。他說，他想要一點錢，不知道是不是有好心的資本家願意慷慨解囊。

根據他的說法，他曾經在堪察加半島埃洛夫斯克地區第一個三尖樹實驗站工作。這裡很荒涼，他非常不喜歡。他想離開，所以他聽從了另一位工作人員的建議，確切地說，是托瓦里奇．尼古拉．亞歷山卓維奇．巴爾季諾夫的建議，答應事成之後，會給他幾千盧布的報酬。

他要做的事很簡單。只需要從架子上取下一盒分揀好的可繁殖三尖樹種子，換上一盒幾乎一模一樣的無繁殖力種子就行了。偷來的那個盒子要在特定時間放在某個特定地點。幾乎沒有任何風險。那盒替代品要被人發現，可能是好幾年之後的事。

然而，另一個要求就有點棘手了。他會在離種植園一兩英里處的一大片田野上看見一排燈，他必須在某天晚上親自到那兒去，這時他會聽見一架飛機飛過頭頂的聲音。他要把燈打開，然後飛機就會降落。這時他能做的，就是在有人過來調查之前盡快離開這一帶。

要是能完成這些事，他就能得到一疊豐厚的盧布，如果他能成功離開俄羅斯，英國的北極暨歐洲油業公司還有更多錢等著他。

據他說，行動完全按計畫進行。飛機一降落，費多立刻關燈，然後就跑了。飛機只停了一會兒，也許不到十分鐘，就再度起飛。從噴射機的聲音，他判斷飛機正在急速爬升。噪音消失大約一分鐘後，他又聽見引擎聲。飛機一架接一架向東邊飛去，也許是兩架，或者更多，他不知道有多少。但它們速度非常快，噴射機不斷呼嘯而過……。

第二天，巴爾季諾夫同志失蹤了。雖然鬧出很多麻煩，但最後他們判定，巴爾季諾夫一定是單獨作案。所以費多總算是平安無事。

他謹愼地等了一年才採取行動。當他買通最後一個關卡時，幾乎花光了最後一個盧布。之後他不得不從事各式各樣的工作謀生，所以花了很長時間才抵達英國。但現在他總算來了，可以給他一點錢嗎？

當時埃洛夫斯克的事已經有人聽說了。他所說的飛機降落日期也在合理範圍內。所以他們給了他一些錢，還給了他一份工作，要他守住秘密。因爲事情很清楚，雖然翁貝托沒有親自把貨送來，至少他把這件事傳達出來，挽救了局面。

北極暨歐洲油業公司一開始並沒有把後來三尖樹出現的事和此時的翁貝托連起來，當時有好幾個國家的警察還繼續在關注他。直到有個調查員拿出了一份三尖樹油樣本讓他們檢查，他們才意識到，這東西和翁貝托給他們看的樣品一模一樣，他打算帶回來的，就是三尖樹的種子。

永遠不會有人知道翁貝托究竟發生了什麼事。我猜測，在太平洋上空，平流層高處的某個地方，他和巴爾季諾夫同志發現自己遭到飛機襲擊，就是費多聽見從後頭追上去的那些。他們可能在俄羅斯戰鬥機的飛彈摧毀他們飛機當時才知道這件事。

而且我認爲，其中一枚飛彈把一個十二英吋見方的膠合板箱子炸成了碎片——根據費多的說法，這個容器像個小茶箱，裡面裝著種子。

也許翁貝托的飛機爆炸了，也許只是摔碎了。但不管是哪一種，我敢肯定，當飛機殘骸開始朝海面慢慢墜落時，它們後方留下了一些東西，乍看之下，就像白色的蒸氣。

那不是蒸氣。那是一團漂浮的種子雲，即使在稀薄的空氣中，它們依然無比輕盈。數以百萬計、懸在細絲上的三尖樹種子，這時正自由地隨著全世界的風飄向任何地方……。

也許還要再過幾星期，也許幾個月，它們才終於能落到土裡，其中許多種子離出發地點有幾千英里遠。

我再說一遍，這是猜測。但這種原本打算保密的植物，居然出現在全世界幾乎每一個地方，我想不出有什麼比這更可能的方式了。

三尖樹我很早就見過。本地第一株三尖樹非常碰巧就長在我們花園裡。在我們注意到它之前，這株植物已經長得相當好了，它和一些亂七八糟的植物一起在遮擋垃圾堆的樹籬後面扎了根。它在那裡沒什麼危害，也沒妨礙到人。所以，我們後來注意到它之後，也只是偶爾看看它，看它情況怎麼樣，然後就任它自己生長。

然而，三尖樹確實與眾不同，過了一段時間，我們不禁對它產生了一絲好奇。也許它不算是非常活躍的植物，因為不熟悉的東西莫名地出現在花園無人看管的角落，這種事是很常見的，但已經不同到足以讓我們跟別人提起，那東西看起來開始越長越怪了。

現在每個人都已經很清楚三尖樹長什麼樣子了，很難回想起三尖樹第一次出現在我們面前時，對我們來說有多奇怪，多陌生。據我所知，當時並沒有人對它們有任何疑慮或恐慌。我想大多數人（偶然想到它們的時候）對它們的看法，應該和我父親差不了太多。

我記憶中有一幅畫面，是他仔細觀察我們家的三尖樹，苦苦思索的樣子，那時那棵樹應該是一年生了。不管從哪一個細節來看，它都是一棵三尖樹成株一半尺寸的複製品——只是當時它還沒有名字，也還沒有人見過完全長成的三尖樹。父親彎下腰，透過他的牛角框眼鏡盯著它，手指摸著它的莖，一面輕輕吹了吹自己薑黃色的鬍子，這是他思考時的習慣。他仔細觀察那筆直的葉柄，還有它長出來的木質樹幹。他好奇地（如果不算是很敏銳的話）注意到三根光禿禿的小棍子，直直地長在葉柄旁邊。他用食指和拇指輕輕撫摸著一小枝皮革質感的綠葉，彷彿這個質地能告訴他什麼。然後，他凝視著葉柄上奇怪的漏斗狀結構，依然若有所思卻毫無結論地從鬍子裡噴著氣。我還記得他第一次把我抱起來看的那個圓錐形花萼狀的東西，還有裡面包得緊緊的螺旋。它看上去就像蕨類植物的新葉，捲得很緊，從萼狀物底部一團黏糊物質中冒出來幾英吋。我沒碰它，但我知道這東西一定很黏，因爲有蒼蠅和其他小昆蟲在裡面掙扎。

父親不止一次地反覆思索，覺得這東西很奇怪，他說，總有一天他一定會想辦法搞清楚這是什麼。我認爲他從來沒有努力過，而且，在那個階段，就算他眞的試過，也不可能知道太多。

那東西大概有四英尺高。它們一定有很多是這樣的，安安靜靜、不動聲色地長著，沒有誰特別注意到它們——至少看起來是這樣，因爲即使有生物學家或植物學家對它們感到興奮，他們感興趣的消息也不會傳到一般大眾那裡。就這樣，我們花園裡這棵樹繼續平靜生長，就和世界上其他被忽視的地方長著的成千上萬棵樹一樣。

不久之後，第一棵樹拔起了自己的根，開始走路。

這項對植物來說不可思議的成就在俄羅斯肯定已經爲人所知好一段時間了，這件事在那裡無疑被列爲國家機密，但根據我能證實的消息，外部世界第一次出現這種情況是在印度支那[3]——這表示人們一直沒有太注意它。人們總覺得印度支那似乎專出這種光怪陸離、不可思議的奇聞軼事，而且經常如此——有種情況是，編輯要是沒什麼好新聞，就會給報導加些「神秘東方」元素進去，好讓報紙有點看頭。但不管怎樣，這個印度支那物種並沒有引領風潮太久。幾星期之內，蘇門答臘、婆羅洲、比屬剛果、哥倫比亞、巴西和赤道附近的大部分地區，都傳來了大量關於行走植物的報導。

3印度支那半島（Indo-China）或中南半島，指亞洲東南部東臨南海，西瀕印度洋的半島，因位於中國以南、印度以東而得名。中南半島包括今日的緬甸、泰國、寮國、柬埔寨、越南、馬來半島等地。

好，這回它們終於上報了。但是，那些報導不但修飾過頭，還小心翼翼地夾雜著防禦性的輕浮，新聞界慣於用這種手法來掩護自己對於海蛇、元素精靈、心電感應和其他非尋常現象的報導，讓所有人都意識不到，其實這些達成曠世成就的植物，根本就是我們垃圾堆邊那些安靜溫良的雜草。直到照片出現，我們才發現它們和報上的植物完全相同，只是大小不一樣而已。

新聞拍攝組的人很快就離題了。也許他們千辛萬苦飛到稀奇古怪的地方拍了些有意思的好影片，但在剪輯人員中有種流行的說法，那就是，任何新聞主題（除了拳擊比賽）只要超過幾秒鐘，閱聽大眾就會感到無聊。因此，我第一次看見那個對我以及其他許多人的未來都具有重要作用的景象，是夾在檀香山的草裙舞比賽，和第一夫人爲戰艦擲瓶下水之間的一瞥。（這不是年代誤植。他們還在造戰艦；就算是海軍上將也得吃飯。）在彷彿即將上映的鉅作電影等級的配樂中，我終於在螢幕上看到了鏡頭遠處的幾株三尖樹：

「嘿，各位觀眾，看看我們的攝影師在厄瓜多發現了什麼。人形植物在度假！你只會在派對之後看到這種事，但在陽光明媚的厄瓜多，他們隨時都能看到——而且還不會宿醉！植物怪在走路耶！嘿，這給了我一個好點子！要是我們能好好教育我們的馬鈴薯，說不定就能讓它們牢記教誨，自己乖乖走進鍋裡。怎麼樣？各位媽媽們，這個想法不錯吧？」

在這段影片播出的短暫時間裡，我一直目不轉睛地盯著螢幕。那就是我們家那棵神秘的垃圾堆植物，只是長到了七英尺甚至更高。毫無疑問——而且它在「走路」！

這是我第一次看到它的樹幹，長滿了細根狀的毛，毛茸茸的。樹幹幾乎呈球形，但底下伸出了三根鈍錐形突出物。這三根突出物撐著它，將植物主體抬離了地面，大約有一英尺高。

它「走路」的時候，移動方式就像一個拄著拐杖的人。兩條鈍鈍的「腿」先向前滑，然後整株植物搖晃一下，後面那條腿就和前兩條幾乎對齊了，然後前兩條腿又往前滑。每走一「步」，那根長長的莖都會猛烈地前後甩動，看著有種暈船的感覺。就行進方式來說，它看上去既費力又笨拙——隱隱讓人想起玩耍中的小象。有人覺得，如果它繼續這麼搖搖晃晃地長時間走下去，就算不把莖弄斷，也一定會把葉子全甩掉。然而，儘管看上去笨拙，它依然盡可能地以一般步行速度在地面上行走。

這就是我在戰艦下水之前所能看到的全部了。資料並不多，但已足以激起一個男孩的調查精神。因爲，如果厄瓜多那東西能做到那樣的特技，爲什麼我們家花園那棵不行呢？確實，我們家那棵小得多，但它們看起來一模一樣啊……。

回到家大約十分鐘後，我就在我們家的三尖樹周圍開始挖地，小心地把它附近的土弄鬆，鼓勵它「走路」。

不幸的是，對於這種自發行動植物的發現，有一部分拍片的人應該沒有經歷過，要不就是他們出於某種原因選擇不透露，也沒有任何警告。當時我彎下腰，想在不傷害植物的情況下把泥土清掉，突然間，一個不知道從哪來的什麼東西狠狠地打了我一下，就這麼把我打暈了……。

我醒來時，發現自己躺在床上，爸爸媽媽和醫生焦急地看著我。我覺得我的頭好像裂開一樣，全身都在痛，後來我發現，我一邊臉上有一片突起的紅色斑點。他們一直問我爲什麼會不省人事地躺在花園裡，但怎麼問也沒有結果。我根本不知道是什麼東西襲擊我。過了一段時間我才知道，我一定是英國第一個被三尖樹螫傷，卻僥倖逃脫的人。當然，這棵三尖樹還沒長成。但在我完全康復之前，父親已經搞清楚我身上到底發生了什麼事，沒等我再次走進花園，他已經對我們家的三尖樹進行了嚴厲的報復行動，還把殘骸扔在火堆上燒掉了。

既然會走路的植物已經成爲既成事實，新聞界就不再像之前那樣冷淡，而是拚命讓它們在大眾眼前露面。所以，它們得有個名字。雖然已經有植物學家沉迷於他們的慣例，用多音節的不正統拉丁文和希臘文創造出ambulans（遊走性的）和pseudopodia（僞足）變體而來的學名，但報紙和閱聽大眾要的是一個容易發音、放在頭條標題上日常使用也不會太沉重的字。如果你能看到那時的報紙，你會發現他們提到過：

Trichots（三鈍樹） Trinits（三位一體樹）
Tricusps（三尖樹） Tripedals（三足樹）
Trigenates（三聯樹） Tripeds（三腳樹）
Trigons（三角樹） Triquets（三鷗樹）
Trilogs（三棍樹） Tripods（三莢樹）
tridentents（三叉樹） Trippets（三寶樹）

還有把牠們說成是一些其他神秘事物，甚至不以「tri」開頭的也有——儘管絕大部分還是集中在那個能行動、三叉形根部的特徵上。

公私場合和酒吧都出現了爭論，以近乎科學、準語源學和一些其他理由，各自捍衛一個或另一個名詞，漸漸地，其中一個名字開始主宰這個語言學的競技場。它一開始的形式不太容易讓人接受，但按照通用的語文形式修掉了第一個長音「i」之後，人們又很快地依照使用習慣加上了第二個「f」，好讓它不再被挑毛病。於是，標準用詞出現了。這個朗朗上口的小名最早出現在某家報社，當時只是個給怪東西用的方便暱稱——但它注定某一天會和痛苦、恐懼及苦難連在一起——TRIFFID（三尖樹）……。

公眾的第一波興趣很快就消退了。的確，三尖樹是有點怪——但那畢竟只是因爲它們很新奇。人們對以前的新奇事物——比如說袋鼠、巨蜥、黑天鵝——也有過同樣的感受。而且，你回頭仔細想想，三尖樹就眞的比泥鰍、鴕鳥、蝌蚪和其他上百種東西更怪異嗎？蝙蝠是一種學會了飛行的動物：好吧，這兒有種植物學會了走路——那又怎麼樣？

但它還是有些特點被注意到了。像是它的起源，俄羅斯人一如既往地保持低調，說：「無可奉告」。甚至連聽說過翁貝托的人也沒有把他和它聯繫起來。它出現之突然，更重要的是，它的分布之廣，引發的猜測令人困惑難解。因爲，儘管它在熱帶地區成熟更快，但除了極圈和沙漠之外，幾乎所有地區都出現了處於不同發育階段的樣本。

當人們知道這個物種是肉食性，而且萼狀物裡的黏稠物質其實是用來消化蒼蠅和其他昆蟲用的，他們很驚訝，甚至有點反胃。我們溫帶地區的人對食蟲植物不算一無所知，但我們並不習慣在特殊溫室之外的地方發現它們，並且多半認爲它們某種程度上有點不雅，至少也是不太體面。但眞正令人擔憂的是，人們發現，三尖樹莖最上方的捲狀物是可以甩出來的，就像一根十英尺長的細長螫人武器，如果直接打中一個人無防護的皮膚，就會釋放出足以殺死他的毒液。

一意識到這種危險，人們便緊張地四處把三尖樹砍倒打爛，直到有人突然想到，只要把實際上能螫人的武器拿掉，它們就沒辦法傷害人了。就這樣，隨著這種植物數量大幅減少，帶點歇斯底里的攻擊也變少了。不久之後，在花園裡種一兩株安全無害的三尖樹開始流行起來。人們發現，三尖樹失去的刺要花大約兩年時間才能長回危險狀態，所以只要每年修剪一次，確保它們處於安全狀態，花園裡的三尖樹就能為孩子們提供大量的娛樂。

在溫帶國家，人類已經成功地把自己以外的大多數自然物種置入合理程度的約束之下，三尖樹的地位也因此相當明確。但在熱帶地區，特別是茂密的森林地帶，它們很快就成了禍害。

看似平常的灌木和矮樹叢裡要是有一株三尖樹，遊客很容易疏於注意，一旦這人進入射程，毒刺就會甩出來。就算是本地常住居民，也很難發現狡猾潛伏在叢林小路邊的靜止三尖樹。它們對周遭的所有動靜都異常敏感，很難在它們措手不及的情況下除掉它們。

在這些地方，如何對付三尖樹成了嚴重的問題。最受青睞的作法是把長莖頂部連刺一起打掉。叢林土著用又長又輕的竿子，上面裝著鐮刀，要是他們能先發制人，就能有效使用這項武器——但若三尖樹有機會向前擺動，因此增加了四五英尺射程的話，鐮刀就一點用也沒有了。不過，沒過多久，這些類似長矛的裝置即被各種類型的彈簧槍取代。這些槍大多數發射的是旋轉圓盤、十字鏢或薄鋼片製成的小型迴旋鏢。雖說在二十五碼範圍內，它們都能把三尖樹莖俐落削斷，但一般來說，十二碼之外，它們的準確度就有點差了。彈簧槍的發明讓當局很高興（之前他們對無限制攜帶步槍幾乎是一面倒的反對），也讓使用者很滿意，因爲他們發現鋼刀片的價格比子彈更便宜，重量更輕，是對付那群無聲土匪的絕佳好物。

其他地區則對三尖樹的本質、習性和構造進行了大量的研究。爲了科學，認眞的實驗人員開始確認它能走多遠，走多久；它是不是有個「正面」，或者它是不是可以用同樣的笨拙方式朝四面八方前進；它的生命期裡有多少時間必須是埋在土裡；它對土壤中各種化學成分有什麼反應；以及其他大量有用或無用的問題。

熱帶地區觀察到的最大樣本有將近十英尺高。歐洲就沒有發現超過八英尺的樣本，平均高度只有七英尺多一點。它們似乎很容易適應各種氣候和土壤；似乎沒有天敵——除了人類之外。

但有些不太明顯的特點，短時間內並沒有引起人們注意。例如，過了好一段日子，才有人注意到它們使用螯刺的驚人準度，而且幾乎都是直攻頭部，無一例外。一開始也沒有人注意到它們有潛伏在獵物附近的習慣。直到有證據表明它們以肉和昆蟲爲食，原因才清晰起來。帶刺的捲鬚沒有撕裂結實肉類的肌力，但還是有力量從腐屍上扯下碎片，然後把腐肉舉到莖上的蕚狀物裡。

人們對莖幹底部那三根沒有葉子的小棍子也沒有什麼興趣。有少部分人認爲，它們可能和生殖系統有關——生殖系統通常是種植物學上的榮耀之洞[4]，所有不確定用途的部分都能往裡塞，直到它們能被分類，之後獲得具體歸類爲止。因此，人們猜測，它們突然開始躁動，在主幹上碰撞出快速敲擊聲時，應該是三尖樹發情的某種奇特表現。

也許是在三尖樹時代很早期就被螫的不舒服經歷激發了我的興趣吧，因爲從那時開始，我好像就和它們產生了某種聯繫。我花費了（或者說「浪費了」，如果你以我父親的觀點來看的話）大量時間著迷似地看著它們。

他認爲這種愛好毫無價值，這不能怪他，然而後來事實證明，這段時間比我們兩人以爲的價值都高，因爲就在我畢業之前，北極暨歐洲魚油公司重組了，並在重組過程中去掉了「魚」這個字。公開消息是，它和其他國家的同業即將大規模種植三尖樹，以萃取高價值的油和汁液，並以搾過油的高營養油粕餅做爲飼料。於是，三尖樹一夕之間邁入了大企

4 榮耀之洞（Glory hole）又稱鳥洞、尋歡洞、喇叭洞。起源於男同性戀早期壓抑的性行為，因此在歐美國家的男廁所可以見到，某些亞洲國家也有。透過隔離的木板或牆壁，中間弄個洞，雙方便可以開始魚水之歡。

業的領域。

我立刻決定了我的未來。我向北極暨歐洲油業公司遞出了求職信，我的資歷讓我在生產部門有了一份工作。我的薪資水準在某種程度上降低了我父親的反對音量，因爲以我的年紀來說，這份薪水是很豐厚的。但當我熱情洋溢地談起將來，他還是會懷疑地隔著鬍子噴氣。他只對具有悠久傳統的工作有眞正的信心，但他還是讓我做想做的事。「畢竟，要是不成功，你會發現自己還年輕，還能開始做點穩紮穩打的事。」所以他讓步了。

事實證明，完全不需要這麼做。五年後，在他和我母親度假時死於一場空難之前，他們親眼看見了新公司將所有競爭油品趕出市場，而我們這些一開始就進入公司的元老顯然這輩子已經不愁吃穿了。

我的朋友華特．拉克納也是元老團其中之一。

一開始，公司對要不要用拉克納有點疑慮。他對農業知之甚少，對商業一竅不通，又缺乏實驗室工作資格。但另一方面，他卻很瞭解三尖樹——他對他們有種天啓式的能力。

幾年後那個災難性的五月，華特發生了什麼事，我不知道——儘管我猜得到。他沒能逃脫，這很令人難過。他本來可能會成爲非常有價值的一個人。我認爲沒有人眞正瞭解三尖樹，而且也永遠不會有。但華特是我認識的人當中最接近起點的。或者我應該這麼說，他對它們有直覺。

開始工作一兩年後，他第一次讓我大吃一驚。

當時太陽已經快下山了，我們結束了一天的工作，正滿意地看著三塊新田地，裡頭種滿了接近完全成熟的三尖樹。那段時間，我們並不像後來那樣直接把它們關起來。它們在田裡排排站著，大致上算吧——至少用鐵鍊拴著的鋼樁是成排的，儘管植物本身並沒有整齊排好的感覺。我們估計再過大約一個月，它們就可以開始搾油了。傍晚很安靜，唯一打破這份寧靜的，就只有三尖樹的小棍子偶爾敲擊莖幹的聲音。華特微微偏頭看著它們。他拿下了嘴裡的菸斗。

「它們今晚話很多啊。」他說。

我跟其他人一樣，把這句話當成某種比喻。

「也許是天氣的關係吧。」我說。「我想天氣乾燥的時候它們比較會這樣。」

他歪著頭看我，臉上帶著微笑。

「你在天氣乾燥的時候會比較多話嗎？」

「為什麼——？」我剛要回答，又立刻收住了原來要說的。「你不會眞的認為它們在說話吧？」我說，一面注意他臉上的表情。

「嗯，有何不可？」

「但是這太荒謬了，植物說話！」

「比植物走路還荒謬嗎？」他問。

我看著那些植物，又回頭看著他。

「我從來沒想過——」我開始有點懷疑了。

「你試著思考一下，觀察一下它們——我很想聽聽你的結論。」他說。

奇怪的是，我和三尖樹打交道這麼久，從來沒想過有這種可能性。我想，我應該是被發情理論帶偏了。但他一把這個想法灌輸給我，它就在我腦子裡生了根。我從此沒辦法擺脫它，總覺得它們可能眞的在互相傳遞秘密訊息。

在那之前，我一直以爲我對三尖樹的觀察已經夠仔細了，但是當華特談論它們的時候，我卻覺得自己其實什麼都沒注意到。要是他有興致，他可以滔滔不絕地講上好幾個小時，並不時提出一些瘋狂、然而並非不可能的理論。

當時，大家已經不覺得三尖樹是怪胎了。它們就是笨拙好笑，但又沒那麼有趣。然而，公司覺得它們很有意思，認爲它們的存在對每個人都是件好事——特別是公司。這兩種看法華特都不同意。偶爾，聽著他說這些，我自己也開始有點疑慮。

他已經很確定它們會「說話」了。

「這表示。」他認爲，「它們身上有智慧存在。它們的智慧不可能在大腦裡，因爲解剖找不到任何和大腦相似的東西——但這並不能證明它們沒有可以擔當大腦工作的結構。

「它們肯定有某種智慧。你注意到沒有？它們攻擊的時候，總是瞄準沒有保護的部位。幾乎都是頭——但有時卻是手？還有一件事：如果你看一下傷亡統計數據，只要注意眼睛被螫傷和失明的比例就好。這很不簡單——而且意義重大。」

「哪方面的意義？」我問。

「其實它們知道，什麼才是讓一個人失去行動力的最佳方式——換句話說，它們知道自己在做什麼。這麼看吧。假設它們確實有智慧；那我們就只剩下一個重大優勢——視力。我們看得見，它們看不見。只要奪走視力，我們的優勢也會跟著消失。比這更糟的是，我們的地位會變得不如它們，因爲它們已經適應了沒有視力的生活，而我們不是。」

「但就算是這樣，它們也做不了什麼啊。它們又沒辦法處理事情。那根螫人的鞭子幾乎沒有肌力。」我說。

「沒錯，但如果我們不知道該怎麼對付它們，擁有處理事情的能力又有什麼用呢？再說，它們根本不需要處理事情——不需要用我們的方式處理事情。它們可以直接從土壤、昆蟲和生肉屑裡獲得養分。不需要經過種植、分銷，和烹煮這類複雜的過程。事實上，如果要在當三尖樹和盲人之間做出生存選擇，我很清楚我會選哪一個。」

「你這是假設雙方智力相等。」我說。

「完全不是。我不需要這樣假設。應該說，在我想像中，那可能是一種完全不同類型的智慧，哪怕只是因爲它們的需求簡單得多。看看我們得用多複雜的過程，才能從三尖樹身上獲得可吸收的萃取物。現在反過來想。三尖樹需要做什麼呢？只要螫我們一下，等個幾天，就可以開始吸收我們了。過程既簡單，又自然。」

他會這樣一小時又一小時地講下去，我聽了他的話，也變得小題大作起來，我發現自己好像把三尖樹當成了某種競爭對手。華特從不掩飾自己也這麼想。他承認，當他收集到更多資料時，他曾經想過就這個主題寫一本書。「曾經？」我重複了這個詞。「爲什麼你後來沒寫？」

「就因爲這個。」他揚起手劃了一圈，把整片農場都包括在內。「現在這已經是一種既得利益。讓人心生不安對任何人都沒有好處。不管怎樣，我們已經把三尖樹控制得夠好了，所以這只是個學術觀點，幾乎沒有提出的價值。」

「我眞搞不懂你。」我說。「我始終沒辦法確定你有多認眞，也不知道你會放任想像力帶你到偏離事實多遠的地方。你眞的認爲這些東西有危險嗎？」

他吸了一口菸斗才回答我。

「我覺得可能性很大。」他坦承，「因爲——嗯，其實我也不敢肯定。但我很確定一件事，就是它們『可能』有危險。如果我能弄清楚它們那些敲打聲是什麼意思，就幾乎能給你一個眞正的答案了。不知道爲什麼，我並不在乎這個。它們杵在那兒，沒有人把它們放在心上，就像他們也不會把一大堆奇怪的包心菜放在心上一樣，但有一半的時間，它們都在劈劈啪啪，互相交談。爲什麼會這樣？它們在聊什麼呢？這就是我想知道的。」

我想華特很少對別人透露自己的想法，我也對此保密，一方面是因爲我知道，對這些想法最存疑的人就是我，另一方面是，在公司裡獲得瘋子的名號，對我們哪個人都沒有好處。

我們密切合作了一年多時間。但隨著新苗圃開闢和出國研究方式的需要，我開始經常旅行。他則是放棄了野外工作，進入研究部門。這對他來說如魚得水，他做公司的研究，也做自己的研究。我之前常常順道過去看看他。他一直在用自己的三尖樹做實驗，但結果並沒有像他希望的那樣清晰呈現出他的大致想法。不過至少他自己滿意的是，他證明了有種高度發達的智慧存在，甚至連我也不得不承認，他的研究結果似乎顯示出某種高於本能的東西。他依然堅信，棍子的敲擊聲是一種交流方式。在公共消費價值方面，他闡明了棍子還有其他用處，拿掉了棍子的三尖樹會慢慢枯萎。他還證實，三尖樹種子的不發芽率是百分之九十五。

「這眞是件他媽的大好事。」他說。「如果每顆種子都發芽，那麼很快這個星球上就只有三尖樹了。」

我也同意這一點。三尖樹種子散出時的景象眞是太壯觀了。萼狀物下方的深綠色莢果鼓得表皮發亮，不斷膨脹，最後大約有大蘋果一個半那麼大。爆裂的聲響二十碼外就聽得見。白色的種子像蒸氣一樣噴向空中，最輕的微風也能帶著它飄走。要是在八月底俯瞰一片三尖樹田，你可能會覺得底下正在進行一場漫無目的的轟炸。

華特還發現，如果讓植物保留它們的刺，萃取物的品質就會提高。因此，搾油業全面停止了修剪螫刺的作法，我們在植物間工作時必須穿戴防護裝置。

把我送進醫院那次事故發生的時候，我正和華特在一起。我們在檢查一些出現異常偏差的樣本，兩個人都戴著鐵絲網面罩。我不清楚到底發生了什麼。我只知道我彎下腰的時候，一根刺狠狠甩向我的臉，撞在面罩的鐵絲網上。這種情況，一百次裡有九十九次沒什麼事，這就是面罩的作用。但這次它力道太猛，有些小毒囊炸開了，幾滴毒液噴進了我的眼睛。

華特把我帶回他的實驗室，幾秒鐘內就用了解毒劑。他們之所以有機會挽救我的視力，完全是因爲他動作夠快。但即使如此，這依然表示我得在黑暗中躺在床上一個多星期。

躺床那段時間我打定主意，要是我視力恢復了，就要申請調到公司另一個部門去。如果請調不成，我就乾脆辭職。

從第一次在花園裡被螫以來，我對三尖樹毒素已經有了相當大的抵抗力。我能夠，而且已經承受了螫刺，那根刺足以讓一個沒有被刺過的人不省人事，卻沒有對我造成太大傷害。但「瓦罐不離井上破」[5]這句老諺語卻不斷浮現在我腦海裡。我打算聽從自己腦子裡的警告。

我記得我在黑暗中花了很多時間決定，如果他們不讓我調部門，我應該去嘗試什麼樣的工作。

想到我們即將面臨的一切，我這時的盤算簡直無意義到了極點。

5 比喻常處險地，遲早會遇上事故傷亡。

第三章　摸索之城

我甩開酒吧的雙開彈簧門離開，朝主幹道的拐角處走去。站在那兒，我遲疑了。往左，穿過幾英里長的郊區街道，就是開闊的鄉間；右邊是倫敦西區，再過去就是市中心。我覺得自己恢復了一點，卻有種奇怪的疏離感，也失去了方向。我一點計畫都沒有，而且面前是我終於開始意識到的，一場不僅限於局部地區的巨大災難，我還處於震驚之中，沒辦法分析思考。這種事有什麼計畫能處理呢？我覺得自己被遺棄了，陷入了孤單，但此時此地又不太眞實，不太像我自己。

不管哪個方向都沒有車輛，也沒有聲音。唯一的生命跡象是零星的幾個人，沿著商店門面小心翼翼地摸索前進。

這天是初夏時節的完美天氣。陽光從深藍色的天空傾瀉而下，天上綴著一簇簇毛茸茸的雪白雲朵。除了北邊屋子後方某處飄來的一縷油煙污跡之外，一切都很乾淨，很新鮮。

我猶豫不決地站了幾分鐘。然後我轉向東邊，朝倫敦走去……。

直到今天，我都說不清楚爲什麼。也許這是一種尋找熟悉之地的本能，或者說是一種感覺，如果還有哪兒有能管事的人，一定在那個方向的某個地方。

喝了白蘭地之後，我比之前更餓了，但我發現吃飯問題沒有過去那麼容易解決。雖然，商店還在，裡頭沒人，也沒人顧，食物就擺在櫥窗裡——而我在這裡，餓著肚子，也有錢買——或者，如果我不想付錢的話，我只要打碎櫥窗，拿走我想要的東西就行了。

只是我很難說服自己這樣做。過了將近三十年合理尊重權利、遵紀守法的生活，我還沒準備好接受一切已然發生了翻天覆地的變化。除此之外我還覺得，只要我讓自己維持正常狀態，說不定世界也會以某種不可思議的方式恢復正常。當然這很荒謬，但我有種非常強烈的感覺，在我砸穿其中一片玻璃的那一刻，舊秩序就會永遠被我拋在身後。我會成爲一個掠奪者，一個搶匪，一個在養育我的社會體制屍體上翻垃圾的低級拾荒人。在這個斷垣殘壁的災後世界裡，這種高尚的細膩情感多麼愚蠢啊！——然而，我還是高興地記得，文明的習慣並沒有立刻從我身上消失，至少有段時間，我在櫥窗陳列的食物前徘徊，它們讓我流口水，而我已經過時的習慣讓我飢腸轆轆。

這個問題在我走了半英里之後，以一種詭辯的方式自行解決了。一輛計程車衝上人行道撞進了店面，車頭埋在一堆熟食裡。這看起來和我自己破門而入不一樣。我爬過計程車，抱了一堆大餐。但就算在這種時候，我心裡的舊規範依然存在：我負責地為我拿走的東西，在櫃臺上留下了一個合理的價錢。

馬路幾乎正對面有一座花園。這裡曾經是一片教堂墓地，只是教堂如今已然不存。古老的墓碑被搬起來，靠在周圍的磚牆後面，空地鋪了草皮和礫石小徑。剛長出新葉的樹下景色宜人，我在其中一棵樹底下坐著吃了午飯。

這地方十分僻靜，沒有別人進來，雖然偶爾會有人邁著遲緩的腳步走過入口處的欄杆。我給幾隻麻雀扔了一點麵包屑，這是我那天第一次看見的鳥，看著牠們對災難漠不關心的樣子，我感覺好多了。

吃完午飯，我點了一支菸。當我坐在那裡抽著菸，想著該去哪裡，該做些什麼的時候，鋼琴聲打破了寂靜，聲音是從俯瞰花園的公寓某處傳出來的。不一會兒，有個女孩的聲音唱了起來，是拜倫的情詩：

我倆不再共遊，
消磨幽深夜晚，
儘管我心迷戀，
儘管月色燦爛。

利劍磨穿劍鞘，
靈魂折磨胸膛，
心得停下呼吸，
愛情也需歇息。

夜晚為愛降臨，
轉眼就到白晝，
儘管月色燦爛，
我倆不再共遊。[1]

我聽著歌聲，抬頭看著新葉和樹枝在清新的藍天映襯下交織的圖案。歌唱完了。琴聲消失了。然後傳來啜泣聲。沒有強烈的情緒：只是很輕，很無助，很孤單，彷彿心碎似的

1此為拜倫（Baron Byron，1788—1824）二十九歲時的詩《我倆不在共遊》，此處中文翻譯引用自：《最美的一首詩》，葉怡成編譯，好讀出版。

悲傷。我不知道她是誰，是那個唱歌的女孩，還是另一個爲希望破滅哭泣的人。但我沒辦法再聽下去了。我靜靜地回到街上，望著街道發了一會兒呆。

就連海德公園角，我到的時候也幾乎空無一人。幾輛汽車和卡車被棄置在路上，看起來不像是開到一半突然失控的。一部公車衝出小徑，停在綠園裡；一匹脫韁的馬躺在撞破頭顱的砲兵紀念碑旁邊，車軸還掛在身上。只有幾個人小心翼翼地摸索前進，裡面男人多過女人，他們碰到有欄杆的地方手腳並用，沒欄杆的地方則防衛式地伸出雙臂，腳步遲緩地往前走。出乎意料的，那裡還有一兩隻貓在，看起來視力完好無損，依然以貓族共通的沉著自若應對一切。它們在這片陰森的寂靜之地覓食的運氣並不好——麻雀很少，鴿子也都不見了。

過去事物的中心地帶依然磁鐵似地吸引著我，我朝皮卡迪利大街的方向走去。正準備沿著這條路繼續往前的時候，我注意到一個清楚的新聲音——從不太遠的地方傳來一個穩定的敲擊聲，而且越來越近。我往公園徑的方向望去，發現了聲音的來源。是一個男人，穿得比我那天早上見過的所有人都整潔，他用一根白色手杖敲著身邊的牆，迅速向我走來。一聽見我的腳步聲，他立刻停住，警覺地聽著動靜。

「沒事的。」我跟他說。「過來吧。」

看見他，我如釋重負。這麼說吧，因爲他本來就是盲人。他的墨鏡遠遠沒有其他人圓睜著卻毫無用處的眼睛那麼令人不安。

「那你站著別動。」他說。「天曉得我今天已經被多少個傻瓜撞了。到底發生了什麼事？爲什麼這麼安靜？我知道現在不是晚上——我能感覺到陽光。出了什麼問題？」

我把我知道的都告訴了他。

我說完之後，他沉默了將近一分鐘，然後短促而苦澀地笑了笑。

「跟你說啊。」他說。「這下子換他們來體驗一下是不是需要那些該死的協助了。」

說完這句話，他帶點挑釁意味地挺直了腰桿。

「謝謝你了，祝你好運。」他對我說，然後姿態浮誇地往西走去，一副完全不需要任何人幫助的樣子。

我沿著皮卡迪利大街前進，他輕快而自信的敲擊聲在我身後漸漸遠去。

現在可以看到更多人了，路上到處是開不了的車，我在車輛之間穿行。這樣走比較不會影響到那些沿著建築物摸索前進的人，因爲他們只要聽見附近有腳步聲，就會停下來做好準備，防止可能的碰撞。這種碰撞在街上不時就會發生，但有一次我覺得值得一提。當時雙方從某家店鋪兩端往中間摸索前進，終於砰一聲撞在一起。其中一個是年輕男子，身上的西裝剪裁考究，但繫著一條顯然只靠摸質料選出來的領帶；另一個是抱著小孩的女人。那孩子邊哭邊說著什麼，聽不太清楚。年輕人開始側身從女人旁邊走過去，但突然又停了下來。

「等等。」他說。「你的孩子看得見？」

「是的。」她說。「但是我看不見。」

年輕人轉過身，把一根手指放在玻璃櫥窗上指了指。

「看哪，小乖乖，裡面有什麼？」他問。

「我不是小乖乖。」孩子大聲抗議。

「加油，瑪麗。跟這位先生說說有什麼。」她母親鼓勵她。

「很多漂亮的女士。」那孩子說。

男人牽著女人的手臂，摸索著走到下一個櫥窗。

「那這裡面呢？」他又問。

「蘋果和無花果。」孩子告訴他。

「好極了！」年輕人說。

他脫下鞋子，用鞋跟狠狠地砸櫥窗。他實在缺乏經驗，第一下沒能成功，但第二下成功了。砸破玻璃的聲音在街上迴響。他穿回鞋子，小心地把一隻手臂伸進破櫥窗，摸索片刻，找到了兩個橙子。他把一個給了女人，一個給了孩子。他又伸手進去探了探，給自己找到一個，便開始剝起橙子來。女人摸摸自己的橙子。

「但是——」她開口說。

「怎麼啦？不喜歡橙子？」他問。

「但這是不對的。」她說。「我們不應該拿那些東西。不能這樣。」

「不然你要怎麼弄到吃的？」他問。

「我想——嗯，我不知道。」她遲疑地承認。

「很好。這就是答案。現在把橙子吃了，然後我們去找點更豐盛的。」

她還是把橙子握在手裡，頭低低的，像是在看它。

「就算是這樣，好像還是不對。」她又說了一次，語氣卻不那麼確定了。

過了一會兒，她把孩子放下，開始剝橙子……。

皮卡迪利圓環是我到目前為止發現最多人的地方。看起來似乎比別處都擁擠，儘管總數可能還不到一百人。他們大都穿著怪異不搭配的衣服，不安地四處遊蕩，好像還處於某種半昏迷狀態。偶爾發生一件小意外，就會爆出一陣污言穢語和徒勞的狂怒——聽起來相當令人震驚，因為這本身就是恐懼的產物，而且很孩子氣。但有一件事例外，幾乎沒有人交談，也沒有喧鬧聲。彷彿失明把所有人都禁錮在自己的世界裡。

例外的例外出現在一個安全島上。他是個身材高大、面容憔悴的老人，一頭濃密的花白頭髮，滔滔不絕地講著懺悔、即將到來的天譴和罪人的悲慘下場。沒有人理他，因爲大多數人的天譴已經降臨了。

然後，遠處傳來一個聲音，引起了所有人的注意——是個越來越多人加入的大合唱：

當我死去的時候，
不要葬我，
只要把我的骨骸，
以酒精浸透。

陰鬱又不和諧的歌聲在空蕩的街上沉悶地四處迴響。圓環每個人的頭都忽而向左，忽而向右，想確定歌聲的方向。末日預言家提高了音量對抗競爭者。那首歌繼續不和諧地哀嘆著，越來越近：

在我頭和腳上放瓶酒，
然後，我相信，

我的骨骸將從此不朽。[2]

歌聲伴著蹣跚的腳步聲，倒是挺配的。

從我站著的位置，可以看到他們排成一列，從一條小街轉進沙夫茨伯里大道，再轉向圓環。第二個人的手放在領頭人的肩上，第三個人的手又搭在第二個人肩上，以此類推，總共有二十五到三十個人。到了歌曲結尾，有人開始高歌：啤酒，啤酒，光榮的啤酒！音起得太高了，一片混亂後，歌聲漸漸消失。

他們穩穩地前進，一直走到圓環中心，領頭的人提高了嗓門。那人聲音很響亮，用的是一種閱兵式的腔調。

「全員——立定！」

圓環裡的人都驚呆了，每個人都把臉轉向他，猜測發生了什麼事。領頭的人又大喊，模仿著職業導遊的樣子：

「各位先生，我們到了。皮卡迪利圓環。世界中心，宇宙之巔。有錢人喝酒找女人高

2此歌為《Little Brown Jug》，是Joseph Eastburn Winner於一八六九年創作的一首歌曲，是一首飲酒歌，到二十世紀初，因禁酒令而重新流行起來。。

歌狂歡的地方。」

他沒有瞎，完全沒有。他的眼睛四處掃視，邊說邊打量。他的視力一定是被和我類似的事故保住的，但是他喝得爛醉，他後面那些人也是。

「我們也會有的。」他又加上一句。「下一站是著名的皇家咖啡館，喝什麼都免費喔。」

「太棒了——那女人呢？」一個聲音問道，大家都笑了。

「噢，女人啊。這就是你想要的？」領頭的人說。

他往前走，抓住了一個女孩的手臂，把她拖向剛才說話的男人，她尖叫，但他沒理會。

「這給你，朋友。不要說我對你不好啊。這是個好貨色，漂亮極了——如果漂不漂亮對你來說有差別的話。」

「嘿，那我呢？」另一個人說。

「伙計，你啊？嗯，我看看。喜歡金髮還是黑髮？」

後來想想，我覺得我的行爲很傻。我腦子裡仍然裝滿了已經不合時宜的標準和常規。當時我沒想到，如果只求存活，被這幫人收養比她一個人單打獨鬥活下來的機會要大得多。我抱著小學生似的英雄氣概和高尚情操，艱難地走進去。他直到我離他很近了才發現我，然後我朝他的下巴一拳揮了過去。不幸的是，他的動作比我要快一點……。

我再次恢復知覺時，發現自己躺在路上。那夥人的聲音漸漸消失在遠方，末日預言家的雄辯口才也回來了，在這群人身後發出了詛咒、地獄火和硫磺火湖的凶猛閃電威脅。

有了點理智之後，我開始慶幸這件事沒弄得更糟。如果結局相反，我可能就得接替那個人的位置，爲他身後那群人負責了。畢竟，不管對他的做事方式有什麼看法，他就是那夥人的眼睛，他們要靠他吃，靠他喝。要是女人餓得受不了了，也會自己送上門去。現在我環顧四周，很懷疑身邊這些女人是不是眞的會介意。由於各式各樣的原因，我似乎僥倖逃脫了成爲幫派老大的命運。

我想起他們要去皇家咖啡館，我決定去攝政宮酒店休息一下，讓腦子清醒一點。其他人顯然比我早想到這一點，但他們沒找到的酒瓶還相當多。

就在我舒舒服服地坐在那裡，面前擺著白蘭地，手裡夾著菸的時候，我想就從這時起，我終於開始承認，我看見的一切都是眞實的——而且是確定性的。一切再也回不去，永遠回不去了。我所熟知的一切，都結束了……。

也許就是需要那一拳，才能明白過來。現在我面對的事實是，我的存在不再有重點。我的生活方式，我的計畫、抱負，我的每一個期望，都隨著形成它們的環境消失，而一筆勾消。我想，如果我還有親人或者親密愛人要哀悼，我應該會在那一刻出現毀滅般的被遺棄感。但有時候就是這樣，看起來極度空虛的生活，如今卻成了幸運。我父母都去世了，幾年前我打算結婚也沒結成，沒有特定的人依賴我。而且，奇怪的是，我發現我確實感覺到的——並且意識到這違背了我應該有的感覺——是解脫……。

這不只是因爲白蘭地，因爲這種感覺一直在。我想會出現這種感覺，可能是因爲我面對的東西太新奇，太陌生。所有的老問題，陳腐無解的那種，無論是個人的還是共通的，都在一記猛擊中解決了。還會出現什麼樣的事（而且看起來還會有很多）只有天知道，但那些事都是前所未有的。我正在成爲自己的主人，不再是一個小齒輪。這可能是一個充滿恐怖和危險，而我不得不面對的世界，但我可以採取自己的措施應對，我不會再被我不理解也不關心的力量和利益左右了。

不，不完全是因爲白蘭地，即使是現在，這麼多年過去了，我仍然能感覺到一些東西——儘管當時白蘭地確實把事情簡化得過頭了些。

接下來還有個小問題：下一步該做什麼？要如何開始新生活？在哪裡？但當時，我並沒有讓這些問題太煩擾自己。我喝完酒，走出了酒店，想看看這個陌生的世界還能讓我看見什麼。

第四章　前途茫茫

爲了和皇家咖啡館那幫人保持距離，我轉進了一條通往蘇活區的小街道，打算抄小路走回更北邊的攝政街。

也許是飢餓迫使更多人走出家門。不管是什麼原因，我發現我現在進入的地區，人是我離開醫院之後看到最多的。人行道和狹窄的街上不斷有人相撞，成群的人聚集在櫥窗前，只是窗戶常已被砸破，讓那些企圖摸著店面通過的人更加混亂。擠在那裡的人似乎都不太確定自己面前是什麼商店。前面有些人試圖以摸索可辨識物體的方式尋找答案；還有人冒著被豎立的玻璃片開膛破肚的風險，更大膽地爬了進去。

我覺得我應該告訴這些人哪裡可以找到食物。但我眞的應該這麼做嗎？如果我把他們帶到一家仍然完好的食品店，這群人不但會在五分鐘內把店裡洗劫一空，還會在過程中壓死一些比較瘦弱的人。無論如何，很快的，所有食物都會吃完，那麼，當成千上萬的人吵著要更多食物時，又該怎麼辦？也許有人可以帶領一小群人，並且設法讓大家存活一段不確定的時間——但誰會被選上，誰又該離開呢？不管我怎麼努力，都看不出有顯然正確的路可走。

目前正在上演的，是件毫無騎士精神的事，沒有給予，只有索取。一個人撞上另一個人，只要感覺到那人拿著一包東西，就會覺得裡頭可能有吃的，直接搶走溜掉，被搶的人只能瘋狂地到處空抓，或者胡亂攻擊。有一次我走在路上，不得不趕緊閃邊，免得被一個老人撞倒，他完全不管可能撞上什麼，直接衝上馬路。表情非常狡猾，貪婪地把兩罐紅油漆摟在懷裡。在某個街角，一群人爲了一個孩子擋住了我的路，他們幾乎都快哭出來了，那孩子看得見，但年紀太小，沒辦法明白他們想要什麼。

我開始感到不安。心裡有兩種聲音在拉鋸。出於文明的衝動，我想爲這些人提供一點幫助，但本能卻告訴我要保持距離。他們已經飛速失去了常規的約束。我還出現了一種莫名的罪惡感，因爲我看得見，而他們看不見。這讓我有種奇怪的感覺，即使我走在他們之間，也總想避開他們。後來我才發現，這種直覺眞是太正確了。

快到黃金廣場時，我開始考慮要不要左轉回到攝政大街，那裡路更寬，走起來方便一點。我正準備轉彎，突然一聲刺耳的尖叫讓我停住了，也讓所有人都收住腳步。他們在街上站著不動，頭不時東轉西轉，憂心忡忡地想猜出發生了什麼事。在這樣痛苦緊張的情緒上又添上驚恐，有些女人開始嗚咽起來；男人的精神狀態也不太好，他們的表現多半是嚇到之後的簡短咒罵。因爲這是一種不祥的聲音，是他們潛意識裡一直期待的那種聲音。他們等著它再次響起。

果然又是一聲尖叫。大家嚇得喘不過氣來。但嚇得沒有前一次厲害，因爲已經有了心理準備。這次尖叫讓我找到了聲音來源，我才走了幾步，就來到一條小巷入口。我拐彎進去時，又傳來一聲幾乎要倒抽一口氣的哭聲。

事情發生在小巷裡幾碼外的地方。一個女孩蜷伏在地上，有個魁梧的男人拿著一根細銅棍打她。她背上的衣服破了，底下的皮膚露出了紅色的傷痕。我走近之後，才明白爲什麼她沒有逃——她的雙手被反綁住了，從那兒拉出一根繩子，繫在男人的左手腕上。

我走到他們身邊時，他正舉起手臂準備再揮一棍。我輕輕鬆鬆、出其不意地抓住他手裡的棍子，用力把它壓在他肩膀上。他立刻朝我的方向揚起沉重的靴子飛踢過來，但我迅速躲開了，他手腕上的繩子限制了他的活動範圍。當我在口袋裡摸小刀時，他又空踢了一下。什麼都沒碰著，他便轉過身，狠狠地踢了那女孩一腳，咒罵她，扯著繩子把她拉起來。我往他頭上甩了一巴掌，力道剛好夠制止他，讓他罵出一小串髒話——不知道爲什麼，我就是沒辦法出手打趴一個瞎了眼的人，即使是這種人。當他稍微站穩時，我迅速彎下腰，割斷了他們相連的繩子。然後在他胸口輕輕一推，他踉蹌地退了幾步又轉了半圈之後，就搞不清楚方向了。他用空出來的左手漂亮地揮了一大圈，沒打中我，但中了磚牆。在那之後，除了指關節的疼痛之外，他對所有的東西都失去了興趣。我扶起那個女孩，解開她手上的繩子，帶她沿小巷走了，那個人還在我們身後不住地咆哮。

我們轉進大街，她才開始從恍惚中清醒過來。她轉過那張髒兮兮、滿是淚痕的臉，抬頭看著我。

「你居然看得見！」她難以置信。

「我確實看得見。」我告訴她。

「噢，感謝老天！感謝老天！我還以爲我是唯一一個看得見的人。」她說著說著，又哭了起來。

我看了看四周。幾碼外有一家酒吧，裡頭的留聲機放著音樂，玻璃全碎了，所有人都在狂歡。再往前幾碼是一家小一些的酒吧，依然完好無損。我用肩膀使勁撞開通向酒吧的門，把女孩抱進去，放在椅子上。然後我拆了另一把椅子，把兩根椅腳穿進彈簧門的門把，免得其他人進來，然後才把注意力轉向酒吧裡儲存的各種精神恢復神藥。

沒有必要著急。她從第一杯酒裡喝了一小口，一面還在吸鼻子。我給她時間讓她整理好心情，撥弄著我的酒杯柄，一邊聽著隔壁酒吧的留聲機哼唱，唱的是那首現在正流行，但頗爲悲傷的小曲：

我的愛深鎖冰窖，
我的心凝結成冰。
她和別人走了，不知道她去了哪裡，
但她寫道，她再也不會回來了。
她不再在乎我，
我只是個單人大冰窖，
真不好受啊，這麼冰，
我的愛深鎖冰窖，
而我的心，已凝結成冰。

我坐在那兒，偶爾偷偷看那女孩一眼。她的衣服，或者說剩下的衣服，質料都很好。她的聲音也很好——可能不是在舞台或電影裡練出來的，並沒有因壓力而磨損的跡象。她的頭髮是金色的，但有相當大一部分是淺白金色。在骯髒和污漬底下，她可能很漂亮。她比我矮三四吋，身材苗條，但並不會太瘦。如果有必要，她說不定還有幾分力氣，但在她大約二十四年的人生中，這些力氣除了撞球、跳舞，也許再加上駕馭馬匹之外，可能沒用在更重要的事上頭過。她形狀勻稱的雙手細膩光滑，完好的指甲長度顯示，這雙手的裝飾性遠遠大於實用價值。

酒精飲料的良好作用慢慢出來了。一杯喝完，她原本的思考習性已經完全恢復，變回了自己。

「天哪，我看起來一定糟透了。」她說。

除了我之外，似乎不會有人注意到這件事，但我沒應聲。

她站起來，走到一面鏡子前面。

「我就知道。」她證實了自己的猜測。「哪裡可以——？」

「你可以穿過那邊看看。」我建議。

大約二十分鐘後她才回來。想到那裡的設備一定有限，她已經做得很不錯：氣色好得多了。她現在更接近電影導演心目中遭逢苦難後的女主角，而不是親身經歷。

「要來根菸嗎？」我問，一邊推了第二杯調酒過去，這次多加了一點酒。

在這段恢復過程中，我們交換了各自的故事。為了多給她一點時間，我先說了自己的情況。然後她說：

「我眞為自己感到丟臉。那眞的不是我原本的樣子——我是說，你找到我那個時候的樣子。其實我很獨立的，雖然你可能不這麼認為。但不知道為什麼，整個情況對我來說實在超出界限。發生的事已經夠糟了，但最可怕的是前景突然變得難以承受，我整個人都慌了。我開始覺得，說不定我是這個世界上唯一看得見的人。這把我整個人都弄垮了，我突然又害怕又發傻，像維多利亞時代煽情通俗劇裡的女孩一樣崩潰哭嚎起來。我從來，從來沒想過自己會落到這種地步。」

「別擔心。」我說。「我們可能很快就會知道自己有多令人驚訝。」

「但現在的情況眞的讓我很擔心。如果我一開始就像之前那樣出事……。」她沒有繼續說下去。

「我在醫院裡的時候，也是嚇得快發瘋。」我說。「我們是人，不是機械計算機。」

她叫約瑟拉·普萊頓。這名字似乎有點耳熟，但我想不出是什麼。她家在聖約翰伍德的迪恩路。這個地區多少符合我的猜測。我記得迪恩路。那裡都是獨棟、舒適的房子，大部分都很醜，但都很貴。她之所以能逃脫這場普遍性的苦難，是因爲跟我一樣幸運——嗯，也許她更幸運一點。星期一晚上，她參加了一場派對，場面似乎相當盛大。

「我想，會覺得這種事很有趣的人一定是喝酒喝傻了。」她說。「派對結束以後，我從來沒這麼難受過——而且我根本沒喝多少。」

在她的記憶中，星期二是既痛苦又模糊、嚴重宿醉的一天。到了下午四點左右，她已經受夠了。她搖了鈴，要求僕人，就算彗星、地震或審判日降臨都不許打擾她。下完最後通牒，她吃下了一劑強力安眠藥，在空腹的情況下，藥效就跟直接打暈差不多。

從那時開始，她一直在人事不知的狀態，直到今天早上被她父親跌跌撞撞走進她房間的聲音吵醒。

「約瑟拉。」他說，「看在上帝的份上，快把梅耶爾醫生叫來。跟他說我瞎了——完全瞎了。」

她驚訝地發現這時已經快九點鐘了。她起身匆匆穿好衣服。僕人們對她父親和她的搖鈴都沒有回應。她去叫醒僕人，驚恐地發現他們也全瞎了。

因爲電話打不通，似乎唯一的辦法就是自己開車去接醫生。安靜的街道一部車都沒有，似乎有點奇怪，但她開了將近一英里才意識到出了什麼事。她發現這一點時，驚慌失措地立刻掉頭——但這麼做對誰都沒有好處。不管這是什麼病，醫生還是有可能逃過一劫的，就像她一樣。於是她帶著絕望和越來越渺茫的希望，繼續往前開。

攝政大街開到一半，引擎開始出問題，發出劈啪聲，最後就不動了。原來她匆忙出門的時候沒有看儀表板，備用油箱裡的油已經用光了。

她沮喪地在車裡坐了一陣子。現在每一張她看到的臉都轉向了她，但這時她已經意識到，這些人沒有一個看得見她，也沒有一個能幫助她。她下了車，希望能在附近找個修車廠，如果沒有，就準備走完剩下的路。當她砰一聲關上身後的車門，一個聲音喊道：

「嘿！你等等，伙計！」

她轉過身，看見一個男人摸索著朝她走來。

「什麼事？」她問。她一點也不喜歡這個人的樣子。

一聽到她的聲音，他的態度就變了。

「我迷路了，搞不清楚自己在哪兒。」他說。

「這裡是攝政大街。你背後就是新畫廊電影院。」她說完之後，便轉身要走。

「告訴我馬路邊在哪兒，好嗎，小姐？」他說。

她猶豫了一下，就在這時，他走近她。伸出手探了探，摸到了她的衣袖。他猛地一撲，使勁抓住了她的雙臂。

「所以你看得見，對吧！」他說。「憑什麼我瞎了，其他人也瞎了，你卻看得見？」

她還沒意識到發生了什麼事，他已經把她轉了半圈絆倒在地，她趴在路上，他用膝蓋頂著她的背。他一隻大手抓住她兩隻手腕，從口袋裡掏出一根繩子把她的雙手綁在一起。然後他起身，又拉著她站起來。

「好了。」他說。「從現在起，你就是我的眼睛。我餓了。帶我去吃點好東西。開始吧。」

約瑟拉拖著繩子不肯就範。

「我不要。馬上解開我手上的繩子。我——」

他甩了她一巴掌，打斷了她的話。

「夠了，我的小姑娘。開始吧。弄點好吃的來，聽到了沒有？」

「我告訴你，我不。」

「你他媽的肯定會聽話的，我的小姑娘。」他向她保證。

她確實聽話了。

她一直在觀察，打算伺機逃走。他完全料想到這一點。有一次她差點就成功了，但他動作太快。她才剛掙脫，他就伸出一隻腳絆倒了她，她還沒來得及站起來，就又被他抓住了。之後，他就找了那條結實的繩子，把她的手腕和自己的拴在一起。

她先領著他到一家咖啡館，把他帶到冰箱前面。冰箱已經停擺，但裡面的食物還是新鮮的。下一站是一家酒吧，他想要愛爾蘭威士忌。她看得見，但酒瓶在她夠不著的架子上。

「如果你能把我的手解開——」她提議。

「怎麼？然後讓你在我頭上砸個瓶子嗎？我的小姑娘，我又不是三歲小孩。不行，我要蘇格蘭威士忌。是哪一瓶？」

他用手在瓶子上一瓶瓶摸過去，她就告訴他瓶裡裝的是什麼。

「我想我一定是昏頭了。」她解釋。「當時我可以想出五六種辦法騙過他。如果不是你出現，我可能早就殺了他了。但一個人不可能一下子就變殘忍——至少我不能。一開始我好像沒辦法正常思考。我總覺得，現在已經不會發生這種事了，很快就會有人來阻止的。」

他們離開酒吧之前，和人發生了衝突。一群男女發現門開著，便走了進來。抓她的男人沒注意，讓他們聽見了她告訴他酒瓶裡裝什麼。他們一聽見，便停止交談，把看不見的眼睛轉向她。一陣竊竊私語之後，其中兩個男人小心翼翼地走上前來，臉上帶著有所圖謀的表情。她扯了一下繩子。

「小心！」她喊。

抓她的男人毫不猶豫地掃出他穿著皮靴的腿。這一腳幸運地踢中了。其中一個人痛得大叫蹲下，另一個跳出來，但她閃開了，他撞上了櫃臺。

「你們他媽的最好離我遠一點。」抓她的男人吼道。他惡狠狠地轉過頭。「她是我的，混蛋！她是我找到的。」

但其他人顯然不打算輕易放棄。就算他們能從她同伴的表情中看出危險，也不太可能阻止他們。約瑟拉開始意識到視力的恩賜，就算是別人的視力，現在也遠超過所有財富，而想要獲得視力，就必須進行激烈的競爭。其他人開始圍上來，伸出雙手在前方摸索。她伸出一隻腳勾住一把椅子的腿，把它掀翻，擋住了他們的路。

「來啊！」她喊，把另一個男人拖回來。

兩個男人被地上的椅子絆倒，一個女人摔在他們身上。這裡立刻一片混亂。她設法穿過這些人，兩個人一起逃到街上。

她簡直搞不清楚自己爲什麼要這樣做，只是覺得要是被迫充當那群人的眼睛，前景似乎比她目前的處境更糟糕。那個男人也沒感謝她，只是要她再去找一家酒吧：沒人的酒吧。

「我想。」她公允地說，「雖然從外表看不出來，但他可能眞的不是個壞人。他只是害怕。在他內心深處，其實比我更害怕。他給了我一些吃的和喝的。他會開始那樣打我，是因爲他喝醉了，而我又不願意一起去他家。如果你沒來，我不知道會發生什麼事。」她停了停，然後又說：「但我還是覺得自己很丟臉。讓你看到一個現代年輕女性到底能變成什麼樣子，對吧？鬼吼鬼叫，因爲幻想就把自己搞崩潰——簡直糟透了！」

她看上去好多了，而且顯然心情也好多了，雖然她伸手拿杯子的時候還是皺了皺眉頭。

「我想。」我說，「這件事我做得有點蠢——也很幸運。當我在皮卡迪利大街看見那個帶著孩子的女人時，就應該多思考一下這當中的涵意。我之所以沒有陷入和你一樣的困境，只是因爲偶然而已。」

「無論是誰擁有了珍貴的寶物，都別想過安穩日子。」她若有所思地說。

「我會一直記住這句話的。」我說。

「我可是印象深刻，想忘也忘不了了。」她回答。

我們聽著另一家酒吧的喧鬧聲，又坐了幾分鐘。

「那麼。」最後我說，「我們現在該做什麼呢？」

「我得回家去。我爸爸還在那裡。現在去找醫生顯然已經沒有用了——就算醫生幸運沒瞎也一樣。」

她似乎還想說什麼，但又遲疑了。

「要是我也跟你一起回去，你介意嗎？」我問。「我覺得，現在這種時候，我們這樣的人不應該一個人到處走。」

她帶著感激的目光轉過身來。

「謝謝你。我差點就開口問你了，但我以爲你說不定還打算去找什麼人呢。」

「沒有。」我說。「至少在倫敦沒有。」

「我很高興。倒不是說我害怕自己又被人抓住——我會很小心的。但，說實話，我怕的是孤獨。我開始覺得自己被隔絕在一切之外，被困住了。」

我開始用另一種新的眼光看待一切。這種釋放的感覺卻因爲漸漸看清我們所面對的嚴峻形勢而迅速消散。一開始，我難免有幾分優越感，也因此相當有自信。我們在這場災難中存活下來的機會是其他人的一百萬倍。在他們必須摸索瞎猜的地方，我們只要走進去拿東西就行了。但除了這件事以外，還有很多很多……。

我說：「我想知道，我們當中有多少人躲開了這場災難，還看得見的？我還碰過一個男人、一個孩子，和一個小寶寶：你一個也沒碰到。我覺得，接下來我們可能會發現，能看得見的人非常稀少。而在其他人裡面，有些人顯然已經明白，他們唯一的生存機會就是找到一個看得見的人。等到大家都意識到這一點，前景就不會太好了。」

在當時的我看來，未來似乎是個選擇題：我們要不是孤獨地活著，總是擔心被抓；就是要加入某個選定的群體，依靠它保護我們免受其他群體的傷害。我們將成爲某種領頭人兼囚犯的角色，隨之而來的是一幅血腥的幫派戰爭畫面，所有人都將爲了佔有我們而戰。我還在不安地細說這些可能性，約瑟拉站了起來，把我拉回了現實。

「我得走了。」她說。「我可憐的爸爸。現在都四點多了。」

再次回到攝政大街時，我突然有了一個想法。

「嘿，我突然想到。」我說。「我記得這附近有家商店……。」

那家店還在。我們給自己配備了幾把看起來很有用的帶鞘短刀，還有佩刀用的皮帶。

「這讓我覺得自己像個海盜。」約瑟拉一邊說，一邊扣上皮帶扣。

「我想，當海盜總比當海盜的情婦好。」我對她說。

沿著這條街走了幾碼之後，我們看到一部擦得亮晶晶的豪華大轎車。它看起來應該是那種只會發出悶響的工藝精品，但當我發動它時，我們聽見的噪音比繁忙街道上所有正常車輛加起來的聲音都大。我們往北開去，彎彎繞繞地避開那些被我們接近的聲音嚇得站在路中間不敢動的流浪者和遊民。一路上，當我們朝他們前進時，每個人都滿懷希望地轉向我們；我們經過時，他們揚起的臉便失望地垂了下來。半途有一棟建築正在熊熊燃燒，牛津街附近的另一場大火燒出一團煙霧。牛津圓環周圍的人更多了，但我們小心地避開他們，接著經過英國廣播公司，就這樣往北開上了攝政公園的車道。

離開市內街道來到開闊地帶，沒有不幸的人在那裡徘徊摸索，讓人鬆了口氣。寬廣的草地上，我們看見唯一移動的東西，是兩三小群三尖樹蹣跚地往南走。它們不知道怎麼把圍欄木樁給拔了起來，連著鐵鍊拖在身後。我記得動物園旁邊的圍欄裡有一些沒修剪的樣本，有幾株拴了鍊子，但大部分都是用雙層柵欄圍著，不知道它們是怎麼跑出來的。約瑟拉也注意到了。

「那些東西對它們沒多大用處。」她說。

接下來的路程我們沒受到耽誤。沒幾分鐘，我就把車停在她指給我看的那棟房子前面。我們下了車，我推開庭院大門。有一小段路繞過一片灌木叢，這叢灌木把房子前面大部分地方都擋住了。我們轉過拐角時，約瑟拉大叫一聲，往前奔去。有個人倒在礫石地上，胸部朝下，但頭偏著，露出了半邊臉。我一眼就看見那人臉頰上鮮紅的傷痕。

「停下來！」我朝她大喊。

我聲音裡的警告意味還夠拉住她。

這時我發現了那棵三尖樹。它潛伏在灌木叢裡，那人平躺的位置正好在它的攻擊範圍內。

「回來！快！」我說。

她還望著地上那個人，舉棋不定。

「可是我得——」她轉身對我說。然後她停住了，睜大了眼睛，尖叫起來。

我一轉身，發現一株三尖樹高高矗立在我身後幾英尺的地方。

我本能地用雙手護住眼睛。當它攻擊我的時候，我聽見了揮鞭似的咻咻聲——但我沒被擊倒，甚至連痛苦的灼燒感也沒有。在這樣的時刻，一個人的頭腦可以快如閃電，但與其說是理智，不如說是本能讓我在它還沒來得及再次出擊的時候就撲了過去。我撞上它，把它撞翻了，但即使我和它同時倒地，我的手也一直抓住它的莖幹上方，試圖把萼狀物和刺扯下來。三尖樹的莖折不斷，但扯得碎。我把這株三尖樹徹底扯爛之後才站起來。

約瑟拉站在原地，整個人呆掉了。

「過來。」我對她說。「你後面的灌木叢裡還有一棵。」

她驚恐地回頭瞥了一眼，然後走過來。

「可是，它打中你了！」她難以置信。「爲什麼你沒——？」

「我也不知道。我應該要完蛋了才是。」我說。

我低頭看著躺在地上的三尖樹，突然想起了那把我們本來要用來對付其他敵人的刀，我用刀切下了它尾端的刺，然後檢查了一下。

「這樣就說得通了。」我指著毒囊，說：「看，毒囊都癟掉了。如果都是滿的，甚至只是半滿……」我調轉拳頭，大拇指朝下指了指。

多虧了這一點，還有我自己對毒素的抵抗力，我平安無事。儘管如此，我的手背和脖子上還是有一條淡紅色的印子，癢得要命。我一邊抓，一邊站在那裡看著那根刺。

「這太奇怪了——」我低聲說，與其說是講給她聽，不如說是自言自語，可是她聽見了。

「哪裡怪？」

「我從來沒見過毒囊這麼空的三尖樹。它一定刺了一大堆人。」

但我又懷疑她是不是眞的聽見了。她的注意力再度回到躺在車道的那個人身上，她看著站在旁邊的那株三尖樹。

「我們要怎麼把他移走呢？」她問。

「沒辦法——在那東西解決掉之前不可能。」我說。「再說——嗯，恐怕我們現在已經幫不了他了。」

「你是說，他死了？」

我點點頭。「是的，毫無疑問——我看過其他被螫的人。他是誰？」我加了一句。

「老皮爾森。他是我們家的園丁，也給我爸爸當司機。好可愛的一個老先生——我一出生就認識他了。」

「我很遺憾——」我開口說，正希望自己能想出更合適的措辭，但她打斷了我。

「看！——噢，看哪！」她指著環繞房子的一條小路。拐角處伸出一條腿，還穿著黑襪和一隻女鞋。

我們仔細勘查了四周，然後安全地走到一個看得更清楚的地方。一個穿著黑色連身裙的女孩身體一半躺在小路上，一半躺在花壇裡。美麗清新的臉上留下一道鮮紅的傷痕。約瑟拉倒吸了一口氣，熱淚盈眶。

「噢！——噢，是安妮！可憐的小安妮。」她說。

我試著稍微安慰她。

「他們一點都沒意識到發生了什麼，兩個都是。」我對她說。「當三尖樹強大到足以殺人的時候，過程是很快的，還算是幸運。」

我們沒看到別的三尖樹躲在那兒。可能襲擊他們兩人的就是剛才的同一株。我們一起走過小路，從側門進了房子。約瑟拉喊了人，沒有回應。她又喊了一次。我們兩人在死寂的屋子裡仔細聽著。她轉過身望著我，我們誰也沒說話。她靜靜帶頭走過一條走廊，來到一扇包氈木門前。她一打開門，就聽見一陣颼颼聲，有個什麼東西打中了門和門框，就在她頭頂上方一吋左右。她連忙關門，睜大眼睛轉頭看著我。

「客廳裡有一棵。」她說。

她驚嚇地用氣聲說話，好像那東西在聽似的。

我們回到外頭的門，又一次走進花園。我們一直走在草地上，免得發出聲音，繞著房子走了一圈之後，終於看得見客廳了。通往花園的落地窗開著，有一邊的玻璃碎了。一串泥塊滴滴答答越過台階，經過地毯。在泥塊盡頭，一株三尖樹站在房間中央，莖幹頂部幾乎碰到天花板，還在輕輕地搖晃。在濕漉漉、毛茸茸的樹幹旁邊，躺著一具老人的屍體，身上穿著一件亮亮的絲綢晨褸。我抓住約瑟拉的手臂。我怕她會衝進去。

「那——是你爸爸？」我問，雖然我知道一定是。

「是的。」她說，用雙手摀住了臉。微微發著抖。

我站著不動，一直盯著裡面那株三尖樹，以防它朝我們這邊移動。然後我才想到手帕，便掏出自己的手帕遞給她。這種事，無論誰都無能爲力。過了一會兒，她稍微控制住自己了。我想起那天我們見過的人們，我說：

「你知道，我想，我寧願這種事發生在我身上，也不想變得和那些人一樣。」

「是。」她沉吟片刻後說。

她抬頭望著天空。天空是種柔和、深邃的藍色，漂著幾朵小小的雲，像白白的羽毛。

「喔，是的。」她更堅定地重複了一次。「可憐的爸爸。他絕對受不了看不見的。他太愛這一切了。」她又朝屋裡瞥了一眼。「我們該怎麼辦呢？我不能離開——」

就在這時，我看見殘留的窗玻璃上的倒影有動靜。我迅速回頭一瞄，看見一株三尖樹從灌木叢掙脫出來，開始橫越草坪。它蹣跚地朝我們直接走來。它的莖幹前後擺動著，我可以聽見皮革似的葉子沙沙作響的聲音。

不能再耽擱了。我不知道這地方還會有多少三尖樹。我再次抓住約瑟拉的手臂，沿著來時的路把她拖了回去。等到我們安全地爬進車裡，她終於放聲哭了出來。

讓她哭出來對她是好事。我點起菸，考慮下一步該怎麼做。我們既然發現了她父親，她自然不會願意丟下他。她會希望他有個體面的葬禮——而且看樣子，最大的問題是從挖墳到完成整個葬禮都必須由我們兩個包辦。在這之前，我們必須找出方法對付已經在屋子裡的三尖樹，並且阻止更多可能的三尖樹出現。總的來說，我會選擇放棄——但，那不是我的爸爸……。

我越從這個新角度考慮，就越不喜歡這個想法。我不知道倫敦會有多少三尖樹，每座公園至少都有幾棵。通常他們會留幾棵修剪過的，允許它們四處遊蕩。一般也會有一些毒刺完好無損的，這種就會拴在木樁上，不然就是安全地關在鐵絲網後面。我想起我們看到的，正在穿越攝政公園的那群三尖樹，我在想，不知道有多少還乖乖地關在動物園旁邊的圍欄裡，又有多少逃跑了。私人花園裡也有一些；你會預期這些都是好好剪過刺的——但你永遠不知道粗心大意會弄出什麼蠢事來。然後，在更遠一點的地方，還有幾片苗圃和實驗站……。

我坐在那裡沉思，突然意識到有什麼東西在我腦子裡輕輕頂著我；一些還沒有完全整合起來的想法。我在腦子裡搜尋了一陣子，然後，它突然出現了。我幾乎能聽見華特在說話，他在說：

「我告訴你，一棵三尖樹會比一個該死的瞎子更可能生存下去。」

當然，他說的是一個被三尖樹的刺螫瞎了眼睛的人。儘管如此，我還是有點震驚。不僅僅是震驚而已。我有點怕。

我回想了一下。不，這話不過是籠統猜測中冒出來的一句——儘管是這樣，現在看來還是有點不可思議……。

「奪走我們的視力。」他說過。「我們對它們的優勢也就消失了。」

當然，巧合總是一直在發生的——你只不過是碰巧注意到了而已……。

礫石的嘎吱聲把我帶回現實。一棵三尖樹正搖搖晃晃沿著車道朝大門過來。我彎下腰搖上了窗戶。

「快開車！開車！」約瑟拉歇斯底里地說。

「我們在車裡沒事的。」我說。「我想看看它會做什麼。」

就在這時，我意識到我有一個疑問已經得到了答案。因爲我習慣了三尖樹，早就忘了大多數人對一棵沒剪刺的三尖樹是什麼感覺。我突然明白，我們再也不可能回到這裡了。約瑟拉對有武器的三尖樹的感受就是一般人的想法——離它遠點，再遠一點。

那東西在門柱邊停住。誰看了那樣子都會發誓它一定在聽。我們靜靜地坐著，約瑟拉驚恐地盯著它。我本來以爲它會猛烈地攻擊汽車，但它沒有。也許是我們在車裡的沉默誤導了它，讓它以爲我們還在它的攻擊範圍之外。

它光禿禿的小棒子突然在莖幹上敲了起來，卡嗒卡嗒。它搖搖晃晃，笨拙地朝右走去，消失在下一條車道上。

約瑟拉鬆了一口氣。

「噢，我們趁它還沒回來，趕緊走吧。」她懇求。

我發動了車，調轉車頭，再次離開了倫敦。

第五章　暗夜中的光

約瑟拉漸漸恢復了鎮靜。她顯然想把注意力從我們身後的一切移開，有點刻意地問道：

「我們現在要去哪兒？」

「先去克勒肯維爾。」我說。「然後我們再給你弄幾件衣服。如果你願意，可以去龐德街[1]，但我們先去克勒肯維爾。」

「可是爲什麼是克勒肯維爾——？天哪！」

也難怪她會驚訝地喊出來。我們剛轉了個彎，就看見前方七十碼處的街上擠滿了人。

1 龐德街（Bond Street），倫敦市中心一條著名的購物街，聚集了許多世界頂級時裝及珠寶名牌店。

他們踉蹌地朝我們跑來，伸著雙手，人群中夾雜著哭喊和尖叫。就在我們轉過來看見他們的時候，前面一個女人絆倒了；其他人跟著摔在她身上，她就這麼消失在一堆又踢又打的人底下。在這群亂成一團的人後面，我們瞥見了一切的起因：有三根帶著深色葉片的長莖在驚慌失措的眾人頭上搖擺。我加速行駛，拐進一條小路。

約瑟拉驚恐地轉過頭來。

「你——你看見那是什麼了嗎？它們在追那群人。」

「是的。」我說。「這就是我們要去克勒肯維爾的原因。那裡有個地方生產世界最好的三尖樹槍和面具。」

我們再次出發，選好了預定路線，但並沒有找到我期待中暢通好走的路。到了國王十字車站附近，街上的人更多了。即使我一隻手一直放在喇叭上，也越來越難對付。到了車站正門處，通過完全成了不可能的任務。我不知道為什麼那裡會有這麼多人，好像這地區的人全都聚集在那裡。我們沒辦法穿過人群，回頭看了一眼，發現連要回頭都幾乎無望。我們過來時的路已經被人群淹沒了。

「出去，快！」我說。「我想他們在追我們。」

「可是——」約瑟拉說。

「快點！」我簡短地說。

我按了最後一次喇叭，然後在她之後溜了出去，引擎還在運轉。我們才出去幾秒鐘，有人找到了後門的把手。他開了門，手伸進車裡。我們幾乎被其他人衝向汽車的壓力推倒。有人開了前門，發現前座是空的，響起了一陣憤怒的叫喊。那時我們已經安全地混入人群。有人抓住了那個打開後門的人，以爲他剛從車裡出來。混亂從這裡開始蔓延。我緊緊抓住約瑟拉的手，開始盡可能不引人注意地擠出去。

我們終於離開了人群，走了一陣子，想找找有沒有適合的車。走了大約一英里之後，我們找到了——一部旅行車，以我腦中開始隱約成形的計畫來說，這種車可能比一部普通車更有用。

兩三百年來，克勒肯維爾的人們一直習慣製造細緻精密的儀器。我曾經因爲專業和他們打過交道的那家小工廠，已經將他們的古老技術運用在新的需求上。我毫不費力地找到了工廠，破門而入也不難。當我們再次出發的時候，多了幾把精良的三尖樹槍、幾千枚鋼製小迴旋標，還有我們塞在後面的一些鋼絲網頭盔，這些物資支持讓我們感覺輕鬆不少。

「再來呢——衣服？」我們出發時，約瑟拉說。

「臨時計畫，隨時可以批評修正。」我說。「首先得找一個『臨時住所』，也就是我們可以一起討論事情的地方。」

「別再去酒吧了。」她提出了反對意見。「我今天待酒吧已經待夠了。」

「要是問我朋友，他們肯定會說不可能——因爲完全免費啊——不過我也是這麼想的。」我表示同意。「我想的是一間空的公寓，應該不難找。我們可以在那裡休息一會兒，商量一下大致的作戰計畫。而且，在公寓要過夜也方便——或者，如果你發現在這種特殊情況下依然無法克服傳統的束縛，那麼，也許我們可以住兩間公寓。」

「我覺得，要是知道身邊有個人在，我會更高興一點。」

「那好。」我同意了。「那麼下一步行動，就是去弄點男士和女士的衣服。我們做這件事，也許最好各走各的——兩邊都格外小心，不要忘記我們決定住的是哪間公寓。」

「嗯——好。」她說，但口氣有點不確定。

「沒問題的。」我向她保證。「給自己定下規矩，不要跟別人說話，這樣就沒人會猜到你看見。之前就是因爲太沒戒心才讓你惹上麻煩。『盲人之國，獨眼爲王。』」

「噢，沒錯——是威爾斯[2]說的，對嗎？只是在他的故事裡這句話最後證實不是眞的。」

「差別的關鍵在於你所謂的『國』——原文用的是『patria』這個字——是什麼意

2喬治・威爾斯（Herbert George Wells，H. G. Wells，1866—1946），英國小說家。本段提及的是他的短篇小說〈盲人國〉（The Country of the Blind）。

思。」我說。「『Caecorum in patria luscus rex imperat omnis（盲人之國，獨眼爲王）』這句話最早出自一位叫富勒尼烏斯[3]的古典時代紳士，世人對他的瞭解似乎僅止於此。但目前這裡沒有有組織的『patria』，沒有國家，只有混亂。威爾斯想像了一個已經適應失明的民族。我不認爲這裡會發生同樣的情況——看不出任何可能。」

「那你覺得會發生什麼事？」

「我猜也未必比你猜得準，反正我們很快就會知道了。還是回到手頭該做的事情上吧。我們進行到哪兒了？」

「挑衣服。」

「喔，對。嗯，就是找家店溜進去，拿幾樣小東西，再溜出來。在倫敦市中心你不會碰上三尖樹的——至少目前還不會。」

「你把拿人家東西的事說得那麼輕鬆。」她說。

「我心裡可一點都不覺得輕鬆。」我承認。「但我不確定這算不算美德——更可能只

3此句為拉丁文，引用自十六世紀的戲劇《阿科拉斯》（Acolastus），由威廉·格納弗斯（Wilhelm Gnapheus，1493—1568）著，富勒尼烏斯為其拉丁文筆名。patria有民族意義的國度之意。

是習慣而已。堅決不肯面對現實不會有回報，對我們也毫無幫助。我想我們應該試試看，不要把自己當成掠奪這一切的強盜，而是——嗯，不得已的接收人吧。」

「嗯，我覺得是有點像。」她勉強同意。

她沉默了一會兒。一開口又回到了之前的問題。

「拿完衣服之後呢？」她問。

「行動第三步。」我說，「絕對是，晚餐。」

正如我所料，找間公寓並沒有什麼困難。我們把車停在一片看起來很豪華的街區前，在路中央把車鎖好，然後上了三樓。至於爲什麼會選擇三樓，我也說不上來，只是覺得似乎離大路比較遠。挑選過程也很簡單。敲敲門或按門鈴，要是有人應聲，我們就換一家。這麼做了三次之後，我們發現有一家沒有人回應。彈簧鎖是跳起來的，我們就進去了。

我本身並不是喜歡住年租金兩千英鎊公寓的那種人，但我發現，會喜歡這種公寓確實不無道理。我推測，室內裝潢師應該都是優雅的年輕人，他們有獨特的天賦，能把高尚的品味和昂貴的超前潮流結合起來。時尚意識是這個地方的主軸。明確無誤的新奇元素隨處可見，當中有一些（如果世界按照預期方向發展的話）毫無疑問將成爲明日的流行；而另外一些，我想說，從一開始就是場徹頭徹尾的失敗。整體效果上，就是一場忽視了人類缺點的貿易展——一本書放的位置只要偏離幾英吋，或者書皮顏色不對，都會破壞整個精心設計的平衡和色調——同樣的，如果一個人粗心地穿著不對的衣服，坐在錯誤的豪華椅子或沙發上，也會破壞整個設計。我轉向約瑟拉，她正睜大眼睛看著這一切。

「這小破屋還過得去嗎？還是我們再找找？」我問。

「喔，我想還過得去。」她說。然後我們一起走過精緻的奶油色地毯，想看看還能發現什麼。

這完全不在我們計畫之內，但我可能再也找不到比這更令人滿意的方式讓她不去回想當天發生過的事情了。我們的探索之旅不時被一連串的驚嘆打斷，當中包含了欽佩、嫉妒、欣喜、蔑視，和我們不得不承認的惡意。約瑟拉在一個房間的門檻前停下腳步，那個房間裡充滿了張牙舞爪的女性氣質。

「我要睡這裡。」她說。

「天哪！」我說。「好吧，各人品味不同。」

「別那麼刻薄。我說不定再也沒有下次墮落的機會了。再說，你不知道每個女孩心裡都有那麼點愚蠢至極的電影明星夢嗎？所以我要來場最後的放縱。」

「應該的。」我說。「但我還是希望他們在這兒留了些樸素的地方。老天保佑我不必睡在天花板有鏡子的床上。」

「浴室天花板也有喔。」她望著隔壁的房間說。

「真不知道這算是墮落的頂點還是谷底。」我說。「但是不管怎樣，你都不會用那個浴室的。沒熱水。」

「噢，我忘了。真可惜！」她失望地喊道。

我們勘查完屋子，發現其他部分都沒有一開始看見的那麼駭人聽聞。然後她出門去處理衣服的事。我檢查了一下這間公寓的資源和限制，接著便準備展開我自己的探險。我才剛踏出去，走廊底端的另一扇門也開了。我立刻停下腳步，站在原地不動。一個年輕人走出來，還牽著一個金髮女孩。她一跨出門檻，他就放開了手。

「稍微等一下，親愛的。」他說。

他在聽不見腳步聲的厚地毯上走了三四步，往前探尋的雙手摸到了走廊盡頭的窗戶。他的手指直接伸向鎖扣，把它打開了。我看見外面有一道逃生梯。

「你在幹什麼，吉米？」她問。

「只是確認一下。」他說，一面快步走回她身邊，伸手探了探，找到了她的手。「來吧，親愛的。」

她退縮了。

「吉米——我不想離開這裡。至少我們知道自己在自己的公寓裡。離開後我們要吃什麼？我們要怎麼生活下去？」

「親愛的，在公寓裡我們根本沒東西吃——所以也活不了多久。來吧，親愛的。別怕。」

「但我就是怕，吉米——我怕。」

她緊緊抓著他，他伸出一隻手臂把她摟住。

「我們會沒事的，親愛的。來吧。」

「可是吉米，這邊是錯的——」

「你搞混了，親愛的。是這邊沒錯。」

「吉米——我好怕。我們回去吧。」

「親愛的，太遲了。」

他走到窗邊停住，用一隻手小心翼翼地確定自己的位置。然後他雙手環住她，把她抱在自己懷裡。

「也許就是因爲太美好了，難以長久。」他輕輕地說。「親愛的，我愛你。我眞的好愛好愛你。」

她的嘴唇迎上他，讓他吻了她。

然後他抱起她，轉過身，就這麼走了出去……。

「你得收起自己的情緒。」我對自己說。「不然不行。不這麼做，就是永遠醉生夢死。這種事肯定到處都是，而且還會繼續發生。你一點辦法都沒有。就算你給了他們食物，讓他們多活幾天，之後呢？你必須學著接受，適應它。如果不這麼做，就只有用酒精麻醉自己一條路。如果你不為自己的生命奮鬥，就毫無存活機會。只有讓自己的意志變得夠堅強的人才能挺過去……。」

我花了比預期更長的時間才收集全我想要的東西。過了大約兩小時才回來。進門時我懷裡的東西掉了一兩樣下來，約瑟拉帶著一絲緊張的聲音從那間女性化過頭的房間傳來。

「只有我而已。」我一面沿著走道前進一邊出聲安撫她。

我把東西扔進廚房，又回去撿剛才掉的東西。我在她房間門外停下來。

「你不准進來。」她說。

「我完全沒那種念頭。」我抗議。「我只是想知道，你會不會做飯？」

「只有煮白煮蛋的程度。」她小聲地說。

「我就擔心是這樣。我們要學的東西實在太多了。」我說。

我回到廚房，把帶回來的煤油爐放在已經沒有用處的電爐上，開始忙碌起來。

我把成品在客廳的小桌上擺好，覺得效果相當不錯，又找了幾根蠟燭和燭台做最後修飾，這才算大功告成。至於約瑟拉，儘管不久前有過流水聲，這時依然沒有要現身的跡象。我喊了她。

「馬上來。」她回答。

我信步走到窗前向外望，很有意識地開始和這一切告別。太陽即將落下，塔樓、尖頂、波特蘭石砌的建築立面在昏暗的天空下有的雪白，有的粉紅。火災越來越多，到處都是，滾滾黑煙蔓延成巨大的黑色污跡，有時底部還沾著一點火焰。我告訴自己，很可能明天之後，我這輩子都不會再見到這些熟悉的建築了。也許有一天還能有回來的機會——但這裡再也不是原來的這裡。火災和天氣會改變它：它顯然即將死亡，即將被放棄。但目前，從遠處看來，它還可以假裝自己是個活著的城市。

我爸曾經告訴我，在希特勒戰爭降臨英國之前，他經常睜大了眼睛，在倫敦四處走，看著那些以前從未注意過的美麗建築，然後和它們說再見。此刻我也有類似的感覺，但這次比那次更糟糕。那場戰爭中倖存下來的人比任何人預期的都多——但這次面對的是一個幾乎無法讓人們生存下去的敵人。這次等在面前的不是放肆的破壞和故意的焚燒，而是漫長、緩慢、無可避免的腐爛和崩潰。

當時我站在那裡，我的心依然不肯接受頭腦告訴我的一切。儘管如此，我還是覺得這一切太誇張，太不自然，不可能真的發生。但我也知道，這種事絕對不是第一次。其他經歷過的大城市，廢墟都埋在沙漠中，或者湮沒在亞洲的叢林裡。這些城市，有一些很久很久以前就已傾圮，甚至連名字都跟著消失了。但對於當時住在那裡的人來說，他們似乎並不覺得那座城消亡的可能性，會比我認爲一座現代大城市就此壞死的可能性更大……。

我想，相信「這種事不會在這裡發生的」一定是人類最持久、最令人欣慰的幻覺之一——深信自己身處的小小時代和地方絕對不會發生大災難。而現在，大災難就發生在這裡。除非有什麼奇蹟發生，否則我現在看見的，就是倫敦末日的開端——而且很可能還有其他人和我一樣，也正看著紐約、巴黎、舊金山、布宜諾斯艾利斯、孟買，和其他注定走上叢林死城之路的城市的末日開端。

我還看著外面，身後傳來動靜。我轉過身，看見約瑟拉進來了。她穿著一件漂亮的淡藍色喬其紗[4]長禮服，搭著一條白色毛皮披肩。簡單的項鍊掛著一個墜子，上面鑲著幾顆藍白鑽，閃閃發光，耳環上微亮的寶石雖然小些，但色澤極好。她的頭髮和臉好像剛從美容沙龍走出來似的。她穿著薄絲襪和閃亮的銀拖鞋走過地板，我繼續盯著她看，什麼話也沒說，她嘴角微微的笑意消失了。

4 喬其紗，又稱喬其縐，一種絲織物。喬其紗為法語「georgette」的音譯。質地輕薄，富有彈性，透氣性良好。

「你不喜歡？」她問，帶著點孩子氣的失望。

「眞漂亮——你眞美。」我說。「我——嗯，我只是沒想到會看見這樣的景象……。」

還得再多說點什麼才行。雖然我知道這場服裝展示和我沒什麼關係。然後我說：

「你在告別嗎？」

她眼裡閃現了一種異樣的神情。

「所以說你確實是懂得的。我原本就希望你會懂。」

「我想是的。我很高興你這麼做了。這會成爲値得銘記的美好回憶。」我說。

我向她伸出手，把她領到窗前，

「我也在告別——告別這一切。」

我們並肩站在那裡，她在想什麼沒有人知道。而在我腦海裡的，就像在看一支由現在已經結束的生活和生活方式組成的萬花筒——或者更像是一本巨大的相簿，在一句無所不包的「你還記得嗎？」之中不斷翻閱著。

我們看了很久很久，陷入了沉思。然後她嘆了口氣。她低頭看了自己的衣服一眼，手指摸著精緻的絲綢。

「很蠢吧？——羅馬正在燃燒呢。」她說，浮起一絲苦笑。

「不——親愛的。」我說。「謝謝你這麼做。這是一種表示——也是一種提醒，告訴我儘管這世界問題叢生，但還有這麼多的美存在。你做得太好了——而且，看上去也可愛極了。」

她笑容裡的悲傷消失了。

「謝謝你，比爾。」她停了停，又說：「我之前跟你說過謝謝嗎？我想是沒有。如果你那時沒幫我——」

「要不是你。」我對她說，「我現在可能正躺在酒吧裡痛哭流涕，喝得爛醉呢。我也一樣要謝謝你。現在可不是一個人單打獨鬥的時候。」接著，爲了轉換話題，我又說：「說到酒，這裡有瓶很棒的阿蒙提亞多雪莉酒，還有些相當不錯的東西可以搭。這間公寓找得眞不錯。」

我倒了酒，我們舉起酒杯。

「爲健康、力量和好運乾杯。」我說。

她點點頭。我們啜了一口酒。

「要是。」我們開始品嚐一罐吃起來很昂貴的鵝肝醬時，約瑟拉問：「要是這裡的主人突然回來，那怎麼辦？」

「眞那樣的話，我們可以解釋——而且不管是他或者是她，應該只會感激有人能在這裡告訴他哪個瓶子是哪個，或者之類的事——不過我覺得這不太可能發生。」

「是不太可能。」她同意，但還在思索。「恐怕眞是不太可能。我想——」她掃視了屋裡一圈，目光停在一個羅馬柱風格的白色底座上。「你試過那台收音機嗎——我想那東西是收音機，對吧？」

「也是電視投影機。」我告訴她。「但是一點用也沒有。沒電。」

「啊，當然，我忘了。我想我們會有很長一段時間記不住這種事。」

「但是我要出門的時候確實試過一次。」我說。「那是裝電池的。沒用。所有廣播頻道都靜得跟死了一樣。」

「意思是，每個地方都跟這裡一樣？」

「恐怕是。只有四十二公尺波段附近有些劈哩啪啦響的聲音，除此之外什麼都沒有。連電波都沒了。眞不知道努力發出訊號的那個人是誰，在哪兒，可憐的傢伙。」

「這——接下來可眞是不妙了，是不是，比爾？」

「這嘛——不，我可不想讓我的晚餐蒙上陰影。」我說。「先享樂，後工作——未來鐵定有一大堆事要做。我們聊點有意思的吧，比如說你談過幾次戀愛，爲什麼這麼久了那個人還不來娶你——還是說他已經娶了？你看，我什麼都不知道。請分享一點生活故事吧。」

「嗯。」她說，「我出生在一個離這裡大約三英里遠的地方。我母親當時非常不高興。」

我揚起眉毛。

「你知道，那時她已經打定主意要我成爲美國人。但是車子要送她去機場的時候已經來不及了。她是個衝動的人——我想我也繼承了一部分。」

她絮絮叨叨地一直說。她早年的生活並不怎麼特別，但我想她整體來說很享受這段時光，讓我們暫時忘記了外面的世界。我很喜歡她喋喋不休地講那些此刻已經不存在於這屋子外面的事。我們輕鬆地度過了童年、學生時代和「社交界初亮相」——至少這些詞在這裡還有意義。

「我十九歲的時候差點就結婚了。」她坦承，「現在我很高興當初沒結成，但那時並不這麼覺得。我跟我爸大吵了一架，是他拆散我們的，因爲他一眼就看出萊納爾是個衣冠禽獸，而且……」

「是個什麼？」我打斷她。

「衣冠禽獸。就是個打扮得人模人樣的垃圾——整天不務正業那種。於是我和家人斷了聯絡，跟一個有自己公寓的女孩住在一起。我家斷了我的零用錢，非常愚蠢，因爲這很可能會產生和他們的意圖完全相反的效果。他們這麼做了，但反效果並沒有出現，因爲我所認識的每個相同處境的女孩，在我看來都過得很累。沒有多少樂趣，卻要忍受很多嫉恨——而且還要做很多很多計畫。你絕對不會相信，爲了要保持有一兩個備用方案——或者兩三個備用方案的良好狀態，我需要準備多少計畫？」她沉思著。

「沒關係。」我告訴她。「我大致上明白。你其實根本不想要什麼備用方案。」

「你挺有直覺的。但就算這樣，我也不能只依靠那個有公寓的女孩子。我確實需要錢，所以我寫了那本書。」

我以爲我聽錯了。

「你做了一本書？」我說。

「我寫了書。」她看了我一眼，笑了。「我看起來一定蠢死了——當我告訴別人我在寫書的時候，他們看我的眼神就是那樣。容我提醒一句，並不是什麼鉅作——我的意思是，不是阿道斯或查爾斯[5]那樣的人寫出來的書，但是它發揮了作用。」

我沒有問她說的查爾斯是哪個查爾斯。我只是問：

5阿道斯，指阿道斯・赫胥黎（Aldous Leonard Huxley，1894—1963），著有著名科幻小說《美麗新世界》。查爾斯，指查爾斯・狄更斯（Charles John Huffam Dickens，1812—1870），著有《孤雛淚》、《雙城記》及《遠大前程》等名作。

「你的意思是，這本書出版了？」

「噢，是的。它確實賺進不少錢。像是電影版權——」

「書名叫什麼？」我好奇地問。

「叫做《性就是我的冒險》。」

我瞪大了眼睛，然後一拍額頭。

「約瑟拉．普萊頓，是了。我眞不懂爲什麼我一直沒想起這個名字。那是你寫的？」

我難以置信地加上一句。

我不明白爲什麼之前我沒想到。明明到處都是她的照片——從我眼前的本尊看起來，那照片拍得不怎麼好，而且那本書是隨處可見。兩間大型流通圖書館把這本書禁了，可能純粹就是因爲書名。書被禁了之後，等於爲銷售做了保證，銷量飆升到幾十萬本。約瑟拉格格笑了起來。我很高興聽見她的笑聲。

「喔，天哪。」她說。「你表情跟我那些親戚一模一樣。」

「這也怪不了他們。」我說。

「你看過那本書嗎？」她問。

我搖頭。她嘆了口氣。

「人眞有意思。只知道書名和廣告，然後就嚇著了。這眞的只是一本人畜無害的小書。有品味的綠、浪漫的粉紅，還混了一點點女學生的紫。但那個書名是個好主意。」

「這就要看你所謂的『好』是什麼意思了。」我說。「而且上頭還有你的本名。」

「這一點。」她承認，「確實做錯了。出版商說服了我，說這樣宣傳效果會好得多。從他們的角度來說，他們是對的。有一段時間我名聲壞透了——有時候我在餐廳或其他地方看到人們用猜疑的眼光看我，總是讓我心裡偷笑——他們似乎發現，很難把他們看見的我和想像中的我連起來。很多我不喜歡的人開始常常往我住的公寓跑，為了擺脫這些人，也因為我已經證明了我不需要回家，所以我又回家了。

「不過這本書還是搞砸了不少事。一般人會糾結在書名的字面意義上。從那之後，我似乎必須對不喜歡的人維持某種固定的防禦態度——而那些我想要喜歡的人，要不怕我，要不就是覺得被冒犯。最討厭的是，這本書根本跟邪惡沾不上邊——只是蠢得嚇人而已，明智的人應該看得出來。」

她若有所思地停了停。我卻突然想到，那些所謂明智的人，說不定早就先入為主地判定，寫《性就是我的冒險》的人也和書一樣蠢得嚇人了，但我忍住沒說。我們年輕時都做過光回想都尷尬的蠢事——但不知道為什麼，人們會發現，很難把碰巧在經濟方面取得成功的事只當成年輕時的蠢事看待。

「某種程度上，這扭曲了一切。」她抱怨。「我正在寫另一本書，想把它再平衡回來。但我很高興這本書永遠不會完成——實在太苦了。」

「也有一樣驚人的書名嗎？」我問。

她搖搖頭：「書名叫《被棄者》。」

「嗯——確實沒有另一本那麼抓人眼球。」我說。「有出處？」

「是。」她點點頭。「康格里夫先生寫的：『被棄絕的聖母離愛長眠於此。』[6]」

「呃——喔。」我說，稍微思考了一下這個名字。

「那現在。」我提議，「我想是開始擬定作戰計畫的時候了。我先說一下我的看法好嗎？」

我們躺在兩把極舒適的扶手椅上，中間的矮桌放著咖啡用具和兩只玻璃杯。約瑟拉喝的是小杯的君度酒，我那個看起來財大氣粗的大肚子酒杯裡裝著一小灘昂貴的白蘭地。約瑟拉呼出一縷煙，又啜了口酒，品嚐著味道，然後說：

---

6 威廉・康格里夫（William Congreve，1670—1729），是英國王政復辟時期劇作家、詩人，以機智、充滿諷刺意味的對話和對當時風尚喜劇的影響而知名。但約瑟芬引用的此句其實出自於約翰・德萊頓（John Dryden，1631—1700）所寫的戲劇《時尚婚姻》。

「我在想，我們不知道還能不能再吃到新鮮的柳橙？好吧，你先說。」

「嗯，這些表面的光鮮其實沒什麼用處。我們最好快點離開，不是明天，就是後天。你可能就要開始看見這裡即將發生的事。目前水塔裡還有水，但很快就沒有了。整個城市會開始跟下水道一樣臭氣薰天。已經有屍體躺在地上了——會一天天地越來越多。」我注意到她在發抖。我只顧著講大局，忘記了這個詞對她可能產生的特殊效應。我趕緊接著說：「那可能代表著斑疹傷寒、霍亂，或者天曉得是什麼病。最重要的是，必須在這種事發生之前離開。」

她點點頭，表示同意。

「那麼接下來的問題大概是：我們要去哪裡？你有什麼想法嗎？」我問她。

「嗯——我想，大概是某個偏僻的地方吧。一個我們可以確定供水充足的地方，也許是有水井的地方。而且我想，我們最好盡可能往高一點的地方去——一個風吹起來乾淨舒服的地方。」

「對。」我說，「我沒想到乾淨的風，但你是對的。供水無虞的山頂啊——這可沒那麼容易。」我想了一會兒。「湖區？不，太遠了。威爾斯，也許？或者是埃克斯穆爾或達特穆爾——或者就在康瓦爾落腳？『天涯海角』附近盛行的西南風會從大西洋上空吹過來，一點污染也不會有。但這也很遠。等到進城這件事再度變得安全，我們還是要依賴城鎮的。」

「薩塞克斯唐斯怎麼樣？」約瑟拉提議。「我知道那邊的北側有座可愛的老農舍，正對著普爾伯勒。農舍不在山頂，而是在山坡上。有個抽水用的風泵，我想他們自己發電。整座農舍都改造過，變得現代化了。」[7]

「這其實是個不錯的住處，但離人口稠密的地方還是有點近。你不覺得我們應該再走遠一點嗎？」

「嗯，我在想。我們還要多久才能再安全進城？」

「這我真的不知道。」我承認。「我想大概是一年左右——那時應該已經夠安全了

7 此處提及的幾個英國地區名：「湖區」（Lake District）是英國西北英格蘭坎布里亞郡的一片鄉村地區。「威爾斯」（Wales）位於英國西南部。「埃克斯穆爾」（Exmoor），也叫埃克斯穆爾高地，指英國英格蘭西南部薩默塞特郡及德文郡北部的丘陵地帶。「達特穆爾」（Dartmoor）是德文郡中部穆爾蘭的一個地區，也是一個受保護的國家公園。「康瓦爾郡」（Cornwall），又譯崗澳郡、康沃爾，是大不列顛島西南端的半島，半島最西南端伸出海中的蘭茲角（Land's End），被稱為英國的「天涯海角」。「薩塞克斯唐斯」（Sussex Downs），位於英國東南部，今劃入南唐斯國家公園範圍。「普爾伯勒」（Pulborough）位於英格蘭東南部，距離倫敦西南約六十七公里。

吧？」

「我明白。但要是我們走得太遠，以後就很難弄到生活補給品了。」

「這確實是個問題。」我同意。

我們暫時擱置了最終目的地的事，先安排遷移的各種細節。我們決定隔天早上先去弄一部卡車——一部大容量卡車——我們列了一張清單，寫著要裝上車的必需品。如果我們能把這些東西都弄到，當天傍晚就出發；要是不能（單子越來越長了，看來這似乎更有可能）我們就冒險在倫敦再待一晚，第二天離開。

接近午夜時，我們已經把次要需求也加進了必需品清單，結果整張單子變得像百貨公司目錄。但如果做這件事能讓我們今晚稍微放鬆點，那也算是值得。

約瑟拉打了個哈欠，站了起來。

「我睏了。」她說。「——而且讓人著迷的床上還有絲綢被罩等著我呢。」

她走過厚厚的地毯，像是飄過去的。她手放上門把時停住了腳步，對著一面全身鏡嚴肅地端詳自己。

「有些事還是頗有樂趣的呀。」她說，對著鏡裡的自己吻了自己的手。

「晚安，虛榮甜蜜的美人。」我說。

她淺笑著轉過身去，一片薄霧似地消失在門後。

我倒光了最後一滴極品白蘭地，在手裡暖了暖，抿了一口。

「你再也——再也看不見剛才那樣的景象了。」我對自己說。「轉眼即逝……[8]」

然後，在我不支倒地之前，我也躺到那張樸素得多的床上去了。

我舒服地放鬆身體，準備進入夢鄉，突然傳來敲門聲。

「比爾。」是約瑟拉的聲音。「快來。有光！」

「什麼光？」我問，一面掙扎著下了床。

「在外面。快來看。」

她站在走廊上，身上穿著一件很明顯只可能屬於那間豪華房間主人的衣服。

「老天啊！」我緊張地說。

「別發傻。」她生氣地對我說。「過來看那道光。」

那裡絕對有盞燈。從她房間的窗戶向外望，依我判斷是東北方，我看見一束和探照燈一樣亮的光線，堅定不移地指向天空。

8原文全句為拉丁文短語「Sic transit gloria mundi」，意為「世間繁華，轉眼即逝」。

「這表示，那裡一定還有看得見的人。」她說。

「肯定是。」我同意。

我試圖找出那道光的來源，但周圍太黑了，沒有辦法判定。它離我們不很遠，這點我確定，而且光的起點似乎在半空中——這表示它可能裝在一座高樓上。我沉吟了一會。

「還是明天再說吧。」最後我決定。

在黑暗中穿街過巷找出通往光的路，這個想法一點也不吸引人。而且可能（雖然很不可能，但還是有可能）是個陷阱。即使是個盲人，只要他夠聰明，夠絕望，也可以用觸摸的方式架設出這樣的東西來。

我找出一把指甲銼刀，蹲下來，眼睛盯著窗台的水平高度。用銼刀尖端在油漆表面小心劃出一條線，標出光束來源的確切方向。然後就回房間了。

我清醒地躺了一個多小時。夜放大了這座城市的安靜，讓打破死寂的聲音顯得更加荒涼。街上不時冒出尖銳、脆弱、歇斯底里的人聲。有一次還傳來一聲讓人血液凝結般的尖叫，彷彿已經脫離了理智，狂喜到近乎恐怖。不遠處一個無望的啜泣聲彷彿從未停過。我還聽見過兩次刺耳的單發槍聲……我發自心底感謝讓我和約瑟拉產生交集的一切。

徹底的孤獨，是我當時能想像到最糟糕的狀態。獨自一人什麼都不是。有了陪伴，就有了目標，而目標有助於抑制病態的恐懼。

我試著把這些聲音擋在腦子外面，努力想著明天、後天，以及之後的每一天我必須做的事；猜測光束可能的意義，以及它可能怎樣影響我們。但背景的啜泣聲一直存在，持續不停，提醒我那天曾經看過、而明天又即將要看見的一切……。

門突然開了，我驚恐地坐了起來。是約瑟拉，她拿著一支蠟燭，眼睛又大又黑，一直在哭。

「我睡不著。」她說。「我嚇壞了——眞的嚇壞了。你聽見了嗎？那些可憐的人。我受不了……。」

她像個孩子一樣來找人安慰。我不確定她是不是眞的比我更需要。

她比我先睡著了，頭靠在我肩上。

那天的記憶依然讓我無法平靜。但最終，人還是會睡著的。我最後的記憶是那個女孩悲切的聲音，她唱著：

我倆不再共遊……

第六章　會合

我醒來的時候，已經可以聽見約瑟拉在廚房走動的聲音。我的錶顯示現在快七點了。我用冷水不舒服地刮完鬍子，換好衣服，公寓裡飄來烤麵包和咖啡的香氣。我發現她拿著一隻平底鍋舉在煤油爐子上，有種鎮靜自如的神氣，讓人很難把她和前一天夜裡那個驚恐的形象連接起來。她的談吐也很務實。

「恐怕只有罐頭牛奶了。冰箱停了。不過別的東西都沒問題。」她說。

有一瞬間，我很難相信眼前這個一身工裝打扮的人，就是前一天晚上穿得像在參加舞會的那個人。她挑了一套深藍滑雪裝，結實的鞋子上方白色的襪子反摺下來。深色的皮帶上掛著一把製作精良的獵刀，取代了我前一天找到的那把平庸的武器。我不知道自己預期看見她穿成什麼樣子，也不知道自己是不是眞的想過這件事，但以實用性選衣服絕不是我見到她時的唯一印象。

「你覺得我穿這樣行嗎？」她說。

「絕對行。」我向她保證。我低頭看著自己。「眞希望我也能這麼有先見之明。男士休閒服實在不太適合這個工作。」我說。

「確實還有改進空間。」她同意，坦率地看了我皺巴巴的西裝一眼。

「昨晚那道光。」她接著說，「是從大學塔樓發出來的——至少這點我很確定。這條線上沒有其他明顯的地標，距離似乎也差不多。」

我進了她房間，順著窗台上的劃痕看過去。正如她所說，這條線確實直接指向大學塔樓。我又多注意到一件事。這座塔樓在同一根旗杆上掛了兩面旗幟。如果是一面，也許是偶然升上去的，但兩面肯定是故意發送的訊號，等於是白天的那道光。吃早餐時，我們決定推遲原本的計畫，把調查這座塔樓當成那天的第一項工作。

約莫半小時後，我們離開了公寓。如同我希望的，那部停在路中間的貨車躲過了遊民們的覬覦，完好無損。我們沒再耽擱，把約瑟拉弄到的手提箱放在後面的防三尖樹裝備中間，就這麼出發了。

我們沒遇上幾個人。大概是疲憊和空氣中的寒意讓他們意識到夜幕降臨，還沒有多少人從他們覓得的睡覺地點出來。和前一天相比，我們看見的人離排水溝更近，而離牆更遠。現在這些人大部分都拿著棍子或一截斷木條，沿路輕敲。這樣比貼著有出入口和突出物的房屋正面更容易走，而且敲擊聲也能降低彼此碰撞的頻率。

我們沒花多大力氣就穿過了馬路，一會兒之後拐進斯多爾街，就看見街道盡頭的大學塔筆直地矗立在我們面前。

「慢點。」我們轉進空蕩蕩的馬路時，約瑟拉說。「我覺得大門口好像發生了什麼事。」

她說得對。我們走近之後，可以看見街道盡頭聚著一群數量可觀的人。前一天發生的事讓我們厭惡人群。我沿著高爾街往前開了五十碼左右，就停住了。

「你覺得那邊發生了什麼事？我們要調查還是撤退？」我問。

「我覺得應該調查一下。」約瑟拉立刻回答。

「好。我也這麼認爲。」我表示同意。

「這附近我有印象。」她說。「這排房子後面有座花園。如果我們能進去，應該看得到發生的事，又不會讓自己捲進人群裡。」

我們下了車，滿懷希望地開始朝地下室張望。我們在第三棟房間發現一扇開著的門，裡面有一條通道直通花園。這地方總共有十幾戶人家，佈局奇特，大部分都和地下室一般高，因此也比周圍街道要低。但在另一邊，也就是離大學塔樓最近的地方，它升高成一塊平台，以高高的鐵門和矮牆與道路隔開。我們可以聽見遠處人群的聲音，像某種混合的低沉雜音。我們穿過草坪，沿著一條帶坡度的礫石小路往前走，最後在灌木叢後面找到了一個可以看見情況的地方。

站在大學門外路上的男女肯定有好幾百，人數比我們從聲音估計的要多得多，我第一次意識到，一群盲人比一群同等規模的明眼人要安靜，也更不活躍。當然這很自然，因爲他們必須幾乎全靠耳朵瞭解正在發生的事，所以個人的安靜對大家是有好處的，但在那一刻之前我從來沒想到這一點。

不管發生了什麼，反正一切都在我們眼前。我們設法找了個稍高的土丘，可以從那裡越過人群頭頂看見大門。一個戴著便帽的人隔著欄杆在那裡滔滔不絕。他的話似乎沒有引起多少共鳴，因爲大門另一端的人在他說話時幾乎都搖頭不表贊同。

「那是在幹什麼？」約瑟拉小聲問。

我把她帶到身邊。那個滔滔不絕的男人轉了個方向，讓我們看見了他的側臉。據我判斷，他大約三十歲，有個又直又窄的鼻子，和瘦骨嶙峋的五官。頭髮是深色的，但比起外貌，他的舉止要更引人注目。

大門兩端的對話依然毫無進展，男人的聲音越來越大，口氣越來越堅決——儘管對另一頭的人並沒有明顯的影響。毫無疑問，門後那個人是看得見的；他透過牛角框眼鏡，小心翼翼地看著他。他身後幾碼處，站著另外三個人組成的小團體，他們的視力同樣無庸置疑。這三個人也非常當心地注視著人群和發言的人。站在前頭那個男人變得更激動了。他的聲音越來越大，彷彿他說這些話不但是爲了欄杆後面的人，也是爲了群眾的利益。

「現在聽我說。」他生氣地說。「這裡這些人跟你一樣有生存的權利，不是嗎？他們瞎了又不是他們的錯，對吧？這不是誰的錯——但如果他們餓死了，那就是你們的錯了，這你們很清楚。」

他的聲音奇特地混合了粗獷和有教養兩種味道，很難確定他的階層——但不知道爲什麼，這兩種風格對他來說都不太自然。

「我一直想辦法讓他們知道去哪裡找食物。我一直在爲他們做我能做的事，但是老天啊，我只有一個人，他們是成千上萬哪。你們也可以告訴他們去哪裡找食物——但是你們呢？——混蛋！你們在做什麼？一群該死的傢伙，就是這樣。啥都沒做，只顧著自己的爛臉皮。你們這種人我以前就見識過了。『他媽的你們全死光了干我屁事』就是你們的座右銘。」

他輕蔑地啐了一口，又高高舉起具煽動性的長手臂。

「在外面。」他說著，朝整個倫敦揮了揮手，「有成千上萬個可憐人，他們只是希望有人告訴他們，該怎麼拿到那裡唾手可得的食物。——這是你們做得到的。你們要做的就是讓他們知道東西在哪裡。但是你們呢？你們這些壞蛋做了嗎？沒有，你們做的事就是把自己關在這裡，讓外面的他們活活餓死，明明你們只要出來，告訴那些可憐人去哪裡找食物，就能讓幾百個人活下去。老天啊，你們還是人嗎？」

那人的聲音十分憤怒。他有話要申訴，說得充滿激情。我感覺到約瑟拉的手無意識地抓緊了我的手臂，我把手放在她手上。站在大門另一邊的那個人說了些我們所在位置聽不見的話。

「能撐多久？」靠近我們這邊的那個喊道。「我們怎麼知道那些食物到底能撐多久？我只知道，要是像你們這樣的混蛋不一起下來幫忙，等他們來收拾爛攤子的時候，活著的人就沒幾個了。」他站在那裡，怒目而視。「其實，你們很害怕——害怕讓他們知道食物在哪裡。爲什麼呢？因爲這些可憐人吃到越多，留給你們的就越少。事情就是這樣，對吧？這就是眞相——要是你們有勇氣承認的話。」

另一頭那個人的回答我們還是沒聽到，但不管他回答了什麼，都沒有讓那個發言的人平靜下來。他透過鐵欄杆冷冷地回望著他，一會兒之後，他說：

「好吧——如果這就是你們想要的！」

他閃電似地從柵欄間抓住了另一端那人的手臂，迅速拉出欄杆外，反扭過去。然後他抓住身邊一個盲人的手，讓他把那條手臂牢牢夾緊。

「堅持住，老兄。」他說，然後他跳向大門的主門栓。

門裡那個人終於從最初的驚訝中清醒過來。他用另一隻手瘋狂敲打著身後的欄杆，有一下意外擊中了盲人的臉。那人大叫一聲，雙手卻抓得更緊了。三人小組中帶頭的那個人正在努力拴緊大門。就在這時，一聲來福槍響，子彈砰一下打在欄杆上，嗖一聲彈飛了。領袖突然停住了動作，拿不定主意，他身後冒出咒罵和一兩聲尖叫。人潮前後搖晃，好像不確定是該跑還是該衝進大門。院子裡的人替他們做了決定。我看到一個看上去很年輕的人把什麼東西往胳膊下面一夾，我立刻拉著約瑟拉趴下，一串衝鋒槍聲響了起來。

槍口顯然已經刻意拉高了；儘管如此，衝鋒槍的噠噠聲和子彈的嗖嗖聲還是很令人驚恐。一場短暫開火就足夠解決問題。我們再抬起頭的時候，人群已經四散，散開的各個部分正往三個可能的方向摸索，想去安全一點的地方。帶領群眾那人停了停，喊了些聽不懂的話，然後也轉過了身。他沿著馬勒大街向北走，盡可能把追隨他的人聚集在身後。

我坐在原地看著約瑟拉。她若有所思地回頭看看我，然後又低下頭，看著她眼前的地面。過了好幾分鐘，我們才開口說話。

「怎麼樣？」我終於問道。

她抬起頭，看了看馬路對面，然後又看著從人群中掉隊的最後幾個人，在那裡悲慘地摸索前進。

「他是對的。」她說。「你也知道他是對的，不是嗎？」

我點點頭。

「是，他是對的……然而他也大錯特錯。你看，沒有『他們』來收拾爛攤子——我現在很確定這一點。不會有人收拾的。我們也許可以照他說的做。我們可以讓一些人，也許只有一些，知道哪裡有食物。我們可以這樣做個幾天，也許幾星期，但之後呢——能做什麼？」

「這樣太可怕，太無情了……。」

「如果我們正視這件事，是有個簡單的選擇。」我說。「我們可以從沉船上拯救救得了的人——當中必須包括我們自己；或者，我們可以犧牲自己，只求延長所有人的生命。這是我所能秉持，最客觀的觀點了。

「但我也明白，更顯然的人道作法說不定是自殺。當我們認爲最終已經沒有機會拯救這些人了，我們還應該把時間花在延長痛苦上嗎？這對我們自己來說，是發揮用處最好的方式嗎？」

她慢慢地點了點頭。

「這麼說來，似乎沒有太多選擇，是吧？就算我們可以多救幾個人，我們要選哪一個？——我們要選誰？——再說，我們能堅持多久呢？」

「這可不容易。」我說。「我不知道當我們手上物資耗盡的時候，我們能支持這些殘疾人當中的多少，但我想，比例應該不會太高。」

「你已經決定了。」她說，看了我一眼。聲音裡好像有一絲不贊成的味道，又好像沒有。

「親愛的。」我說。「我跟你一樣不喜歡這樣。我已經把備選方案清楚擺在你面前了。我們是要幫助那些在災難中倖存下來的人重建某種程度的生活？——還是做出看起來僅僅是某種姿態的道德姿態？馬路對面那群人很明顯想活下去。」

她把手指插進土裡，讓土緩緩從指間滑落。

「我想你是對的。」她說。「但是你說我不喜歡這樣，也是對的。」

「我們喜歡與否，現在已經不再是決定性因素了。」我說。

「也許吧，但我總覺得，所有以開槍開始的事情都肯定有問題。」

「他刻意射偏了——很可能因此避免了一場衝突。」我指出。

群眾都走光了。我翻過牆，扶著約瑟拉從另一邊下來。門口有個人開了門讓我們進去。

「你們有幾個人？」他問。

「就我們兩個。我們昨晚看見了你們的信號。」我告訴他。

「好的。來吧，我們去找上校。」他說，帶著我們穿過前院。

那個他稱呼上校的人坐在離入口不遠的一個小房間裡，像是給守門人用的。那人胖嘟嘟的，剛過五十歲的樣子。頭髮濃密，但修剪得整整齊齊，髮色有點花白。他的小鬍子也是同樣風格，看起來好像沒有一根毛敢站歪。他的臉色非常紅潤健康、精神飽滿，是年輕得多的人才會有的樣子；我後來發現他的思維也是這樣，從來沒停過。他坐在那裡，桌上放著大量的文件，精確地按規則排列，一張乾乾淨淨的粉紅色吸墨紙端正地擺在他面前。

我們進去時，他轉向我們，依序用強烈而堅定的目光注視我們兩人，而且比必要的時間稍微長一點。我看出了他用的技巧。這麼做的目的，是爲了表示自己眼光敏銳，慣於迅速衡量他眼前的人；被觀察的人應該會覺得自己碰上了一個不能亂說話的可靠人物——或者覺得自己已經被看穿，不然就是所有弱點都被注意到了。正確的對應是以相同方式回敬，讓他覺得你是個「有用的傢伙」。於是我就這麼做了。上校拿起筆。

「請問姓名？」

我們說了名字。

「地址呢？」

「以目前情況來說，恐怕地址沒什麼用處。」我說。「但如果您覺得必須知道的話——」我們也報上了地址。

他咕噥了幾句關於系統、組織和關係之類的事，然後把我們說的東西寫下來。接著是年齡、職業，以及其他所有資料。他再次用詢問的眼神望著我們，每張紙都草草記下一些東西，然後放進一個資料夾裡。

「我們需要有用的人手。這是個骯髒活。不過這裡有一大堆事情要做。一大堆。比德利先生會告訴你要做什麼的。」

我們走出來，再次回到大廳。約瑟拉笑出聲來。

「他忘了跟我們要一式三份的推薦信——不過我想，我們已經拿到這份工作了。」她說。

當我們見到邁克．比德利時，發現他和前一個人可以說是完全相反。他又瘦又高，肩膀很寬，卻微微弓著背，有點運動員跑去唸書的樣子。休息的時候，那雙大眼睛的深邃黑暗，讓他的表情帶著淺淺的憂鬱，但很少有人能在休息時看見他。他頭上偶爾閃現的幾根白髮，讓人很難判斷他的年紀，可能在三十五到五十歲之間。而這時，他明顯的疲倦又讓估計變得更加困難。從表情看來，他一定整夜沒睡，不過他還是很高興地跟我們打招呼，又跟另一位女性招手示意，我們報上姓名，她又記了一次我們的名字。

「這位是桑德拉．特爾蒙。」他向我們說明。「桑德拉是我們的專業事務官——她之前的工作就是維持事務的連貫性，所以我們認爲她能出現在這裡是天意的特殊安排。」

年輕女子向我點點頭，然後認眞地看著約瑟拉。

「我們以前見過吧。」她若有所思地說。她低頭看著膝上的記事本。不一會兒，那張友善又略帶異國風情的臉上便掠過了一絲微笑。

「噢，沒錯，當然見過。」她想起來了。

「我就說吧，那件事就跟蒼蠅紙一樣，甩都甩不開。」約瑟拉對我說。

「怎麼回事？」邁克．比德利問。

我解釋了一下。他更仔細地看了約瑟拉一眼。她嘆了口氣。

「請忘了這件事吧。」她說。「我有點厭倦這種生活了。」

這話似乎讓他很驚喜。

「沒問題。」他說，點點頭放過了這個話題。他轉身回到桌邊。「那我們繼續吧。你們見過雅克了？」

「如果您指的是扮演政府公務員那位上校，那我們見過了。」我說。

他笑了。

「你們得明白我們的處境。要是不清楚你們的實力，啥事也幹不成。」他模仿上校的神態說。「不過這倒是實話。」他接著說。「我最好給你一個大致的概念，讓你知道情況是什麼樣子。目前爲止，我們大約有三十五個人，什麼樣的人都有。我們很希望，也很期待白天會有更多的人加入。這些人裡面，有二十八個看得見，剩下的是這些人的妻子或丈夫——還有兩三個孩子——他們是看不見的。目前大致上的想法是，如果我們能及時準備好，明天就找個時間離開這裡——這是爲了安全起見，你明白的。」

我點點頭。「我們原本決定今晚離開，也是出於同樣的原因。」我告訴他。

「你們有什麼運輸工具？」

我把卡車目前的位置告訴他。「我們今天打算囤點物資。」我補充說。「目前我們除了一些防三尖樹的裝備，其他幾乎什麼都沒有。」

他揚了揚眉毛。桑德拉也好奇地看著我。

「把這種東西當成首要必需品，挺奇怪的。」他說。

我向他們解釋了原因。可能說得不夠好，因爲他們倆看上去都是一副無關緊要的樣子。他漫不經心地點點頭，然後說：

「嗯，如果你們想加入，我的建議是，把你們的車開過來，東西卸下來，然後開走，去換一台更好的大卡車。然後——噢，你們兩個有誰懂醫療的嗎？」他突然插進了一句。

我們搖搖頭。

他皺了皺眉。「太可惜了。目前爲止還沒碰到這方面的人才。要是我們一陣子之後還沒人需要醫生，我會覺得很意外的——而且無論如何，我們都應該打預防針……不過，讓你們兩個去找醫療用品也沒什麼用。食品和雜貨店呢？適合你們嗎？」

他翻了翻夾起來的一疊紙，拿下其中一張遞給我。上頭標著第十五號，下面是打字列出來的罐頭食品、鍋碗瓢盆和一些枕頭被褥之類的清單。

「不要死板地照著找。」他說，「但也不要太偏離這張清單，這樣我們就可以避免太多重複。堅持品質最好的東西。對於食物，重點放在有價值的大批貨物上——我的意思是，就算玉米片是你生活中最熱愛的東西，也先把它們忘了吧。我建議你只找倉庫和大批發商。」

他拿回那張清單，在上面草草寫下兩三個地址。「你們負責的是罐頭和包裝食品這條線——所以，不要被袋裝麵粉這類東西吸引走；這種東西有另一批人負責。」他若有所思地看著約瑟拉。「這工作可能很繁重，但這是目前我們能給你們最有用的工作了。天黑前盡可能多做點事。今晚九點半左右，這裡會有一場全體會議和討論。」

我們轉身要走。

「有手槍嗎？」他問。

「我沒想過需要這個。」我承認。

「最好帶著——以防萬一。只要對空鳴槍就很有效了。」他說。他從抽屜裡拿出兩支手槍，放在桌面推向我們。「這比較乾淨俐落。」他說，同時看了約瑟拉那把漂亮的刀一眼。「祝你們找東西好運。」

我們卸完小卡車裡的東西出發，就算是這種時候，我們發現四周的人還是比前一天少。聽見引擎聲的人多半選擇走上人行道，而不是來騷擾我們。

我們注意到的第一部卡車毫無用處，裡面裝滿了沉重的木箱，我們搬不動。下一部發現的車就幸運多了——五噸重，幾乎全新的空車。我們換了車，把小卡車扔在那裡聽天由命。

到了單子上的第一個地址，裝卸間的鐵捲門是放下的，但在隔壁商店一根撬棍的勸說之下，它毫不費力就捲上去了。我們在裡頭發現了不少東西。三部大卡車靠在卸貨台上，其中一部裝滿了肉罐頭。

「你會開這種車嗎？」我問約瑟拉。

她看著卡車。

「嗯，我想沒什麼不行。大致開法是一樣的，不是嗎？而且現在又沒有什麼交通問題。」

我們決定晚一點再回來拿這些東西，把空卡車開到另一個倉庫，在那裡搬了一包包的毛毯、地毯和棉被，然後又弄了一堆噹啷亂響的湯鍋、炒鍋、大鍋和水壺。塞滿整部卡車之後，我們覺得自己已經爲一份比原先想像更重的工作奉獻了一個美好的早晨。然後我們去了一家至今沒人動過的小酒館，滿足這一上午工作給我們帶來的食慾。

商店街和商圈瀰漫著陰鬱的氣氛——儘管比起崩潰，這種氣氛更像是一個普通的星期天或假日。這些地方幾乎看不到什麼人。如果災難發生在白天，而不是工作的人都回家之後的夜裡，應該會是個截然不同的駭人場景。

我們恢復精神之後，從食品倉庫裡把已經裝滿貨物的卡車開出來，緩慢平順地開回大學。我們把車停在前院那裡，然後再度出發。六點半左右，我們又開了兩部滿載貨物的卡車回來，有種自己非常有用的成就感。

邁克·比德利從大樓裡出來檢查我們的成果。全部過關，除了我在第二趟額外加進去的六個箱子之外。

「這是什麼？」他問。

「三尖樹槍，還有給它們用的槍機。」我說。

他若有所思地看著我。

「喔，對了，你來的時候就帶了很多防三尖樹的東西。」他說。

「我想我們可能會需要。」我說。

他思索了一下。我看得出來，在關於三尖樹的問題上，他認爲我有點不夠正常。最有可能的是，他覺得我的工作會讓我有偏見——而且最近被刺的恐懼更加劇了這種偏見——他想知道，這是不是表示我有其他不健全的地方，可能不那麼無害的那種。

「你看。」我說，「我們總共運來整整四車貨。我只需要其中一部車，就有足夠的空間放這些箱子。如果你覺得我們騰不出空間來，那我就再出去找一部拖車，或者另一部卡車。」

「不，放著好了。也占不了多大位置。」他下了決定。

我們走進大樓，在一個臨時食堂裡喝了杯茶，一位和藹可親的中年婦女在那裡打理食堂。

「他大概覺得我腦子裡一直忘不了三尖樹。」我對約瑟拉說。

「有一天他會明白的——恐怕是這樣。」她回答。「奇怪的是，好像沒其他人見過它們。」

「這些人一直都待在市中心，所以也不奇怪。畢竟，我們今天也一棵都沒看見。」

「你覺得它們會跑到這兒，到街上來嗎？」

「我不知道。也許有迷路的會。」

「你覺得它們是怎麼跑出來的？」她問。

「如果它們打算解決一根柵欄，只要夠努力，夠久，通常最後都能成功。我們過去在農場有時候會碰到集體逃脫事件，通常是因爲它們全擠在同一段柵欄上，最後就把柵欄壓垮了。」

「可是你們就不能把柵欄弄堅固點嗎？」

「我們是可以這樣做，但是我們也不希望它們永遠固定在同一個地方。而且這種事也不常發生，就算發生了，通常也只是從一塊田跑到另一塊田，所以我們就是把它們趕回去，再把柵欄重新豎起來。我不覺得它們會故意這樣做，因爲以三尖樹的角度來看，城市一定跟沙漠沒兩樣，所以我認爲它們應該會朝外、朝開闊的鄉村移動。你用過三尖樹槍嗎？」我加上一句。

她搖搖頭。

「等我換掉這身衣服，我想可以稍微練習一下，如果你願意試試看的話。」我建議。大約一小時後我回來，發現她因爲穿滑雪服和厚底鞋的想法未獲接受，改穿了一套合身的水綠色連身裙，感覺更適合了一點。我們拿了兩把三尖樹槍，走到附近羅素廣場的花園裡。我們花了大約半小時練習打掉附近灌木叢最頂端的枝條，這時一個穿著磚紅色伐木工夾克和優雅綠色長褲的女子漫步走過草坪，朝我們舉起了一部小相機。

「你是誰——新聞媒體嗎？」約瑟拉問。

「差不多。」年輕女子說，「多少算吧，我是官方記錄員。伊麗莎白．凱利。」

「動作這麼快？」我說。「我算是領教了我們那位秩序意識超強的上校了。」

「你說得沒錯。」她同意。她轉頭看著約瑟拉。「您就是普萊斯小姐吧。我常常在想——」

「聽著。」約瑟拉打斷她。「爲什麼在一個崩壞的世界裡，我的名聲是唯一不動如山的東西？我們就不能把這事忘了嗎？」

「嗯。」凱利小姐若有所思地說。「呃呃。」她轉了話題。「三尖樹到底是怎麼回事？」她問。

我們告訴了她。

「他們認爲。」約瑟拉說，「對於這件事，比爾如果不是故意嚇人，就是有點瘋癲。」

凱利小姐直直地看著我。她不算好看，但長得很有意思。膚色比我們要曬得黑，眼珠是深褐色的，看上去冷靜而敏銳。

「你是這樣的嗎？」她問。

「嗯，我覺得，要是它們失控了，就會變得很麻煩，得認眞對付。」我說。

她點點頭。「確實如此，我在一些地方見過失控的情況，眞的很糟。但是在英國嘛——還是很難想像。」

「現在這裡沒有多少東西能阻止它們了。」我說。

她的回答（如果她正打算回答的話）被頭頂上的引擎聲打斷了。我們抬起頭，沒多久就看見一架直升機從大英博物館的屋頂上方掠過。

「應該是伊凡。」凱利小姐說。「他原本就覺得也許能弄到一架直升機。我得去拍一張他落地的照片。待會見。」她匆匆穿過草地走了。

約瑟拉躺下來，雙手枕在腦後，凝望著天空深處。直升機的引擎聲停下來之後，感覺比之前聽起來還安靜得多。

「我眞不敢相信。」她說。「我試過了，但還是眞的不敢相信。一切不可能就這麼……這麼……這麼……這一定是一場夢。明天，這座花園就會人聲鼎沸，紅色的公車會從那邊呼嘯而過，人群會在人行道上趕路，交通號誌也會開始閃動……世界不會這樣就結束的——不會的——不可能……。」

我也有同樣的感覺。廣場另一邊的房子、樹木、富麗堂皇得難以置信的飯店，一切都正常得太過頭了——彷彿只要輕輕一碰，就會立刻復活……。

「不過。」我說，「我想，如果恐龍也能思考的話，也會有一樣的想法。你看，偶爾就是會發生這種事。」

「但爲什麼是我們呢？這就像在報上會看見的，那種發生在別人身上的驚人事件——但那向來是發生在別人身上的啊。我們又不特別。」

「不是總有人會問『爲什麼是我』嗎？不管是戰友全數陣亡而自己毫髮無傷的士兵，

還是因爲做假帳被抓的傢伙。我想，這純粹是碰巧。」

「碰巧發生？——還是說碰巧在這個時候發生？」

「我的意思是，在這個時候發生。這種事一定會在某個時候、以某種方式發生。認爲某種生物應該永遠佔據主導地位，是一種不自然的想法。」

「我不懂爲什麼。」

「爲什麼啊，這還眞他媽的是個問題。但生命必須是動態的，而不是靜態，這是不可避免的結論。變化必然會以某種或另外一種方式來臨。提醒你一句，我並不覺得這次我們已經徹底完了，但它已經做了一次非常好的嘗試。」

「所以你並不認爲這次眞的是人類的末日，是嗎？」

「也許是。但是——嗯，我不這麼認爲——不是這次。」

可能就是末日了。我毫不懷疑。但還有其他像我們這樣的小團體在。我看見一個空蕩蕩的世界，有幾個零散的群體正努力奪回控制權。我必須相信，至少當中有一些人會成功。

「不。」我又說了一次，「這未必就是末日。我們的適應能力還是很強的，跟我們的祖先比起來，我們的起點要高得多。只要我們當中還有身強體壯、健健康康的人在，我們就有機會——勢如破竹的大好機會。」

約瑟拉沒有回答。她仰面躺著，眼神中有種茫然。我想我也許能猜到她心裡在想什麼，但我什麼也沒說。她沉默片刻，然後說：

「你知道，最令人震驚的事情當中，有一件就是意識到，我們居然這樣輕易就失去了一個看似絕對安全而確定的世界。」

她說得很對。正是這種輕易，某種程度上似乎成了震撼的核心。因爲太熟悉，就忘了所有達成平衡的力量，以爲安全是常態。事實並非如此。我想之前我從來沒有想過，人類之所以佔據最高地位，並不像大部分書裡說的，主要是因爲大腦。而是因爲大腦有能力利用一條窄窄的可見光波段傳遞給它的訊息。人類的文明，人類已經達成或可能達成的一切，都依靠他對從紅到紫這段振動範圍的感知能力。失去了這個能力，他就完了。在一瞬間，我看見了人類在掌控力量方面眞正的脆弱點，也看見了他們用這樣一種脆弱的工具所創造的奇蹟……。

約瑟拉還沉浸在自己的思緒裡。

「剩下來的這個世界會變得非常奇怪。我想我不會太喜歡。」她思索著。

在我看來，這種觀點似乎有點怪——就好像一個人應該爲不喜歡死亡或不喜歡被生出來這件事抗議一樣。我更傾向於先弄清楚這世界會是什麼樣子，然後盡我所能去處理最不喜歡的部分，但我沒說話。

我們不時會聽見大卡車開到大樓另一邊的聲音。顯然這時候大部分出去找食物的隊伍一定都回來了。我看了看錶，伸手拿起放在旁邊草地上的三尖樹槍。

「如果我們想在聽見別人對這一切的看法之前吃晚飯，那現在就該進去了。」我說。

第七章 會議

我想我們所有的人都以為這次會議只是場簡報。就是把時間、方針說明、當天目標之類的事情稍微說一下。完全沒預期會聽見什麼發人深省的內容。

會議在一個小演講廳舉行，照明由汽車大燈和電池負責。我們進去的時候，大約六名男性和兩名女性顯然已經組成了委員會，正在講桌後面討論些什麼。最吃驚的是，我們發現廳裡坐著將近一百個人，年輕女性占多數，比例大約是四比一。直到約瑟拉提醒我，我才意識到，這些人裡頭，絕大部分是看不見的。

邁克·比德利以身高優勢在諮詢委員會中鶴立雞群。我認出了站在他身邊的上校。而其他人，除了伊麗莎白·凱利之外，對我來說都很陌生，現在她手上的相機換成了筆記本，大概是在為子孫後代的利益努力。他們關注的焦點主要集中在一位老人身上，他相貌醜陋，但表情和藹，戴著一副金邊眼鏡，雪白的頭髮剪得相當有政治思想犯的味道。大家都一副很擔心他的樣子。

團隊裡有個女的大概只有二十二三歲，在裡面只能算是個小女生。她似乎並不喜歡自己目前所在的位置，不時朝觀眾露出緊張不安的神情。

桑德拉．特爾蒙走進來，手裡拿著一張活頁紙。她仔細研究了一會兒，便迅速讓這群人分組入座，然後揚了揚手，示意邁克走到講桌前，會議開始了。

他微微弓著腰站在那裡，用陰鬱的眼神注視著聽眾，等待底下的竊竊私語安靜下來。然後他用和藹可親、經驗豐富，彷彿在火爐邊聊天的口吻開口了。

「我們這裡。」他開始說，「有許多人一定還對身處這場災難感到不現實。我們熟悉的世界，轉眼間就結束了。也許有些人會覺得，這就是一切的終結。並不是。但我同時也想對你們所有人說，要是我們任它這樣下去，一切就此終結，是可能的。

「儘管災難鋪天蓋地而來，但仍有一線生機。也許值得我們記住的是，我們並不是唯一面對巨大災難的人。無論關於它的神話是什麼樣子，毫無疑問，在我們歷史上某個地方，曾經發生過一場大洪水。那些倖存下來的人一定見過一場規模與我們這次相當的災難，而且某些方面甚至比我們的更可怕。但他們不能絕望：他們必定是重新開始了——就像我們也可以重新開始一樣。

「自怨自艾和滿腔悲劇感完全無濟於事，所以我們最好把它們扔掉，因爲我們必須成爲重建一切的人。

「爲了進一步消除浪漫的戲劇化想像，我想向你們指出，即使是現在，也可能還不是最糟的狀況。我，可能還有你們當中的許多人，一生中大部分時間都在預期會有更糟糕的事情發生。而我依然相信，如果這件事不是發生在我們身上，情況會更糟。

「從一九四五年八月六日開始，人類的生存餘地就已經急遽縮減[1]。事實上，兩天前它比現在還要窄。如果你需要戲劇化，完全可以把一九四五年之後那幾年當成素材，當時安全之路開始收縮，成爲一條緊繃的繩索，我們不得不故意閉起眼睛走在這條繩索上，免得看見腳下的深淵。

「這之後的幾年，任何一個時刻都可能造成致命的失誤。要是沒有失誤，就是個奇蹟。要是能連續幾年不失誤，那就是奇蹟中的奇蹟了。

「但失誤遲早是要發生的。不管是惡意、粗心，還是純粹的意外：平衡將被打破，毀滅將被釋放。

1 一九四五年八月六日，美國在廣島投下第一顆原子彈。

「我們不知道到時候情況會有多糟。可能會多糟呢——嗯，可能不會留下任何活物：說不定連這個星球都不再存在……

「那麼，對比一下我們現在的情況。地球還是完整的，毫髮無傷，依然富饒，可以爲我們提供食物和原料。我們有豐富的知識庫，可以教我們做出所有以前做過的事——雖然有些事還是別記住的好。我們可以重建一切，我們有方法、有健康、有力量。」

他的演說不長，但很有效果。這番話必然讓底下許多聽眾開始覺得，也許他們其實是站在某件事的起點，而不是一切的終點。儘管只是些籠統的話，但當他坐下時，場內的氣氛變得更警醒了。

在他之後發言的是實事求是的上校。他提醒我們，出於健康考量，我們最好盡快離開所有的建築密集區——預計在隔天十二點左右撤離。目前，幾乎所有的基本必需品和足以提供合理舒適標準的其他用品都已經收集完畢。考慮到我們的庫存，我們必須以至少一年內盡可能不依靠外部來源爲目標。我們應該當作自己被圍困了，以這種心態度過這一年。當然，除了清單上的東西，還有很多我們也想帶走，但這些東西必須等到醫護人員（說到這裡，委員會裡那個女孩臉突然漲得通紅）認爲各小組可以安全離開隔離區時才能去拿。至於我們所在的隔離區，委員會深思熟慮之後，考慮到我們迫切需要的精鍊、自給自足、擁有獨立空間的生活，他們達成的結論是，找一所鄉村寄宿學校，如果找不到的話，就找一座大型鄉間農莊，最適合我們的需求。

到底是委員會事實上還沒有選好具體地點，還是上校腦子裡還保有一種軍事觀念，認爲保密具有某種固有價值，這我說不準，但我毫不懷疑，他沒說出地點，甚至連可能的位置也沒提，是那天晚上犯的最嚴重錯誤。然而當時，他務實的態度產生了讓人更加放心的效果。

他回去坐下之後，邁克再度站起來。他鼓勵了女孩幾句，然後向大家介紹她。他說，我們最擔憂的其中一件事，就是我們沒有一個人懂醫療，因此，當他迎接伯爾小姐那一刻，眞是大大鬆了一口氣。確實，她沒有醫學學位，也沒有讓人印象深刻的證書，但她確實具備優秀的護理資格。就他個人來說，他認爲最近獲得的知識，說不定比多年前拿到的學位更有價值。

那女孩臉又紅了，說了幾句她會堅決完成工作之類的話，然後突然說，她會在我們離開大廳前，爲我們每個人注射對抗各式疾病的疫苗。

一個身材矮小，長得像麻雀一樣的男人起身發言，我忘了他叫什麼，他說，每個人的健康是大家共同關心的問題，只要有生病的疑慮，都應該立即報告，因爲我們之中要是出現傳染病，影響會非常嚴重。

他說完之後，桑德拉站起來，介紹了委員會最後一位發言的人：愛丁堡的E・H・沃利斯博士，京斯頓大學社會學教授。

這位白髮老人走向講桌，在桌前站了一會兒，指尖按著桌面，低著頭，好像在研究這張桌子。他身後的人帶著一絲焦慮仔細打量著他。上校靠近邁克，對他耳語了幾句，邁克點點頭，眼睛一直沒從博士身上移開。老人抬起頭，用一隻手摸了摸自己的頭髮。

「朋友們。」他說，「我想我可以說是各位當中最老的一個。在將近七十年的歲月裡，我學到了很多東西，也不得不忘記很多東西——雖然還沒有我希望的那麼多。但是，研究了人類制度這麼久，如果有什麼比它的頑固不變更令我印象深刻的，那就是它的多樣性。

「法文俗語說，『時代不同，風俗各異。』確實如此。如果我們停下來想一想，必然會發現，某個社會中的美德很可能是另一個社會中的罪惡：在這裡遭到反對的，在別處可能是值得稱讚的；在某個世紀受到譴責的習俗，在另一個世紀會被寬恕。而我們也必然會發現，無論哪個社會，哪個時期，都有一種普遍的信念，就是認為自己的習俗在道德上正確無誤。

「然而，很明顯，由於這些信念有很多都是彼此衝突，所以它們在絕對意義上不可能都是『正確』的。人們能對它們做出的判斷——如果必須做出判斷的話——頂多就是，它們在某個時期對於那些秉持它們的社會來說是『正確』的。也許它們還存在，但人們經常發現它們其實已經不在了，那些無視已經改變的形勢，繼續盲目遵行的社會，就會對自己不利——也許會導致最終的毀滅。」

聽眾不知道這段開場白會導向哪裡，坐立不安。大多數情況下，聽眾碰上這種事的時候，都習慣立刻關掉收音機。現在他們覺得自己被困住了。演講者決定把話講得更清楚一點。

「因此。」他繼續說道，「你不會期望在一個活在飢餓邊緣的貧窮印度村莊，看見和你所在之處，比如說梅費爾區[2]，有相同的規矩、風俗和禮儀。同樣的，生活在溫暖安逸的國家，這些人在重要美德的性質方面，也會和生活在擁擠勤勞國家的人有很大的不同。換句話說，不同的環境，會造就不同的標準。

「我之所以要向各位指出這一點，是因爲我們認識的那個世界已經不復存在——它結束了。

「制訂和教導我們原有標準的環境也隨之而去。我們現在的需求不同，目標也必須不同。如果你們想要實例，我想提醒大家，我們今天一整天都輕鬆地拋開良知，大肆搜刮，

2梅費爾區（Mayfair）是英國倫敦市中心的一個區域，是倫敦最高檔的街區之一。

而這種行爲在兩天前，還算是入室盜竊。隨著舊模式打破，我們現在必須找出什麼樣的模式最適合新環境。我們不能只是開始重建：還必須開始重新思考——這要困難得多，也令人厭惡得多。

「人類的身體適應能力依然很強。但是，每個社會都習慣用同一個模子形塑年輕人的思想，引入一種成見的黏合劑。結果便造出了一種非常堅韌的物質，甚至能夠成功承受許多天生傾向和本能的壓力。這麼一來，就可能產生一個違背自我保護的基本意識、爲理想甘冒生命危險的人——然而，也因此產生了一個對每件事都很確信、知道什麼才是『正確』的傻瓜。

「在未來的一段時間裡，我們被灌輸的許多成見將不得不消失，或者被迫徹底改變。我們只能接受並且保留一種基本成見，就是種族值得保護。至少在一段時間內，其他的一切考量都是次要的。我們必須審視自己所做的一切，永遠記得要問這個問題：『這會幫助我們這個種族生存下去，還是會阻礙我們？』如果有幫助，我們就必須做，不管它是不是和我們成長過程中接受的思想衝突。如果會阻礙，我們就必須避免，即使不做這件事可能和我們以前的責任觀念、甚至正義觀念衝突也一樣。

「這並不容易：舊有的成見很難消除。愚鈍的人依賴大量的格言和訓誡，膽小的人也是，懶得動腦的人也是——我們每個人都是，遠超過我們的想像。現在這個組織已經消失，我們腦子裡的簡明計算表對它的內部運行不再給出正確答案。我們必須擁有爲自己思考計畫的道德勇氣。」

他停下來，仔細地打量著聽眾。然後他說：

「在你們決定加入我們這個社群之前，有件事必須向各位說清楚。就是，我們這些開始投入這項任務的人都有各自的重要角色。男人必須工作——女人必須生孩子。除非你同意這一點，否則我們這個社群就沒有你的容身之處。」

經過一陣死一般的沉默之後，他又說：

「我們能夠負擔數量有限的失明女性，因爲她們會有視力正常的孩子。我們沒辦法養活看不見的男人。在我們的新世界裡，孩子比丈夫重要得多。」

他停止說話之後，場內的沉默持續了幾秒鐘，接著個別的竊竊私語迅速匯成了一片嗡嗡聲。

我看了看約瑟拉。令我驚訝的是，她居然頑皮地咧嘴笑了。

「這有什麼好笑的？」我迅速問了一句。

「主要是大家的表情。」她回答。

我不得不承認這算是一個理由。我四處看了一圈，然後望向對面的邁克。他的眼光不斷從這片人群移到另一片，試圖歸納出聽眾的反應。

「邁克看起來有點急。」我說。

「他是應該擔心。」約瑟拉說。「如果楊百翰[3]能在十九世紀就成功實現這一點，這應該是很容易的事才對。」

「你有時候眞的是個粗魯的年輕女人。」我說。「你以前參與過這種事嗎？」

「不算有，但你知道，我也不笨。另外，你不在的時候，有人開了一部巴士進來，裡頭坐的大部分都是失明的女孩。都來自某個機構。我心裡想，光是附近幾條街就可以收到好幾千人，爲什麼要特地從那裡收這些女孩回來呢？答案顯然是：A，她們在失明之前都受過某種工作訓練，B，因爲她們是女孩子。這個推論並不難。」

「嗯。」我說。「我想這取決於個人觀點。我得說，我是不會這樣想的。你——？」

「噓。」她說，大廳裡突然安靜下來。

一個身材修長、膚色黝黑、神情堅定的年輕女子站了起來。她等了一會兒，似乎有點抗拒發言，但後來還是開口了。

3楊百翰（Brigham Young，1801—1877），又譯布里格姆·揚，曾任第一任猶他領地總督。他率領耶穌基督後期聖徒教會（摩門教）的教友長途跋涉來到鹽湖城定居。在普若佛的楊百翰大學，即由他的名字命名。楊百翰至少有五十五個妻子及五十七個子女。

「我們是不是應該這樣理解。」她用一種彷彿碳鋼似的聲音說，「我們是不是應該這樣理解，剛才那位發言人是在提倡自由戀愛主義[4]？」然後她便坐下了，臉上帶著不快的堅定表情。

沃利斯博士看著她，又摸了摸自己的頭髮。

「我想這位提問人一定知道，我完全沒有提到愛、免費、購買或以物易物。可以請她再把問題說清楚一點嗎？」

那女子又站了起來。

「我想這位發言人明白我的意思。我要問的是，他是不是建議就此廢除婚姻法？」

「我們所知的法律已經被現實狀況廢除了。現在我們有責任制訂適合目前形勢的法律，並且在必要時執行。」

「還有上帝的法律、體面正派的法律在。」

4自由戀愛主義（Free love）是以接受所有形式的愛為主旨的社會運動。自由戀愛主義的最初目標是將國家與性相關事務（如婚姻、生育控制和通姦）分離開來。自由戀愛者最根本的主張，便是兩個合意的成年人有權利在不受教會與國家的干涉下，自行決定締結或終止婚姻，同時在愛情與性慾關係中不應存在任何形式的壓迫。

「這位女士，所羅門王有三百個——還是五百個？——妻子，上帝顯然並沒有因此對他不利。一個擁有三個妻子的伊斯蘭教徒保有無上的體面。這都是當地習俗的問題。至於我們在這些問題以及其他問題上的法律會是什麼，稍後將由我們所有人按照社群最大利益做出決定。

「經過討論，本委員會決定，如果我們要建立一個新國家，避免再次陷入野蠻狀態——這是很顯而易見的危險——就必須從希望加入我們的人那裡得到某些承諾。

「我們之中，沒有一個人能讓已經失去的狀況復原。我們提供的，是我們所能創造最好的忙碌生活，以及克服困難、取得成就後帶來的幸福。我們要求積極意願和成果作爲回報。沒有強迫。選擇權在你手上。認爲我們提供的東西沒有吸引力的人完全可以自由地去其他地方，並且根據自己喜歡的方式創建一個獨立的社群。

「但我要請你們仔細想一想，你是不是擁有上帝的授權，可以剝奪任何一位女性行使天然職能的幸福。」

接下來是一大段雜亂無章的討論，經常涉及細節和至今還沒有答案的假設問題。但他們沒有採取任何縮短討論的行動。時間越拉越長，這個想法的怪異感也越來越淡。

約瑟拉和我走到伯爾護士擺好醫療用具的桌邊，在手臂上打了幾針，然後又坐回來聽他們爭吵。

「你覺得會有多少人決定加入？」我問她。

她瞄了一圈。

「到了明天早上——差不多全部吧。」她說。

我有點懷疑，畢竟反對和質疑的人那麼多。約瑟拉說：

「如果你是個女人，今晚睡覺前就會花一兩個小時考慮，是選擇生孩子和一個照顧你的組織，還是要堅持一個可能意思就是沒有孩子也不會有人照顧你的原則。你知道，這眞的沒什麼好懷疑的。而且不管怎麼說，大多數女人都希望有孩子——而丈夫終究只是沃利斯博士所謂的『地方傳統方式』而已。」

「你還眞是憤世嫉俗。」

「如果你覺得這樣就叫憤世嫉俗，那你一定是個非常多愁善感的人。我說的是眞實的女人，不是那些電影和雜誌上虛構出來的女人。」

「喔。」我說。

她憂心忡忡地坐了一會兒，眉頭也漸漸皺了起來。最後她說：

「讓我擔心的是，他們會要求我們生多少？我喜歡孩子，這沒問題，但還是有限度的。」

辯論斷斷續續地進行了一個小時之後結束。邁克要求，所有願意加入計畫的人，隔天上午十點鐘之前把名字交到他的辦公室。上校要求所有會開卡車的人在七點前到他那裡報到，然後就散會了。

約瑟拉和我走出門外。晚上天氣很溫和。塔上的燈光又充滿希望地直刺天空。明月剛升上博物館的屋頂。我們找了一堵矮牆坐著，望著廣場花園的暗影，聽著風吹過樹枝的微弱聲響。我們各自抽完一支菸，幾乎全程沉默。菸抽到盡頭，我把菸頭扔掉，深吸了一口氣。

「約瑟拉。」我說。

「嗯？」她回答，聽起來還沒從她自己的思緒中出來。

「約瑟拉。」我又說了一遍。「呃——那些孩子。我——呃——如果不但是你的，也是我的，我會非常自豪，非常高興。」

她靜靜地坐了一會兒，什麼也沒說。然後她轉過頭去，月光在她的金髮上閃爍，但她的臉和眼睛都藏在陰影裡。我等著她的回答，心跳得很猛，有點想吐。

她開口了，口氣出奇地平靜。

「謝謝你，親愛的比爾。我想我也會這麼覺得的。」

我舒了口氣。心跳還沒緩下來多少，我伸手去握她的手，看見自己的手在發抖。一時之間，我不知道該說什麼。然而約瑟拉卻先發話了。她說：

「但現在可沒那麼容易了。」

我嚇了一跳。

「你的意思是？」我問。

她一邊思索，一邊說：「我想，如果我是裡頭那些人——」她朝塔樓的方向點了點頭，「我想應該會制訂一條規則。我會把我們這些女人分組。我會說，一個男人要娶一個視力正常的女孩，就必須娶兩個失明的女孩。我很確定我會這麼做。」

我盯著她陰影中的臉。

「你別胡說。」我抗議。

「恐怕這是事實，比爾。」

「可是，聽我說——」

「從他們說出來的話來看，你不覺得他們心裡可能有這樣的想法嗎？」

「不是不可能。」我承認。「但是如果他們要制訂規則，那是一回事。我不覺得——」

「你的意思是你不夠愛我，沒辦法爲了我再娶另外兩個女人？」

我嚥了一口口水。繼續表示反對：

「聽著，這太瘋狂了。這一點都不自然。你的意思是——」

她舉起一隻手擋住我的嘴。

「聽我說，比爾。我知道這一開始聽起來有點令人吃驚，但這並不瘋狂。一切都很清楚——而且並不容易。

「這一切——」她朝周圍揚了揚手，「影響了我。就好像突然發現每樣東西都不一樣了。我想，我發現的其中一件事是，我們這些人度過難關之後對彼此會更親近，更依賴，比以往任何時期都更像——嗯，一個部落。

「在我們到處跑的這一整天裡，我看到很多不幸的人，他們很快就要死了。事情發生以來，我都對自己說：『要不是上帝的恩典，我……』後來，我告訴自己：『這是個奇蹟！我根本不配得到比這些人更好的東西。但它已經發生了。我還活著——所以現在該是我證明我值得的時候了。』不知道爲什麼，這讓我覺得自己比以前任何時候都更接近其他人。這讓我一直在思考，還能做點什麼來幫助這當中的一些人。

「你看，比爾，我們必須做點事，好證明這奇蹟落在我們身上是合理的。我原本也可能是這些盲女中的一個，你也可能是這些流浪漢中的一個。我們做不了什麼大事。但是，如果我們盡力照顧其中的一點點人，盡我們所能給他們幸福，那我們就能回報一點點——只是我們所虧欠的一小部分。你明白的，對吧，比爾？」

我在腦子裡想了一分鐘，也許更久一點。

「我覺得。」我說，「這是我今天聽見最怪的一個論點了——如果不是前所未有的話。然而——」

「然而這是對的，是不是，比爾？我知道是對的。我試過把自己放在那些盲女的位置上，然後我就明白了。對她們當中的某些人來說，我們掌握著她們可能擁有豐富人生的機會。我們應該把這當成我們感激她們的一部分——還是只因爲我們被灌輸的成見而不去做呢？這就是它的意義所在。」

我靜靜地坐了一會兒。約瑟拉說的每一句話都是認眞的，這我毫不懷疑。我反覆思索了南丁格爾和伊麗莎白．弗萊[5]這類有目的、有顚覆性思想女性的生活方式。這樣的女性，你完全不能對她們怎麼樣——而且到頭來，她們多半是對的。

「很好。」最後我說。「如果你認爲應該這樣做的話。但是我希望——」

她打斷了我。

「噢，比爾，我就知道你會懂。噢，我好高興——太高興了。你讓我好開心。」

一會兒之後：

5伊麗莎白．弗萊（Elizabeth Fry），十九世紀英國社會改革家，推動了監獄改良運動。一八一七年建立了女囚改革協會，隨後引發了英國的女囚改革。

「我希望——」我又開了口。

約瑟拉拍拍我的手。

「你一點也不用擔心，親愛的。我會挑兩個又好又懂事的女孩子。」

「喔。」我說。

我們繼續手牽手坐在矮牆上，看著樹影斑駁的樹林——但也不是一直看著，至少我不是。然後，我們身後的大樓有人打開了留聲機，放起史特勞斯[6]的華爾滋。樂聲輕快地飄過空蕩蕩的中庭，有種痛苦的懷舊感。一瞬間，我們面前的道路化成了舞廳；五顏六色的漩渦，還有月亮水晶吊燈。

約瑟拉從矮牆上滑下來。她張開雙臂，手腕和手指如波浪般擺動，搖著身體，在月光下的大舞池裡跳舞，輕盈得像一簇蒲公英。她舞向我，眼睛閃閃發光，伸出手邀我加入。

在未知的未來邊緣，在已消逝的過去回聲中，我們翩翩起舞。

6約翰．史特勞斯二世（Johann Baptist Strauß II，1825—1899），奧地利作曲家，因與其父同名，故通常稱為小約翰．史特勞斯，被譽為華爾滋之王。

第八章　挫折

我走在一個陌生的荒涼城市裡，鐘聲沉悶地響著，有個陰森、沒有實體的聲音在虛空中喊著：「野獸跑了！當心！野獸跑了！」我醒來的時候，發現鐘聲眞的在響。那是一隻手鈴，發出一種銅質的兩拍子鏗鏘聲，刺耳又令人心驚，一時之間，我弄不清楚自己身在何處。然後，我坐起來，還搞不清狀況，就傳來一個聲音，喊著：「失火了！」我從毯子裡跳出來，直奔走廊。那裡有一股煙味，還有急促的腳步聲和敲門聲。大部分聲音似乎都是從我的右側傳來的，因爲鐘聲一直在響，恐慌的聲音在叫，所以我就轉往那個方向跑。走廊盡頭的高窗透進來一點月光，稍微照亮了昏暗，亮度剛好夠我一直走在路中間，避開那些沿牆摸索前進的人。

我走到樓梯口。下面大廳的鐘聲還在響。我用最快的速度穿過越來越濃的煙霧下了樓。快到樓梯底的時候，我絆倒了，整個人往前摔。昏暗突然變成了一片漆黑，一束光像帶針的雲一樣迸出來，然後我就什麼也不知道了……。

我意識到的第一件事是頭痛。我睜開眼睛，感覺到一陣強光。看第一眼的時候，它就和舞台照明燈一樣亮，但當我試第二次，更小心地睜開眼皮時，我發現那只是一扇普通的窗戶，而且很髒。我知道自己躺在床上，但是我沒有坐起來進一步調查；有個活塞在我腦子裡跳個不停，我什麼都沒辦法做。所以我就這樣靜靜地躺著，端詳著天花板——直到我發現自己的兩隻手腕被綁在一起。

我從昏睡中瞬間清醒過來，儘管腦袋裡還在砰砰作響。我發現它綁得非常好，不會緊得讓人不舒服，卻非常牢。兩隻手腕上都各自繞了幾圈絕緣電線，然後在我牙齒完全夠不著的遠端打了一個複雜的結。我咒罵幾句，看了一下四周。房間很小，除了我躺著的那張床之外，什麼都沒有。

「嘿！」我喊。「這附近有人嗎？」

大約半分鐘後，外面響起一陣拖沓的腳步聲。門開了，冒出一顆頭來。是個小腦袋，戴著一頂粗花呢帽。下面是一條細繩狀的頸鍊，臉上滿是沒刮的黑鬍子。這張臉不是直接朝向我，而是朝向我的一個大致方向。

「哈囉，老兄。」那顆頭友善地說。「所以你醒啦，是吧？稍等一下，我給你弄杯茶來。」然後又消失了。

還得多堅持這麼一會實在很多餘，但我並沒有等太久。沒幾分鐘他就回來了，帶著一個鐵絲把手的罐子，裡頭裝了點茶。

「你在哪兒？」他說。

「就在你正前方，坐在床上。」我說。

他用左手摸索著向前走，最後終於找到了床腳，他探了探床腳附近的路，伸出手裡的罐子。

「來吧，朋友。這茶喝起來可能有點奇怪，因爲老查理在裡頭加了點蘭姆酒，但我想你應該不會介意。」

我從他手裡接過罐子，用兩隻被綁住的手吃力地握住。茶又濃又甜，蘭姆酒加得毫不吝嗇。味道是有點怪，但它就跟長生不老藥一樣有效。

「謝謝。」我說。「你簡直是奇蹟創造者。我叫比爾。」

他的名字聽不太清楚，好像叫阿爾夫。

「這裡是什麼小隊啊，阿爾夫？這兒發生什麼事了？」我問他。

他在床邊坐下，拿出一包菸和一盒火柴。我拿了一根，先幫他點上，然後點了自己的，再把菸盒還給他。

「是這樣的，老兄。」他說。「你知道，昨天上午大學裡發生了一場爭執——說不定你也在場？」

我說我看見了。

「嗯，在那場鬧劇之後，寇克——就現在這個說話的傢伙——有點火大了。『那好，』他惡狠狠地說，『他們居然這麼要求。我一開始就明白跟他們說過了，現在他們要自食惡果了。』那，我們聚集了其他幾個小伙子和一個還看得見的老女孩，就把事情幹成了。他是個能幹的小伙子，那個寇克。」

「你的意思是——整件事都是他搞出來的——根本就沒有失火這回事？」我問。

「失火啊——就是騙人的鬼話！他們就裝了一兩條絆網，在大廳裡燒了一堆紙和木棍，然後開始搖手鈴。我們認為，因為月亮還有一點光，所以第一批過來的應該就是看得見的人。果然沒錯。寇克和另一個傢伙絆倒這些人之後就把他們敲昏，然後交給我們幾個抬上卡車。簡單得很。」

「嗯。」我懊悔地說。「那個寇克聽起來確實能幹。我們有多少人掉進了那個陷阱？」

「我敢說我們抓到了好幾十個——不過後來發現裡面有五六個瞎子。我們把卡車裝滿，就走了，剩下的留給他們去收拾。」

不管寇克是怎麼看我們的，顯然阿爾夫對我們並沒有敵意。他似乎把整件事當成一場遊戲。我覺得這樣看待這件事還是有點太痛苦，但我在心裡向阿爾夫致敬。我很清楚，如果是我站在他的位置，絕對不會有把任何一件事當玩笑的心情。我喝完茶，又從他手裡接過一根菸。

「接下來有什麼計畫？」我問他。

「寇克的想法是把我們分組，每組分一個像你們這樣的人。你得照顧那些找食物的人，當他們的眼睛。你的工作就是幫助我們活下去，直到有人來解決這場災難。」

「我明白了。」我說。

他朝我歪了歪頭。阿爾夫很精明，他從我語氣中感覺到的東西比我意識到的更多。

「你覺得這會花很久時間嗎？」他說。

「我不知道。寇克怎麼說？」

寇克似乎沒有親自規劃細節。不過阿爾夫還是有他自己的看法。

「如果你問我，我認為，根本不會有人來。要是有，早就來了。如果這裡是個鄉下小鎮，那另當別論。但這裡是倫敦耶！照理說，他們到這裡的速度是最快的。不，依我看，他們到現在還沒來——意思是，他們永遠不會來——就是不會有人來了。唉，天哪，我眞沒想到會發生這樣的事！」

我什麼也沒說。阿爾夫並不是隨口一句鼓勵就能奏效的那種人。

「我想你也是這麼想的吧？」一會兒之後，他說。

「看起來是不太妙。」我承認。「但還有一個機會，你知道的——從外國來的人……。」

他搖搖頭。

「他們之前就來了。他們開著有擴音器的車在街上繞，告訴我們該怎麼做，在這之前就有了。不，老兄，我們完了：不管哪裡都不會有人來了。事實就是這樣。」

我們沉默了一會兒，然後他說：

「啊，算了，反正我以前也不算沒過過好日子。」

我們聊了聊他過去的生活。他做過各式各樣的工作，每一種似乎都有些有趣的秘辛。他總結道：

「不管怎麼說，我幹得還不錯。你以前靠啥吃飯的？」

我跟他說了。他一副不以爲然的樣子。

「三尖樹啊，哈！我覺得那東西很討厭，不像你說的那麼自然。」

我們就講到這裡。

阿爾夫走了，留下我一個人拿著他的一包菸獨自思索。我看了看外面的景色，沒有多想。我很想知道其他人對這件事會有什麼反應，尤其是約瑟拉。

我下了床，走到窗邊。外頭沒什麼可看。我所在的地方再往下四層樓，有個白磁磚貼面的內部天井，底部有塊玻璃天窗。這樣就沒什麼能做的了。阿爾夫走的時候把門鎖上了，但我還是試了一下，也許有沒鎖好的機會。房間裡一點能啓發靈感的東西都沒有。這裡看起來就像一家三流旅館，只是除了床之外，所有東西都被扔掉了。

我又在床上坐下，沉思。就算我的手被綁著，也許還是能成功制服阿爾夫——只要他手裡沒刀。但他可能有刀，這樣的話，就會很不愉快。一個盲人拿刀威脅我一點用都沒有；他得用刀弄傷我才行。另外，在我找到走出這棟大樓的路之前，還得知道自己要經過哪些地方，這對我來說很難。而且，我不希望阿爾夫受到傷害。等待機會似乎更明智一點——在一群盲人裡，機會一定會落在明眼人身上。

一個小時後，阿爾夫拿著一盤食物、一把湯匙和更多的茶回來了。

「是有點難用啦。」他表示歉意。「但是他們說沒有刀叉，所以只能這樣了。」

我對付那些食物的時候，順口問了其他人的情況。他不能透露太多，也不知道那些人的名字，但我發現那些被帶到這裡的人有男有女。吃過飯之後，我又一個人被留在那裡好幾個小時，那段時間裡，我盡可能用睡覺的方式來消除頭痛。

阿爾夫又帶了更多食物和預料中的一罐茶再次出現，這次他身邊多了一個人，就是他口中的寇克。這次他看上去比我上次見到他時更疲倦。他腋下夾著一捆文件，眼神銳利地看了我一眼。

「你知道那個想法了？」他問。

「是阿爾夫告訴我的那個吧。」我承認了。

「那好。」他把文件一古腦兒丟在床上，拿起最上面那份打開。是大倫敦區的街道規劃圖。他指著漢普斯特德和瑞士屋的部分區域，用藍色鉛筆重重地圈出來。

「你負責這裡。」他說。「你那組在這一區工作，不到別人的區域去。你不能讓每一組人都去搶同樣的貨。你的工作是在那區找食物，確保你小組的人弄到食物——以及他們需要的所有東西。明白了嗎？」

「不然呢？」我看著他說。

「不然他們就會餓肚子。如果他們餓急了，對你來說可不妙。有些小伙子很難搞，我們不是爲了好玩才這麼做的。所以當心點。明天早上我們會用卡車把你跟你的人送過去。之後你的工作就是讓他們維持運作，直到有人來收拾局面。」

「要是沒有人來呢？」我問。

「總得有人來的。」他冷酷地說。「不管怎樣，這就是你的工作——提醒你，別亂跑。」

他準備要走，我攔住了他。

「你們這兒有位姓普萊頓的小姐嗎？」我問。

「你們的姓名我一個也不知道。」他說。

「金髮，大約五呎六或五呎七吋高，眼睛是灰藍色的。」我堅持問下去。

「是有個女孩差不多這麼高，也是金髮，但我沒注意她的眼睛。你還有更重要的事情要做。」說著他就離開了。

我仔細研究了地圖，對分配給我的區域不太滿意。這當中有些地方確實是有益健康的郊區，但在目前這種情況下，有碼頭和倉庫的地方才能提供更多物資。這片區域是不是有夠規模的倉庫實在令人懷疑。不過，「不是每個人都有獎品」，阿爾夫毫無疑問會這樣說。而且不管怎麼樣，除非必要，我也沒打算在那裡待太久。

阿爾夫再度出現時，我問他願不願意給約瑟拉帶張便條。他搖搖頭。

「抱歉，老兄。規定不准。」

我跟他保證不會有事，但他還是很堅持。不能全怪他。他沒理由信任我，又看不見，沒辦法讀那張便條，明白它就像我說的一樣無害。反正我也沒紙沒筆，所以我放棄了。但在我熱切要求之下，他同意讓她知道我在這兒，也會順便打聽一下她會被送到哪個區域去。他不是很願意這麼做，但對我來說，如果混亂的局面有所改善，知道從哪兒找起，要找到她就容易多了。

阿爾夫走了之後，我又一個人思考了一會兒。

問題在於，我並沒有全心全意地支持哪一邊。兩邊的看法都有道理。我知道，邁克·比德利和他那群人的看法背後有常識和遠見作後盾。如果他們已經開始動手，我和約瑟拉毫無疑問會加入他們，和他們一起工作——但我也知道自己會感到不安。我絕不相信對於一艘正在下沉的船，做什麼都無能爲力；我也絕不會完全確定我沒有合理化自己的偏好。如果組織化的救援確實不可能出現，那麼他們所說的，盡我們所能進行救援的建議就是明智之舉。然而不幸的是，智力並不是人類齒輪運作的唯一動力。我這時面對的，正是那位老博士所說的難以打破的制約。採納新準則有多困難，他完全正確。比方說吧，要是情況奇蹟般地出現了緩解，而我臨陣脫逃了，不管出於什麼樣的動機，我都會覺得自己是個卑鄙小人——我很清楚自己會有多鄙視自己和其他人，只因爲我沒有盡可能留在倫敦幫忙。

但要是情況相反，救援一直沒有來，當意志堅強的人也開始搶殘餘物資爲自己打算，而因此越過越好，我會不會覺得自己根本是浪費時間，也浪費力氣呢？

我知道我應該下定決心，就此走上正確的道路，堅持到底。但我做不到。我一直在搖擺。幾小時後，我在反覆拉鋸中睡著了。

我不知道約瑟拉怎麼決定。我沒有收到她的私人訊息。但阿爾夫晚上把頭探進來過一次，說了一句很簡短的話。

「西敏區[1]。」他說。「天哪！那些人可別指望國會大廈裡能找到什麼吃的。」

第二天一大早，阿爾夫叫醒我。他身邊是一個身材高大、眼神狡猾的男人，手裡拿著一把屠刀，毫無必要地炫耀著。阿爾夫走上前，把懷裡的一堆衣服扔在床上。他的同伴關上門，靠在門上，用詭計多端的眼睛瞟著我，一面把玩手上的刀。

「把手伸過來，老兄。」阿爾夫說。

我雙手伸向他。他摸了摸我手腕上的電線，用剪刀剪斷了。

「好了，老兄，現在把那些衣服穿上。」他說，往後退了一步。

換衣服的過程中，那個刀迷像老鷹似地盯著我的每個動作。我穿好衣服，阿爾夫拿出一副手銬。「只有這個了。」他說。

我遲疑了一下。門邊那個人立刻離開靠著的門，手裡的刀也往前伸了一點。對他來說，這顯然是個有趣的時刻。我判定現在應該不是嘗試的好時機，於是伸出了手腕。阿爾夫摸了摸位置，卡嗒一聲扣上手銬。然後就去給我拿早餐。

1 西敏區（Westminster）是白金漢宮附近繁忙的政府區，包括如白金漢宮、國會大廈以及首相官邸都位於此處。

大約兩小時後，另外那個人又回來了，手裡的刀很顯眼。他在門口揮了兩下。

「來吧。」他說。這是我聽他說過的唯一一句話。

刀子抵在我背上，感覺很不舒服。我們走下幾層樓梯，穿過一個大廳。街道上兩部滿載的卡車正在等。寇克和兩個同伴站在其中一部的後擋板旁邊。他招手示意我過去，一句話也沒說，只用一條鍊子從我雙臂間穿過。這條鍊子的兩端各有一條皮帶，一條已經繫在他身邊一個魁梧盲人的左手腕上，他把另一條綁在另一個人的右手腕上，那傢伙看起來跟前一個差不多難纏，我就這麼夾在他們兩個中間。看來他們不會給我任何機會。

「如果我是你，絕對不會幹什麼蠢事。」寇克給我忠告。「你對他們好，他們也會對你好。」

我們三個笨拙地爬上後擋板，兩部卡車就出發了。

我們在瑞士屋附近停了下來，然後推推擠擠地下車。我視線所及，大約有二十個人沿著排水溝漫無目的地晃蕩。引擎聲一出現，每個人都帶著狐疑的表情朝我們轉過頭來，像是某種單一機械裝置的零件，開始滿懷希望地朝我們靠近，一面大聲叫喊。司機大聲叫我們把那些人趕開。他們後退，轉身，沿著我們來的那條路嘟囔著走開了。聚集中的人群也停下了腳步。有一兩個人追在卡車後面喊叫，大部分人只是無計可施地默默轉身，繼續流浪。大約五十碼外，一個女人突然歇斯底里起來，開始用頭撞牆。我覺得想吐。

我轉頭看著我的同伴。

「嗯，你們想先找什麼？」我問他們。

「住宿的地方。」有人說。「我們得有個地方睡覺。」

我覺得，至少我得爲這群人找到這樣一個地方。我不能就這麼躲開，讓他們困在我們來過的地方。既然都已經到這個地步了，我能做的就是給他們找一個活動中心，一個類似總部的地方，讓他們恢復正常生活。我們需要一個可以收容、有物資、可以餵飽人，而且什麼東西都有的地方。我數了一下，總共五十二個人，其中有十四個是女性。最好的辦法似乎是找一家旅館，可以省掉準備睡鋪和被褥的麻煩。

我們找到了一家裝飾華麗的寄宿公寓，由四棟維多利亞式露台排屋組合而成，讓所有人住下還綽綽有餘。我們進入寄宿公寓時，那裡已經有六個人。天曉得其他人發生了什麼事。我們發現這幾個剩下的人——一個老人、一個老婦（原來是這裡的女經理）、一個中年男子和三個女孩，他們縮在一間休息室裡，完全嚇壞了。女經理鼓起勇氣，說了些冠冕堂皇的威脅話，但即使她搬出在寄宿公寓裡最嚴厲的態度，也只是虛張聲勢。那老人咆哮著，企圖爲她助威。剩下的人什麼也沒做，只是緊張地轉過臉來。

我解釋說，我們要搬進來。如果他們不喜歡，可以離開；但如果他們願意留下，平等分享他們手上現有的東西，也可以自由地這麼做。他們很不高興。從他們的反應看來，他們在這裡某個地方存了一些物資，而且並不怎麼想分享。但當他們意識到我們的目的是建立更大的儲藏庫時，態度顯然好多了，還準備爲此貢獻一己之力。

我決定多待一兩天，把團隊安頓好。我猜約瑟拉面對她負責的小組也會有同樣的感受。寇克那個精明的傢伙把這招稱作「帶孩子」。但我安頓完這些人之後，我就會想辦法逃掉，去找約瑟拉。

接下來幾天，我們有條有理地展開工作，找附近比較大的幾間商店——大部分是連鎖店，而且也不算大。幾乎每一家都有人捷足先登了。店面都很破爛，窗戶被打破，地板上到處是半開的罐頭和散落的箱子，都是那些讓找到它們的人失望的東西，現在黏糊糊地和玻璃碎片混在一起，散發著惡臭。但大致來說，商店損失不大，損壞也算輕微，通常我們會發現店內和店後的大型箱子完全沒人碰過。

對盲人來說，要把沉重的箱子搬出來，裝上手推車，是很不容易的事。接下來還得把這些東西帶回住宿地收藏好。但不斷的練習之後，他們也開始掌握了訣竅。

最大的阻礙因素是我必須在場。除非我在那裡指揮，否則幾乎什麼也做不成。結果我們一次只能出一組人工作，儘管我們明明能弄出十幾組人來。我和覓食小隊出去的時候，其他人除了回旅店也沒多少事可做。要是我去這個地區調查探勘，這段時間對其他人來說就幾乎等於浪費。要是有兩個視力正常的人，就能完成兩倍以上的工作。

工作開始之後，我白天忙得除了手上的實際工作之外完全沒有心思想別的，晚上又累得除了躺下睡覺之外什麼也做不了。我不時會對自己說：「到了明天晚上，我就會把事情都弄好——反正，足夠讓他們運作一段時間。然後我就要盡快離開這裡，去找約瑟拉。」

聽起來挺不錯的——但每天我都以爲明天就能做到，結果卻一天比一天更難達成。這群人當中有些好像開始學了點東西，但實際上，要是我不在，從找食物到開罐頭，一切都沒辦法進行。隨著工作進行，我好像變得越來越不可或缺，而不是漸漸可有可無。

一切都不是他們的錯，這就是困難所在。他們之中有些人眞的非常努力。我只能看著他們，越來越不可能讓自己成爲那個半途放棄他們離開的卑鄙小人。每天我都咒罵那個把我弄到這種境地的寇克十幾次——但這對解決問題毫無幫助，只讓我懷疑，這一切會是怎麼個了局……。

第四天早上，也可能是第五天早上，第一次有了預兆，雖然那時我幾乎沒有意識到。就在我們準備出發的時候，有個女人在樓下喊叫，說有兩個人病了，她覺得情況嚴重。

我身邊那兩個監視我的人可不高興了。

「聽著。」我對他們說。「我受夠了這種鎖鍊幫似的東西。不管怎樣，要是沒有這東西，我們做得會比現在好得多。」

「難不成你想溜回去加入你的老團伙？」其中一個人說。

「少自欺欺人了。」我說。「要是我想，我不管白天晚上，任何時候都可以痛打這對業餘的大猩猩。我沒這麼做，是因爲我對他們沒有什麼不滿，但他們眞是兩個愚蠢的討厭鬼……。」

「呃——」和我相連的其中一個人開始警告我。

「只是。」我繼續說下去。「如果你們不讓我看看這些人出了什麼事，就隨時可能要挨我揍了。」

這兩人還算明事理，但當我們到達那個房間時，他們還是很謹慎，在不解開鎖鍊的情況下站在後面最遠的地方。身體不適的是兩名男子，一個是年輕人，一個是中年人。兩個人都在發高燒，抱怨腸子部位疼痛難忍。當時我對這些事瞭解不多，但我不需要太瞭解，也會感到擔心。我想不出別的辦法，只能叫其他人把他們抬到附近的一間空房子裡，並且吩咐一個女人盡最大努力照顧他們。

這是挫折之日的開端。第二個挫折非常不一樣，是中午左右發生的。

附近大部分食品店都已經被我們清空了，我決定稍微擴大範圍。根據我對這一帶的印象，我想我們應該會在往北半英里多的地方找到另一條購物街，於是我帶著人過去。我們確實在那裡找到了商店，嗯，但還有別的東西。

我們轉過街角，進入他們的視線範圍，我停住了。在一家連鎖超市門前，有一群人正在搬箱子，裝上卡車。除了車子不同之外，就像在看自己的團隊一樣。我叫自己的隊伍停止前進，想著我們該拿哪一類食物。我比較傾向撤退，到別的地方找塊空地，好避開可能的麻煩；要是各個商店裡的大量散貨夠那些有組織能力的人群拿，爲此發生衝突毫無意義。但做決定的權力不在我身上。我還在猶豫，一個紅髮年輕人自信滿滿地大步走出店外。毫無疑問，他是看得見的——或者應該說，毫無疑問，沒過多久，他就看見了我們。

他就不像我這麼優柔寡斷了。他迅速伸手掏口袋，然後一顆子彈就砰一聲打在我旁邊的牆上。

接著是一個短暫的靜止場景。他的人和我的人用看不見的眼珠互望，想搞清楚發生了什麼事。他又開了一槍，我以爲他瞄準的是我，但子彈打中了我左邊那個人。他咕噥一聲，好像很吃驚，吐出一口長氣倒在地上。我拖著另一個監視人躲回拐角處。

「快。」我說。「把手銬鑰匙給我。這樣我什麼也沒辦法做。」

他動也沒動，只是會意地笑笑。他是個死腦筋的人。

「哈。」他說。「少來了。你騙不了我的。」

「噢，天哪，你這該死的蠢蛋——」我說，一面拖著鍊子把一號監視人的屍體拉得近一點，這樣才能得到更好的掩護。

那個蠢蛋開始跟我吵，天曉得他那個弱智大腦到底把我想得多精明。現在鍊子夠鬆，我手臂能舉起來了。於是我動了手，用雙拳給了他的腦袋一記猛擊，他的頭砰一聲撞在牆上。我在他的側口袋裡找到了鑰匙。

「聽好。」我對其他人說。「你們全部轉過去，直直往前走。不要分開，不然你們就慘了。現在開始行動。」

我先打開一隻手銬，擺脫了鎖鍊，然後翻牆進了某一家的花園。我蹲在那裡解開了另一隻手銬。然後我走過去，小心翼翼從牆角遠處往外看。那個拿槍的年輕人並沒有像我以爲的那樣向我們衝過來。他依然和他的團隊在一起，在給他們下指令。這時我才想到，他何必急呢？我們沒有還擊，也許他便因此認爲我們沒有武器，就算跑也跑不了太快。

他下完指令，自信地走到街上，看見了我撤退的隊伍，便開始跟著他們。在拐角處，他停下來看了看那兩個趴在地上的監視人。也許那條鍊子讓他想到，這當中有一個人就是這群人的眼睛，因爲他把槍放回口袋，開始悠閒地跟著其他人走。

我沒想到會是這樣，我花了一分鐘才明白他的計畫。然後我想到，他最有利可圖的作法就是跟著這群人到我們的總部去，看看能在那裡搶點什麼。我不得不承認，他若不是發現機會的速度比我快得多，就是之前對可能出現的機會考慮得比我多。我很高興自己命令隊伍直直往前走。他們很可能過一段時間之後就累了，但我想他們誰也找不到回旅館的路，萬一他們找得到，就會帶著他去了。只要隊伍不散，之後我就能輕鬆地把他們都帶回來。眼前的問題是，對一個手裡有槍，而且動不動就開火的人，該拿他怎麼辦。

在世界上某些地方，人們也許走進看到的第一棟房子，就能隨手拿到一把槍。但漢普斯特德並不是這樣；不幸的是，這是個非常體面的郊區。也許某個地方可以找到一把獵槍，但我得自己去找。我唯一能想到的辦法就是一直盯著他，希望有機會對付他。我從樹上折下一根樹枝，翻牆回去，開始沿著路邊一路點著往前走，希望自己的眼神和其他幾百個用同樣方式在街上遊蕩的盲人沒太大區別。

這條路筆直地往前延伸了好一段距離。紅髮年輕人大約在我前方五十碼，我的隊伍又在他前方五十碼。我們就這樣走了半英里多。前方隊伍並沒有任何要轉往通向我們基地那條路的樣子，這讓我鬆了一口氣。我正想知道他們要走多久才會覺得自己已經走得夠遠，意外的事情發生了。一個一直落在隊伍後面的人終於停下來，扔掉手杖，彎下腰，雙手捂著肚子。然後癱倒在地，痛得打滾。其他人並沒有因爲他停下腳步。他們一定聽見了他的呻吟，但可能並不知道他是自己隊伍裡的人。

年輕人看了看他，猶豫了一下。他轉了個方向，朝那個蜷縮扭曲的身影走去。他在離他幾英尺遠的地方停住，站在那裡低頭看著他。他仔細打量他十幾秒，然後，用很慢但相當審愼的動作，從口袋裡拿出手槍，一槍爆了他的頭。

前方隊伍聽見槍聲立刻停住了，我也是。年輕人並沒有趕上他們的意思——事實上，他好像突然對他們完全失去了興趣。他轉過身，沿著路中間往回走。我想起自己正在扮演的角色，也開始拿著樹枝點著路面前進。他經過時沒有注意我，但我可以看見他的臉：那是一張充滿擔憂、冷酷得密不透風的臉……。我就這麼繼續往前走，直到他離我們有相當距離了，才匆忙跑向其他人。他們被槍聲打斷之後一直在爭論要不要繼續往前走。

我告訴他們，現在我已經擺脫了那兩個腦殘監視人，我們會用不一樣的方式安排事情。我要去找輛卡車，十分鐘左右就會回來，然後把他們送回住宿地。

發現另一個有組織的團隊在工作，這造成了新的焦慮，但我們發現這裡依然平安無事。他們告訴我的唯一消息是，又有兩男一女因爲嚴重腹痛被帶到另一棟房子去了。

我們盡可能做好一切準備，以防我不在的時候入侵者來襲。然後我挑選了一支新隊伍，開著卡車出發了，這次走的是另一個方向。

我想起以前我來漢普斯特德荒野的時候，常常會經過一個公車總站，那裡有很多小舖和商店。在街道圖的幫助下，我又輕而易舉地找到了那個地方——不但找到，還發現那裡完好得驚人。除了三四扇破了的窗戶，這附近看起來就像週末沒開店一樣。

但這當中還是有點不同。首先，不管是上班日還是週日，這裡從來沒有這麼安靜過。街上躺著幾具屍體。到了這時，人們已經習慣了，也不再注意他們。事實上，我有點狐疑爲什麼看不到更多東西，我的推論是，大多數人之所以想辦法躲起來，若不是出於恐懼，就是因爲已經太虛弱了，這也是人們不肯踏進住宅的其中一個原因。

我把卡車停在一家糧食店前，豎起耳朵聽了幾秒鐘。死寂像毯子一樣包住我們。沒有敲木杖的聲音，也看不到流浪漢。一個會動的東西都沒有。

「好吧。」我說。「下車了，伙計們。」

商店鎖著的門很輕易就打開了。裡面整整齊齊、完好無損地擺著一桶桶奶油、起司、切片培根、一箱又一箱的糖，應有盡有。我叫其他人使勁幹活。到目前爲止，他們的工作技巧進步了不少，對於自己的操作也更有把握了。我可以讓他們自己在那裡工作一陣子，自己去檢查一下後面的儲藏室和地窖。

當我在地窖檢查裡頭那些箱子時，聽見外面不知道哪裡傳來喊叫聲。接著我頭頂上方的地板響起一陣穿著靴子的腳步聲。一個人剛從活板門下來，便一頭栽倒。他一動不動，也沒有發出聲音。我腦子裡迸出來的第一個想法是，外頭一定和敵對人員打起來了。我跨過倒下來那個人，小心地爬上梯子狀的樓梯，還不忘舉起一隻手臂護著頭。

第一個進入我視線的，是無數亂踩亂踏的靴子，而且令人不快地越靠越近，一路往地窖方向退去。我迅速爬出來，在他們掉到我身上之前躲開了。我站起來時，正好看見前方的玻璃窗打開，三個男人從外面連滾帶爬地進來。一根長長的綠色鞭子在他們身後猛抽了一下，一個人立時倒下。另外兩個人在貨品殘骸中亂竄，跌跌撞撞地闖進商店。他們逼得其他人不得不後退，結果又有兩個人從開著的地窖活板門掉了下去。

我只需要瞟一眼那根鞭子，就知道發生了什麼事。過去幾天我忙著工作，幾乎完全忘了三尖樹。我站上一個箱子，好越過眾人頭頂看情況。可見範圍內有三棵三尖樹：一棵在外面路上，另外兩棵近一點，在人行道上。地上躺了四個人，一動不動。這時我才明白爲什麼這些商店沒有人碰，爲什麼漢普斯特德荒野附近一個人也沒有。同時我也咒罵自己，爲什麼沒有仔細看看路上的屍體。那樣的螫痕，只看一眼就知道要當心了。

「等等。」我喊道。「站在原地別動。」

我從箱子上跳下來，推開站在地窖折疊活板門上的人，然後把門關上。

「這屋子後面有門。」我告訴他們。「現在放輕鬆點。」

最前面的兩個人聽話放鬆了。這時，一棵三尖樹從破窗戶把刺咻一聲甩進了屋裡。一個人尖叫著摔倒在地，其他人驚慌失措地跑過來，把我推到他們前面。門口堵了一堆人。在我們全數撤離之前，後面的鞭子又颼颼響了兩聲。

我們進了後屋，我氣喘吁吁地環顧四周，我們總共有七個人。

「等等。」我又說了一次。「我們在這裡很安全。」

我回到門口。商店後屋是三尖樹碰不到的地方——只要它們一直在屋外就沒問題。我可以安全地到活板門那裡把門提起來。從我離開就一直摔趴在那兒的兩個人又出現了。其中一個已經把斷了的手臂包紮好；另一個只是輕傷，嘴裡還罵個不休。

後屋後頭有個小院子，院子對面是一堵八英尺高的磚牆。我變得謹慎起來，沒有直接走到門口，而是先爬上一間戶外廁所的屋頂看看。我可以看見門後是一條窄巷，貫穿整個街區。巷子裡沒東西。但在牆的另一邊，似乎是一排私宅花園的盡頭，我可以看到兩棵三尖樹的樹頂靜靜待在灌木叢裡。說不定還有更多。那一側的牆比較矮，按照它們的高度，刺是甩得過小巷的。我跟其他人解釋了情況。

「該死的反常畜生。」一個人說。「我一直都討厭這些混蛋。」

我進一步調查。北側那棟樓的隔壁是一家租車公司，裡面有三部車。要讓這群人翻過中間的兩堵牆不是件簡單的事，尤其是那個斷了手的，但我們還是成功了。總之，我把他們全塞進了一部大賓士。等到我們都安頓好，我先去開了外面的大門，然後又跑回車上。

這聲音立刻吸引了三尖樹。它們對聲音有不可思議的敏感度，當下便意識到有事發生。我們開車出去時，已經有幾棵三尖樹蹣跚地朝門口走去。有幾根毒刺朝我們揮過來，打在緊閉的車窗上，沒造成什麼傷害。我方向盤猛地一扭，撞翻了一棵。然後我們沿著這條路離開，往比較健康的社區前進。

接下來那晚，是我自災難發生以來最難熬的一晚。我擺脫了那兩隻看門狗，找了一個可以獨處的小房間。我在壁爐架上點了一排六支蠟燭，在扶手椅上坐了很久，想把事情理清楚。我們一回來，就聽說前一天晚上生病的兩個人有一個已經死了，另一個顯然也撐不了多久——另外又多了四個新病例。等到我們吃完晚餐，又增加了兩個。我不知道該歸咎於什麼。由於公共設施缺乏，整體情況不佳，這可能是多方面問題造成的結果。我想到傷寒，但又隱約記得這病的潛伏期並不符合，這就排除了傷寒的可能性——但就算眞是傷寒，情況也不會有什麼不同。我只知道，這病糟糕透頂，糟到足以讓那個紅髮年輕人動用手槍，改變主意，不再跟在我隊伍後面。

我開始覺得，從一開始，我爲我的團隊所做的一切似乎就是有問題的。我成功保住他們的性命，再讓他們接受敵對隊伍和荒野入侵的三尖樹雙重夾擊。現在又加上這種病。而且，就算什麼都說了，做了，我也只不過是暫時把飢餓推遲了一小段時間而已。

就目前的情況，我不知道自己該往哪走。

然後我想到約瑟拉。她負責的區域也可能發生了同樣的事情，也許情況還更糟……。

我發現自己又想起了邁克．比德利和他那群人。我知道他們的作法合乎邏輯，但這時我開始覺得，也許他們也更具有眞實的人性。他們早就預見，想要拯救每一個人是不可能的，能救到的只是極少數。給其餘的人一個空洞的希望，根本沒比殘忍好多少。

還有我們這群人。如果每件事終究都有目的，留下我們是爲了什麼呢？應該不只是把我們浪費在一項無望的任務上吧……？

我決定明天就去找約瑟拉，然後一起解決這件事……。

門栓卡嗒一聲動了，門緩緩打開。

「誰？」我說。

「噢，你在這兒。」是一個女孩的聲音。

她走進來，關上身後的門。

「你想做什麼？」我問。

她又高又瘦，我猜她不到二十歲。頭髮輕輕飄動，是淺栗色的。她沉默著，但讓人沒辦法不注意她——不僅僅是因爲外型，還有她的神韻。她從我的動作和聲音確定了我的位置。她金棕色的眼珠盯著我左肩上方，若非如此，我一定覺得她在仔細打量我。

她沒有立刻回答。這種不確定感似乎和她的其他部分不太相配。我繼續等她開口。不知道爲什麼，我的喉頭鯁住了。你看，她這麼年輕，這麼美。在她眼前，應該還有長長的一生，也許是美好的一生。無論如何，年輕和美麗，總是特別引人悲傷的吧……？

「你要離開這裡嗎？」她說。口氣半是詢問，半是陳述，聲音平靜，只有一點點不確定。

「我沒這麼說過。」我否認。
「不。」她一口咬定，「其他人都這麼說——他們沒說錯，對嗎？」
我沒回答。她接著說：「你不能走。你不能這樣就離開。他們需要你。」
「我在這兒沒什麼用。」我告訴她。「所有的希望都是虛幻的。」
「如果並不虛幻呢？」
「不可能——至少目前不可能。我們現在已經知道了。」
「可是，如果最後希望確實成眞——而你卻這樣就走了——？」
「你以爲我沒想過這些嗎？我告訴你，我什麼忙也幫不上。我就像只爲了讓病人多活一小段時間用的注射藥物——一點治療價值也沒有，只是推遲死期而已。」
她沉吟了幾秒鐘，然後有點心虛地說：
「生命很珍貴——即使是這樣的生命。」她幾乎要控制不住自己了。
我什麼話也說不出來。她稍微鎭靜了一點。
「你可以帶著我們繼續前進。總會有機會的——就算是現在，只要一個小小的機會，就可能有好事發生。」
我已經說出了自己的想法。不想再重複了。
「眞難啊。」她說，彷彿在自言自語。「要是我看得見你就好了……但是，當然，我只是說要是可以的話……你很年輕嗎？你的聲音聽起來很年輕。」

「還不到三十歲。」我說。「而且長得很普通。」

「我十八歲。那天是我生日——就是彗星來那一天。」

我想不出什麼話對她來說比較不殘忍。沉默越來越長。我看見她雙手緊握，然後又分開雙手，放在身體兩側，拳頭握得指關節發白。她一副欲言又止的樣子。

「怎麼了？」我問，「除了拖延死期，我還能做什麼呢？」

她咬了咬嘴唇，然後說：

「他們——他們說你可能很寂寞。」她說。「我想也許——」她的聲音發著抖，指關節更白了，「如果你有個人陪……我是說，在這裡有人……你——說不定就不會離開我們了。也許你就會願意跟我們待在一起？」

「噢，天哪。」我輕聲說。

我看著她，她站得挺挺的，嘴唇微微顫抖。她原本應該有好多追求者對她呼喊，只求得到她淺淺一笑。她原本應該會先無憂無慮地快樂一陣子，然後再快樂地去關心別人。對她來說，生活應該是迷人的，愛情應該是無比甜蜜的……

「你會對我很溫柔的，對不對？」她說。「你知道，我還沒——」

「別說了！停下來！」我說。「你不能對我說這樣的話。請現在就離開。」

但是她沒走。她站在那裡，用看不見的眼睛望著我。

「走開！」我又說。

我受不了她這種方式的譴責。她不只代表她自己，還代表成千上萬個被毀掉的年輕生命……。

她走近我。

「怎麼了？我覺得你在哭！」她說。

「走開。看在老天份上，走開！」我說。

她遲疑了一下，轉身摸索著走回門口。她臨走之前——

「你可以跟他們說，我會留下來。」我說。

第二天早上，我最先注意到的是那股氣味。之前雖然也不時聞得到，但幸運的是天氣一直很涼。現在我發現我睡得太晚，溫度已經升高了。這種氣味我不打算細講；只能說聞過的人一輩子都不會忘記，除此之外，它根本難以形容。幾星期來，這味道從每個城鎮升起，隨風飄散。那天上午我醒來時，它讓我相信末日毫無疑問已經降臨。死亡只不過是電影動畫片令人震驚的落幕：腐朽分解才是最後的結局。

我躺著思考了幾分鐘。現在唯一能做的，就是把我的團隊裝上卡車，然後接力運到鄉下去。我們收集的補給品呢？那也得裝上車——而我是唯一一個能開車的人……這得花好幾天時間——如果我們還有幾天時間的話……。

想到這裡，我突然很納悶現在這棟樓裡發生了什麼事。這地方靜得出奇。我仔細聽，可以聽見另一個房間有呻吟聲，除此之外什麼也沒有。我下了床，懷著不祥的感覺匆匆穿上衣服。到了樓梯口，我又聽了一遍。房子附近連一點腳步聲都沒有。我突然有種糟糕透頂的感覺，彷彿歷史重演，我又回到了醫院。

「嘿！有人在嗎？」我喊道。

有幾個聲音回應我。我打開附近的一扇門，房裡有個男人，情況看上去很糟，已經神智不清。我什麼也沒辦法做，只好又關上了門。

我的腳步踩在木製樓梯上，聽起來很響。樓下傳來一個女人的聲音，喊著：「比爾——比爾！」

她躺在那邊一個小房間床上，就是前一天晚上來找我的那個女孩。我進門時她轉過頭來。我發現她也病了。

「別靠近。」她說。「比爾，是你嗎？」

「是我。」

「我就知道。你還能走動：其他人都只能在地上爬了。我很高興，比爾。我跟他們說，你不會那樣就走掉——但是他們說你已經走了。現在他們也都走了，所有能走的人，都走了。」

「我睡著了。」我說。「出了什麼事？」

「我們這種情況的人越來越多。大家都嚇壞了。」

我無助地說：「我能爲你做什麼呢？有沒有什麼是我可以幫你的？」

她的臉因疼痛而扭曲，她緊緊抱住自己，在床上扭動。疼痛過去之後，汗水順著她的額頭淌下來。

「拜託，比爾，我不是很勇敢的人。你可以幫我找點東西，讓這一切結束嗎？」

「好。」我說。「我幫你。」

十分鐘後我就從藥店回來了。我遞給她一杯水，把找到的東西放在她的另一隻手上。她拿著它，過了一會兒，她說：

「多麼無望啊——本來一切可能會完全不一樣的。」她說。「再見了，比爾——謝謝你的努力。」

我低頭看著躺在那裡的她。還有一件事，讓這份無望變得更加無望——我不知道有多少人會對我說：「帶我一起走。」而當時，她說的是：「留下來，和我們在一起。」

我甚至連她的名字都不知道。

第九章 撤離

我牢牢記住了那個朝我們開槍的紅髮年輕人，因爲他，我選擇前往西敏市。

從十六歲起，我對武器的興趣就下降了，但在一個正在回歸野蠻的環境裡，一個人似乎得準備或多或少做個野蠻人，否則要不了多久，可能也不用想做什麼野蠻人了。以前在聖詹姆斯街有幾家商店，會非常有禮貌地賣給你各式各樣的致命武器，從烏鴉槍[1]到獵象槍，應有盡有。

我離開的時候，感覺有點複雜，像是個獲得了充分支援的強盜。我又多了一把有用的獵刀。口袋裡有一隻手槍，做工和科學儀器一樣精密。我旁邊的座位上放著一把裝了十二

1烏鴉槍（Rook rifle），或稱鴉兔槍（Rook and rabbit rifle），是一種曾經流行於英國的單發小口徑步槍。主要用於獵殺小型動物，尤其是烏鴉。

發子彈的槍和好幾盒子彈。我選了霰彈槍而不是來福槍，因爲它除了擊發時同樣聲勢驚人之外，還能以單發子彈難以達到的俐落程度打掉三尖樹頂。現在連倫敦市內也見得到三尖樹了。它們似乎還是盡可能避開街道，但我注意到已經有幾株正笨拙地穿越海德公園，還有幾株在格林公園。它們可能是裝飾用、修剪過樹頂的安全活體標本——當然，也可能不是。

我就這樣來了西敏市。

死亡，一切的終結，在這裡是用斜體字強調的。街道上平常地散落著被遺棄的車輛，視線範圍內幾乎見不到人。我只看到三個會動的人。其中兩個沿著白廳的排水溝敲著手杖前進，第三個在議會廣場。他坐在林肯雕像旁，手裡緊抓著他最珍貴的東西——一塊培根，正用一把鈍刀切下一片爛肉來。

議會大廈矗立在這一切上方，鐘的指針停在六點零三分。很難想像，這一切已經不再有意義，現在它只是某種裝模作樣的甜品，裝在靠不住、隨時可能化爲塵土的石頭上。就讓它的尖頂碎片繼續落在露台上吧——再也不會有憤怒的議員抱怨他們寶貴的生命受到威脅了。那些大廳裡，曾經迴響著美好的願景，和悲哀的權宜之計，到了命定的那一天，屋頂自然會垮下；沒有人阻止，也沒有人在乎。旁邊的泰晤士河靜靜地流著。它會一直流下去，直到某天河堤坍塌，河水四散，西敏市再度變回沼澤中的一個孤島。

在沒有煙霧的空氣中，銀灰色的西敏寺站在那裡，顯得格外清晰。在朝生暮死的生物環繞下，它獨自存在於歲月的寧靜中。腳下是幾百年的堅實基座，也許接下來的幾百年，它依然注定要保存那些名人的紀念碑，而那些人創下的豐功偉業，如今卻已全毀。

我沒在那裡閒逛。未來幾年，我希望還有人會懷著浪漫的憂鬱來看看老西敏寺。但浪漫是悲劇與回憶的結合體。而我這時離悲劇太近了。

不僅如此，我開始體驗到一些以前沒有過的東西——對孤獨的恐懼。自從我從醫院出來，沿著皮卡迪利大街一路走，我就一直不是一個人，我看到的一切充滿了令人困惑的新奇。現在我第一次感覺到，眞正的孤獨對一個天生喜歡群居的物種來說，有多令人害怕。我覺得自己彷彿一絲不掛，暴露在所有準備吞噬我的恐懼中……。

我逼自己沿著維多利亞街往前開。汽車聲音震出的回聲讓我害怕。我有股衝動，想丟下這部車，改用兩條腿靜悄悄地走，用狡詐的行動方式尋求安全，就像叢林裡的野獸。我需要用全副意志力讓自己保持穩定，堅持計畫。因爲我知道，如果我剛好分配到這個地區的話該做什麼——我應該到這裡最大的百貨公司去找物資。

陸軍後勤部和海軍剩餘物資商店已經被洗劫一空，好吧，反正現在軍隊也沒有人了。

我從側門出來。人行道上有隻貓在嗅著什麼，那東西可能是一捆破布，然而不是。我對牠拍了拍手。牠瞪我一眼，溜掉了。

一個男人從街角過來，堅持不懈地在路中間滾著一塊大起司，表情沾沾自喜。他聽見我的腳步聲，立刻把起司放倒，坐在上面，猛烈地揮舞手杖。我回到停在大街上的車裡。

約瑟拉也可能會選擇一家旅館作爲方便的總部。我記得維多利亞車站附近有幾家，於是我就開車去了。事實證明，旅館數量比我想的多得多。我查看了二十幾家旅館，卻沒有發現任何組織佔用過的證據，希望似乎越來越渺茫了。

我想找個人問問。彷彿只要有機會找到一個活人，這人都可能接受過她的幫助。從我抵達這個地區以來，我見過還能動的東西只有六個。現在好像完全沒有了。但最後，我在白金漢宮的拐角處遇到了一個老婦人，蜷縮在門口台階上。

她正在用斷了的指甲摳一個罐頭，時而咒罵時而嗚咽。我去了附近的一家小店，在高高的架子上發現了六罐豆子，還找了一支開罐器，然後回到她身邊。她依然徒勞地摳著她的罐頭。

「你還是扔了吧。那是咖啡。」我告訴她。

我把開罐器塞到她手裡，給了她一罐豆子。

「聽我說。」我說。「你知道這附近的一個女孩子嗎？——一個看得見的女孩子。很可能帶著一支隊伍。」

我沒抱多大希望，但這老婦人能夠比大部分人撐得更久，一定接受了某種幫助。她點點頭，這答案好得簡直不像眞的。

「知道啊。」她邊說邊開始用開罐器。

「你眞的知道！她在哪裡？」我問。不知道爲什麼，我從來沒想過那也許會是約瑟拉以外的人。

但是她搖了搖頭。

「我不知道。我跟她那群人待過一段時間，但是我跟他們走散了。我這種年紀的老婆子跟不上年輕人，就掉隊了。他們不會停著等一個可憐的老婆子，我就再也找不到他們了。」

她全心全意地努力開著罐頭。

「她住在哪？」我問。

「我們都住在一家旅館裡。我不知道旅館在什麼地方，不然我就能找到他們了。」

「連旅館的名字也不知道嗎？」

「我不知道。你看不見名字的時候，知道名字也沒用，其他人也一樣看不見。」

「但你一定還記得那間旅館的一些東西吧。」

「不，我什麼都不記得。」

她拿起罐頭，小心地嗅了嗅裡面的東西。

「聽著。」我冷冷地說。「你很想留著這些罐頭，對吧？」

她伸出一隻手臂，把所有罐頭都掃到身邊。

「好，那你最好把你能告訴我的，關於那家旅館的一切通通說出來。」我接著說。

「比如說，你一定知道那裡是大還是小。」

她思索著，一條手臂還是死死護住罐頭。

「樓下的聲音聽起來空空的——應該算大吧。可能也很高檔——我的意思是，那裡有走起來很安靜的地毯、很棒的床和很棒的床單。」

「沒有別的了？」

「沒有了，我這樣的老太婆記不住太多啊——對了，還有一個。那間旅館外面有兩個小台階，進去的時候要經過旋轉門。」

「這樣清楚多了。」我說。「你很確定嗎？你知道，要是我找不到，是可以再回來找你的。」

「千眞萬確，先生。兩個小台階，一座旋轉門。」

她在身邊一個破舊的袋子裡翻來翻去，拿出一把髒兮兮的湯匙，開始品嚐豆子，那神情，簡直像吃到了天堂的甜美果醬一樣。

我發現，這附近的旅館比我想的還要多，而且許多都有旋轉門。但我沒有放棄。我一找到那個地方，立刻就知道錯不了。痕跡和氣味都太熟悉了。

「有人在嗎？」我在有回音的休息室裡喊。

我正要往裡走，某個角落傳來一聲呻吟。在半明半暗的凹室裡，一個男人躺在長榻上。即使在昏暗中，也看得出他已經病入膏肓。我沒走太近。他睜開了眼睛，有一瞬間，我還以爲他看得見。

「你在嗎？」他說。

「是的，我想——」

「水。」他說。「看在上帝的份上，給我一點水——。」

我走到餐廳那邊，找到了後面的備餐區。水龍頭乾了。我扭開幾根水管，把裡頭剩的水裝進一只大水罐，連一只杯子一起拿回來。我把杯子放在他夠得到的地方。

「老兄，謝了。」他說。「我可以自己來。你離我遠一點。」

他把杯子整個泡進水罐，舀了一杯水，一飲而盡。

「老天。」他說。「我就需要這個！」他連續喝了幾杯。「老兄，你來幹什麼的？你知道，這裡的人都病了。」

「我在找一個女孩——一個看得見的女孩。她叫約瑟拉。她在這裡嗎？」

「之前是在這裡。但是老兄，你來晚了。」

突來的不確定感像刀一樣刺穿了我。

「你的意思——該不會——？」

「不，放輕鬆點，老兄。她沒得我這種病。不是的，她只是離開了——其他還走得動的人也都走了。」

「你知道她去哪裡了嗎？」

「我不知道，老兄。」

「我了解了。」我沉重地說。

「你最好也走吧，朋友。在這裡待太久，就會永遠留在這裡了，跟我一樣。」

他說得對。我站在那裡低頭看著他。

「還需要我幫你拿點什麼嗎？」

「不用了。這些就夠了。我想我也撐不了太久，不需要別的。」他停了停，接著又說：「再見了，老兄，非常感謝你。如果你找到了她，要好好珍惜——她是個好女孩。」

過了一會兒，當我用罐頭火腿和瓶裝啤酒做飯時，我突然想到，我沒問那個人約瑟拉是什麼時候離開的。但我覺得以他的狀態，大概不會有太明確的時間概念。

我能想到的一個地點就是大學大樓。我猜約瑟拉應該也會有一樣的想法——跟我們走散的同伴有些說不定會回去，想辦法和其他人會合。這想法成眞的可能性不高，因爲按照常理，他們應該早在幾天前就離開這座城市了。

塔樓頂上依然掛著兩面旗幟，在剛入夜的溫暖空氣中軟趴趴地垂著。原本前院有二十幾部卡車，現在還有四部停在那裡，顯然沒有人動過。我把車停在那四部車旁邊，走進大樓。我的腳步聲在死寂中砰砰作響。

「哈囉！哈囉！」我喊道。「有人在嗎？」

我的聲音在走廊和天井裡迴盪，越變越弱，在成為一種低語的滑稽模仿之後，化為沉寂。我走到另一側出口，又喊了一次。回聲再次完整地消失，像灰塵一樣輕輕落下。這時我才回過頭，注意到外門內側的牆上有粉筆字。是一個地址，用大寫字母寫的：

威爾特郡

迪韋齊斯附近的泰恩斯漢姆

泰恩斯漢姆莊園

至少這算是有價值的訊息。

我看著地址，想了一下。最多再過一小時天就要黑了，迪韋齊斯，我想離這裡有一百英里，也許更遠。我又到外頭去檢查了一下卡車，裡面有一部是我最後開進去的——我把我那些被人瞧不起的防三尖樹裝備都塞在裡面。我記得除了那些之外，我裝的都是各式各樣有用的食物和日用品。帶著這些東西去總比空手到要好。然而，如果沒有緊急原因，我並不喜歡在夜裡開車上路，更別說開著一部滿載的大卡車、行駛在可能出現一大堆危險的路上。如果我把那些東西都裝上車（而且可能我是該這麼做的），我會爲了找另一部卡車並且搬貨過去浪費更多時間，還不如在這裡過夜，早上早點出發，情況會好得多。我把一箱又一箱的子彈從卡車斗搬進駕駛室，做好了準備。槍就帶在身上。

我找到了我在假警報聲中衝出來的那個房間，它完全保持我離開當時的樣子；我的衣服搭在椅子上，甚至連菸盒和打火機都還放在我臨時搭起來的床邊。

現在要睡還太早。我點起一支菸，把菸盒放進口袋，決定出去走走。

我仔細觀察了周圍情況之後才走進羅素廣場花園。我對開放空間已經開始不信任了。我果然發現了一棵三尖樹。它在花園西北角，一動不動，但它比周圍的灌木叢要高得多。我走近它，一槍把它的頂部打成碎片。在寂靜的花園裡，這聲槍響的驚人程度只怕不亞於一發榴彈砲。確認沒有其他三尖樹潛伏之後，我走進花園，靠著一棵樹坐下。

我在那裡待了大概二十分鐘。太陽西斜，半個廣場都籠罩在陰影裡。很快我就得進屋去了。只要有光，我就能支撐下去；在黑暗中，會有各式各樣的東西悄悄向我襲來。我已經在返祖的路上了。也許過不了多久，我就會和我遙遠的祖先一樣，在黑暗中恐懼地度過幾個小時，總是疑心地望著洞穴外的黑夜。我稍微拖延了一下，多看了這片廣場幾眼，彷彿這是歷史的一頁，我要在翻頁之前好好記住它。而當我站在那裡的時候，聽見路上有腳步聲——非常細微的聲音，但在寂靜中卻像磨盤轉動一樣響。

我轉過身，把槍準備好。我聽見腳步聲，驚訝不下於荒島上的魯賓遜看見腳印，因爲那腳步聲並沒有盲人特有的猶豫。我在搖曳的火光中瞥見了它。當它離開道路進入花園時，我看出那是一個男人。顯然在我聽見他之前，他已經看見我了，因爲他正朝著我走來。

「你沒必要開槍。」他張開雙手，手裡空空的。

直到他走到接近我幾碼內我才認出他來，同時他也認出了我。

「噢，是你啊。」他說。

我沒把槍放下。

「哈囉，寇克。現在你又想幹什麼？要我加入你另外一個小團隊嗎？」我問他。

「不。你可以把那玩意兒放下。總之，它太吵了。我就是這樣才發現你的。不。」他又重複一次，「我已經受夠了。我要離開這個鬼地方。」

「我也是。」我說，慢慢放下了槍。

「你那群人怎麼樣了？」他問。

我告訴了他。他點點頭。

「我的也是。我想其他人的也一樣。我們畢竟嘗試過了……。」

「方向錯了。」我說。

他又點點頭。

「是的。」他承認。「我覺得你們一開始的想法就是對的——只不過在一星期前，看起來不對，聽起來也不對。」

「六天前。」我糾正他。

「一星期。」他說。

「不對，我很確定——噢，好啦，這他媽的到底有什麼重要？」我說。「在這種情況下。」我繼續說，「難道你打算宣佈大赦，重來一遍嗎？」

他表示同意。

「我錯了。」他又說了一次。「我以爲我才是認眞看待這件事的人——但我還是不夠認眞。我不敢相信這種情況會持續下去，也不敢相信眞的不會有援手。但現在，看看吧！每個地方肯定都是這樣。歐洲，亞洲，美洲——想想，連美國都成了這個樣子！但他們必定也是。如果不是，他們就會到這裡來，伸手幫忙，把這地方整頓好——這就是他們會做的事。不，我想你們一開始就比我們看得更明白。」

我們各自沉思片刻，然後我問：

「這種病，這種瘟疫——你覺得是什麼？」

「我眞不知道，老兄。剛開始我以爲一定是傷寒，但有人說傷寒潛伏期要更長——所以我不知道。我也不知道爲什麼我沒染上——除了我有辦法遠離染病的人，也確保自己吃的東西夠乾淨之外。我一直只吃自己開的罐頭，只喝瓶裝啤酒。不管怎樣，雖然到目前爲止我還算幸運，但我不想在這裡待下去了。現在你打算去哪裡？」

我把牆上粉筆寫的地址告訴他。他還沒看見。他在前往大學大樓的路上聽見了我的槍聲，就來查看附近的情況。

「這——」我才開口，又突然停住。我們西邊的一條街道上傳來發動汽車的聲音。它迅速換檔，加快了速度，隨後便消失在遠方。

「好吧，至少還有另一個人在。」寇克說。「還有那個寫下地址的人。你對這個人是誰有沒有概念？」

我聳聳肩。合理假設是，那是個曾經被寇克劫走又回來的成員，或者是他的團隊沒抓到的一個明眼人。不知道他在那裡待了多久。他仔細想了想。

「如果我們能兩個人一起行動就好了。我跟你一起去看看發生了什麼事，可以嗎？」

「好吧。」我答應了。「我贊成現在就上床睡覺，明天早點出發。」

我醒的時候他還在睡。我穿上滑雪裝和厚重的鞋子，比他那群人給我穿的那些衣服舒服多了。當我拿著裝著各種小袋食物和罐頭的袋子回來，他也起床換好衣服了。吃完早餐之後，我們決定各開一部滿載的卡車，而不是搭同一部，好讓我們在泰恩斯漢姆能更受歡迎一點。

「注意駕駛室的窗戶要關上。」我建議。「倫敦周邊有很多三尖樹農場，尤其是西部。」

「嗯。我在附近見過幾棵醜八怪。」他漫不經心地回答。

「我見過它們到處遊蕩——也見過它們攻擊人。」我說。

我們來到第一家汽車修理場，設法弄開了一個幫浦把油加滿。然後在寂靜的街道上坦克車似地轟隆前進，我的三噸重卡車在前面帶路。

這一路走得很累。每隔幾十碼就得繞過一輛扔在路中間的車，偶爾還有兩三部車一起把路完全堵住，我們只好用極慢的速度把其中一部推開。撞壞的車很少，似乎駕駛失明的速度很快，但又不至於突然到失控，通常都還能開到路邊才停車。如果災難是白天發生的，主幹道就會完全無法通行，從市中心走小路出來可能要花幾天時間——看見了前方密密麻麻的車陣之後倒車，再努力找另一條路走，大部分時間都浪費在這上頭。仔細想想，我發現，我們整體的前進情況並沒有表面上慢，走了幾英里之後，我注意到路邊有一輛翻倒的汽車，這才意識到，我們現在走的路其實已經有人走過，而且前方有一部分已經清理乾淨了。

過了斯坦斯，進入郊區，我們終於開始感覺離開倫敦了。我停下車，走到後面那部車去找寇克。他熄了火，寂靜突然層層湧上來，厚重而不自然，只有金屬逐漸冷卻時發出的卡噠聲打破寂靜。我突然意識到，我們出發以來，除了幾隻麻雀之外，什麼生物也沒看見。寇克爬出駕駛室，站在路中間，一邊聽著動靜，一邊環顧四周。

「而橫亙在我們眼前的，是浩瀚無垠的沙漠[2]……」

他喃喃自語。

我直直看著他。他嚴肅沉思的表情突然變成咧嘴一笑。

「還是你比較喜歡雪萊？」他問：

「吾乃拉美西斯二世，萬王之王，吾之豐功偉業，世人無不欽服！[3]走吧，我們找點

2出自英國詩人安德魯．馬維爾（Andrew Marvell，1621—1678）詩作《致羞怯的情人》（To his Coy Mistress）。

3出自英國詩人雪萊（Percy Bysshe Shelley，1792—1822）詩作《拉美西斯二世》（Ozymandias，直譯為奧西曼德斯，是古希臘人對埃及法老拉美西斯二世的稱呼）。

吃的去。」

「寇克。」我們坐在一家店的櫃臺上吃過飯，正往甜點餅乾上塗果醬時，我說：「你把我弄糊塗了。你到底是什麼人？我第一次見到你的時候，你滿嘴碼頭工人的行話，罵罵嚷嚷——我覺得這樣形容算恰當了，請別介意。現在你卻引用馬維爾的詩跟我說話。這沒道理。」

他輕輕一笑。「我也沒搞清楚過。」他說。「這是多重因素混合下的結果——你永遠也沒辦法搞懂自己是什麼人。連我媽都沒眞的搞懂過——她連我爹是誰都證實不了。因爲沒人分擔撫養費，所以她挺不喜歡我的。這讓我小小年紀就開始反叛；離開學校之後，我常常去參加各種集會——幾乎什麼集會都好，只要跟抗議有關的我就去。於是我開始跟常來參加集會那群人混在一起。我想他們覺得我挺好笑的。反正，那時他們常常帶我去參加政黨聚會。只要我說出自己的想法，他們就會發出一種雙重意義的笑聲，一半是和我一起笑，一半是笑我，一段時間之後，我厭倦了。我想我需要一些他們擁有的背景知識，這麼一來，也許我就可以反過來嘲笑他們了，所以我開始去上夜校，練習他們那種說話方式，以備不時之需。似乎很多人都不懂，你必須用一個男人自己的語言和他說話，他才會把你當回事。如果你口氣堅定地引用雪萊的詩，他們會覺得你很可愛，就像一隻會表演的猴子或其他玩意兒，但他們根本不會注意你說了什麼。你得說他們習慣認眞對待的那種行話。反過來也是一樣。至少一半的政治知識分子在對工人群眾說話時，並沒有讓他們眞的明白那些內容的價值——不是因爲他們高高在上，而是因爲大多數人聽的是人聲，而不是言詞，所以他們聽進去的內容總是打了很大的折扣，因爲那些演說對他們來說都太時髦花俏了，不像一般的正常對話。所以我認爲應該做的，就是讓自己掌握兩種語言，在正確的地方使用正確的語言——有點意外的是，偶爾也要在錯誤的地方使用錯誤的語言。他們震驚的程度眞令人訝異啊。英國的階級制度眞是太奇妙了。從那之後，我在演說這一行幹得風生水起。並不是你們所謂的穩定工作，但充滿了趣味和多樣性。威爾弗雷德·寇克。集會演說。有主題，沒內容。那就是我。」

「有主題，沒內容——什麼意思？」我問。

「嗯，我負責提供口語，就像印刷機負責印刷文字一樣。它也並不需要相信自己印出來的東西。」

我暫時不繼續這個話題。「你怎麼沒跟其他人一樣？」我問。「你沒住院吧？」

「我？沒有啊。我只是剛好在一場集會上發表演說，抗議警察在一場小型罷工事件裡有所偏袒。我們大概六點開場的，過了大約半小時，警察就來趕人了。我在附近找到一扇活板門，就躲到地窖裡去了。他們也下來看了一下，但是沒找到我，我躲在一堆刨花裡。

他們繼續在我頭頂上走了一陣子，然後就安靜下來了。但是我沒動，我可不打算掉進什麼陷阱裡。反正那裡很舒服，所以我就乾脆睡覺。等到隔天早上，我仔細察看四周，才發現出事了。」他若有所思地停了停，然後又說：「好吧，鬧劇結束了，從現在開始，我想不會有多少人需要我的特殊天賦了。」

我沒有反駁。我們吃完飯，他從櫃臺上滑下來。

「走吧。我們最好換個地方。『明天，又是另一片全新的田野和牧場[4]。』——如果你那麼想聽陳腔濫調的話。」

「不只是陳腔濫調，還說錯了。」我說。「是『森林』，不是『田野』。」

他皺起眉頭，細想了一陣。

「嗯，——確實，老兄，是這樣沒錯。」他承認了。

我開始感覺到寇克展現出精神上的輕鬆，一望無際的開闊田野給了我們一絲希望。確實，這些嫩綠的莊稼成熟的時候不會有人收割，果實成熟了也不會有人採摘，鄉間也許再

4出自彌爾頓（John Milton，1608—1674）詩作《利西達斯》（Lycidas）。

也不會有這天的整潔，但儘管如此，這裡還是會按照自己的方式運轉下去。它不會像城鎮那樣，無法孕育生命，就此停滯。這是一個人們可以工作照料的地方，還有未來。它讓我覺得自己前一星期的生活，跟一隻靠殘羹剩飯活命、不停翻著垃圾堆的老鼠沒兩樣。每當我眺望這片田野，就覺得自己的精神正在舒展。

路上有些地方，像是雷丁或紐伯里這樣的城鎮，曾經暫時帶回了倫敦的氛圍，但它們終究只是復原座標圖上短短的滑坡而已。

有一種難以承受的悲傷情緒，一個浴火重生的心靈存在。它可能有益，也可能有害，它只是生存意志的一部分——但它也可能讓我們捲入一場又一場削弱自身的戰爭。但，就算打翻的牛奶已經匯成海洋，我們也只能哭一小段時間，這是我們生命機制的必要組成——如果生命要維持下去，就必須讓這種驚人的大場面變得司空見慣。蔚藍的天空下有幾朵雲飄過，像是天上的冰山，城市成了不那麼壓抑的回憶，生活的感覺像清風一樣再次洗滌了我們。也許這不算是理由，但至少可以解釋爲什麼我偶爾會驚訝地發現，自己居然邊開車邊唱歌。

我們在亨格福德停下來補充食物和燃料。當我們穿越綿延幾英里沒有受到影響的鄉野時，釋放的感覺越來越強。它似乎並不孤單，只是睡著了，而且很友善。就算偶爾看見一小群三尖樹在田野搖晃前進，或者其他三尖樹把根扎進土裡休息，也不會心生敵意，破壞

第十章　泰恩斯漢姆

那座莊園幾乎不可能錯過。除了構成泰恩斯漢姆村的幾間農舍之外，就是路邊那堵聳立的高牆了。我們順著牆一路走到一扇巨大的鍛鐵大門前，門後站著一個年輕女子，臉上滿是負責的嚴肅，壓抑了人類的所有表情。她帶著一把獵槍，但握法不太對。我示意寇克停車，自己一面靠邊一面喊她。她的嘴唇動了，但是一個字也沒有穿透引擎聲傳過來。我熄了火。

「這裡是泰恩斯漢姆莊園嗎？」我問。

她依然保持同樣的姿態和表情，沒有絲毫放鬆。

「你們從哪裡來的？有多少人？」她反問。

我眞希望她不要那樣擺弄那把槍。我緊盯著她不安的手指，簡短地向她解釋了我們是誰，爲什麼來，大概帶了什麼東西，並且保證不會有其他人躲在卡車裡。我很懷疑她是不是眞的聽進去了。她的眼睛盯著我，帶著一種令人悲哀的猜測神情，這種神情在獵犬臉上更常見，但即使在狗臉上也並不讓人感到安慰。我的話並沒有驅散這種胡亂懷疑，這會讓非常認眞的人覺得厭倦。她從莊園裡出來，朝卡車後面瞥了一眼，證實我陳述無誤，爲了她好，我衷心希望她不會有機會碰上她懷疑的那夥人，證實她的懷疑確有理由。彷彿她要是滿意放行，就會削弱她這個角色的可靠程度，但她最後還是同意了，讓我們進去，雖然還是不太乾脆。

「走右邊那條路。」我開車經過她時，她朝我喊，然後立刻又回頭去守大門。經過一條短短的榆林大道，後面是一片公園，景觀是十八世紀後期風格，點綴著一些樹木，這些樹有足夠的空間，絕對可以長到壯觀的程度。當那棟房子出現眼前時，從建築角度來說，它並不算富麗堂皇，佔地卻相當大。它覆蓋了一大片土地，擁有各式各樣的建築風格，彷彿每一個前任主人都抵擋不了留下個人印記的誘惑。每個人在尊重祖先作品的同時，顯然也都覺得有責任表現自己當代的精神，自信地忽視了前人的水準，產生了堅定不移的任性。於是它不可避免地成了座古怪有趣的房子，然而感覺卻很友好，而且看上去很牢靠。

右邊那條岔路把我們帶進了一個寬闊的院落，已經有幾部車停在那裡了。院落外是馬車房和馬廄，似乎有好幾英畝。寇克把車停在我旁邊，爬了下來。放眼望去一個人都沒有。

我們穿過主建築敞開的後門，走過一條長長的走廊。盡頭處是一間豪華廚房，充滿了炊煮食物的熱氣和香味。廚房深處的門後面傳來說話聲和盤子碰撞聲，但我們還得穿過另一條昏暗的通道和另一扇門才能到他們那裡。

我想我們剛才進來的地方以前是傭人食堂，當時雇傭人數很多，所以用這個詞應該算正確。這裡空間寬敞，可以讓一百多人同桌用餐也不覺得擁擠。這時食堂裡的人已經坐在長凳上，面前是兩條長長的檯子，我估計人數在五十到六十之間，一眼就知道他們都是盲人。這些人耐心地坐在那裡等，幾個明眼人忙得不可開交。三個女孩子在一張邊桌上努力切雞肉。我走向其中一個。

「我們剛來。」我說。「我們可以做點什麼嗎？」

她停下動作，手裡依然握著切肉叉，她用手腕把一綹頭髮往後一抹。

「如果你們有誰願意負責分這些蔬菜，那就幫上大忙了。另一個可以去幫忙準備盤子。」

我負責分發兩大桶馬鈴薯和包心菜。我趁分食物的時候看了食堂裡的人一圈，約瑟拉不在裡面，甚至也沒有稍微有點名氣的人物，像是大學樓提出建議那些人——儘管其中一些女人的臉我是有印象的。

這群人裡的男性比例比之前那群人高得多，而且組成分子很奇怪。有些可能是倫敦人，不然至少也是城鎮居民，但大多數人都穿著鄉下人的工作服。有個中年牧師兩種都不是，但他們的共通點是看不見。

女性就更多樣化一點，有些人穿著和周遭環境非常不搭的衣服，有些可能是本地人。這群人裡只有一個女孩看得見，但之前那群人當中有六七個看得見的女孩子，還有一些雖然盲了，但動作依然很靈巧。

寇克也一直在評估這個地方。

「這種安排眞怪。」他低聲對我說。「你看見她了嗎？」

我搖搖頭，淒涼地意識到，我想找到約瑟拉的期待比我自己承認的要大得多。

「眞奇怪啊。」他繼續說，「我帶走了包括你在內那麼多人，這裡卻一個也沒見到——除了最遠那個切雞肉的女孩子。」

「她認出你了？」我問。

「我想是的。她狠狠瞪了我一眼。」

上菜分菜結束之後，我們拿著自己的盤子，在餐桌那兒找了個位置。烹調和食物本身都無可挑剔，加上已經靠冷罐頭活了一星期，這餐飯無論如何都讓人心生感激。用餐完畢，有人敲了敲桌子。牧師站了起來；他等所有人都安靜了，才開口說：

「朋友們，又是一天的結束，我們應該再次感謝上主，感謝祂在這樣的災難中拯救了我們。我請求你們所有人祈禱，願上主憐憫那些仍在黑暗中獨自徘徊的人們，願上主指引他們的腳步，讓我們幫助他們。讓我們祈求上主，好讓我們挺過前面的考驗和磨難，在祂的時代和祂的協助下，我們能夠發揮作用，成功重建一個更加美好的世界，彰顯祂更大的榮耀。」

他低下頭。

「全能仁慈的上主啊……」

「阿門」之後，他唱起讚美詩。聚會結束，所有人分成幾個小組，一個搭著一個，由四個看得見的女孩領著走出食堂。

我點起一根菸。寇克心不在焉地從我菸盒裡拿了一根，什麼話也沒說。一個女孩朝我們走來。

「你們能幫忙收一下嗎？」她問。「我想杜蘭特小姐很快就回來了。」

「杜蘭特小姐？」我重複了一遍。

「她是負責組織這裡的人。」她解釋。「你們可以跟她一起安排事情。」

又過了一小時，天都快黑了，我們才聽說杜蘭特小姐回來了。我們在一間看上去像書房、只在書桌上點了兩根蠟燭的小房間裡見到了她。我立刻認出她就是會議中代表反對派發言的那個黑皮膚、薄嘴唇女子。現在她所有的注意力都放在寇克身上，表情沒比會議時友善到哪去。

「有人跟我說。」她口氣冷峻，眼睛看著寇克，彷彿他是一坨爛泥，「你就是發起大學樓襲擊事件那個人？」

寇克承認了，等她繼續說下去。

「那麼，我不妨明白告訴你，在我們這裡，不使用殘暴的手段，也不打算容忍這種事。」

寇克微微一笑，然後用他最得體的中產階級口吻回答：

「這是個觀點問題。誰更野蠻，是由誰來評判的呢？是那些看到眼前的責任而留下來的人，還是那些看到未來的責任而離開的人？」

她還是緊盯著他，表情沒有任何變化，但顯然對於要交手的這個人是什麼類型有了不同的判斷。他的回答和態度超出了她的預料。她暫時擱置了他那邊的問題，轉向我。

「你跟他是一夥的？」她問。

我解釋了我在這件事當中不算積極的角色，然後提出了我的問題：

「邁克．比德利、上校和其他人怎麼樣了？」

這問題的反應並不好。

「他們去別的地方了。」她口氣尖刻地回答。「這是個乾淨、正派的社群，有準則——基督教準則——我們會堅持這些準則。這裡容不下觀念散漫的人。墮落、不道德和缺乏信仰，是造成世界上大多數惡行的主因。我們這些倖免於難的人，有責任建立一個不再發生這種情況的社會。憤世嫉俗和自作聰明的人無論提出多麼堂皇的理論掩飾自己的放蕩和唯物主義，都會發現自己在這裡是不受歡迎的人物。我們是一個基督教社群，而且也會這樣繼續下去。」她眼神挑釁地看著我。

「所以你們就分道揚鑣了，是嗎？」我說。「那他們去哪裡了？」

她冷冷地說：「他們繼續走，我們留下來了。這才是最重要的。只要他們不影響這裡，他們想怎麼毀滅自己那是他們的事。反正他們選擇認為自己高於上主的律法和文明習俗，我毫不懷疑他們會這麼做。」

她說完這番話，嘖一聲閉上嘴，好像在說我再問下去就是浪費自己的時間，接著她轉向寇克。

「你會做什麼？」她問。

「會做很多很多啊。」他平靜地說。「我建議，在我發現最需要我的地方之前，先讓我當個什麼都能做的人吧。」

她猶豫了一下，表情有點吃驚。顯然她原本打算直接決定並且下達指示，但又改變了主意。

「好吧。那你到處看看，明天晚上再過來談。」她說。

但寇克可不是那麼好打發的人。他想知道莊園的面積，目前有多少人住在這裡，明眼人和盲人的比例，還有許多其他的問題，他都得到了答案。

我們離開之前，我問了約瑟拉的事。杜蘭特小姐皺起眉頭。

「我好像聽過這個名字。她現在在哪兒呢——？她上次選舉是不是站在保守黨那邊？」

「我想不是。她——呃——她寫過一本書。」我坦白。

「她——」她開口了，然後我看見她露出想起來的表情，臉色一亮。「喔，喔，那本書啊——！嗯，說眞的，梅森先生，我想她不太像是會關心我們社群建設問題的人。」

寇克在外面的走廊上轉向我，那裡的光線剛好夠我看見他咧嘴笑出來的樣子。

「這裡的正統觀念有點壓迫人啊。」他笑容一收，又說：「形式很怪，你知道。充滿了傲慢與偏見。她需要幫助。她知道她需要得不得了，但無論如何都沒辦法讓她承認。」

他在一扇開著的門前停住。房間裡太黑，幾乎什麼也看不見，但我們之前經過這裡的時候夠亮，看得出這是一間男人的宿舍。

「我要進去跟這些傢伙聊聊。待會兒見。」

我看著他信步走進房間，愉快地和所有人打招呼：「嘿，伙計們！過得怎麼樣啊？」

然後我獨自走回食堂。

偌大的食堂裡，唯一的亮光來自一張桌子上緊靠著的三根蠟燭。燭光邊一個女孩生氣地盯著手上正在縫補的東西。

「哈囉。」她打了招呼。「糟透了對吧？以前那些人天黑以後到底是怎麼做事的？」

「那種日子距離現在其實也沒多久。」我說。「這是過去，也是未來——假如還有人教我們怎麼製作蠟燭的話。」

「我想也是。」她抬起頭望著我。「你是今天才從倫敦來的？」

「是的。」我承認。

「那邊現在很糟糕吧？」

「全完了。」我說。

「你在那邊一定看見了不少恐怖景象吧？」她說。

「確實。」我簡短地回答。「你在這裡多久了？」

她把大致情形告訴我，其實也不怎麼令人振奮。

寇克在大學大樓的突襲行動，只抓到了六個左右看得見的人。她和杜蘭特小姐就是沒被抓到的其中兩個。第二天，杜蘭特小姐試著站出來領導眾人，但效果不太好。他們沒辦法立刻離開，因爲他們當中只有一個人曾經嘗試過開卡車。在那天和隔天的大部分時間中，她和他們團隊的關係幾乎和我跟遠在漢普斯特德那群人關係一模一樣。但第二天下午，邁克．比德利和另外兩個人回來了，入夜之後，又零散地回來了幾個人。到了第三天中午，他們已經有了可以開十幾部車的司機。這時他們已經決定，與其等著別人來，還不如立刻離開更爲妥適。

當初他們選擇泰恩斯漢姆莊園作爲暫時的落腳地，只是因爲上校知道這裡可以提供集中的隱居處所，這正是他們想要的。

這群人並不同心，這件事領導小組很清楚。他們抵達這裡之後的隔天開了一場會議，除了規模小一點，其他方面和之前在大學大樓開的那場會議沒什麼不同。邁克和他底下的人宣布，他們還有很多事情要做，不打算浪費氣力去安撫一小群充滿偏見和爭吵的人。因爲任務太艱鉅，時間又太緊迫。佛羅倫絲．杜蘭特表示同意。發生在世界上的事已經足以警告世人了，她無法理解，怎麼會有人對於拯救了他們的奇蹟這麼盲目地忘恩負義，甚至還打算讓百年來一直在破壞基督教信仰的顛覆性理論永遠延續下去。就她個人而言，有些人因爲沒能以遵守上主律法的方式表達對主的感激而感到羞愧，這樣簡單的信仰，卻被社群中的一部分人拚命歪曲，這樣的社群她是不打算待下去的。她也看出形勢嚴峻。正確的作法是充分注意上主的警告，並立刻遵從上主的教導。

兩派人雖然看法截然二分，卻造成了很不均衡的局面。杜蘭特小姐發現她的支持者裡面只有五個女孩視力正常，有十幾個女孩看不見，還有幾個中年男女，都是盲人，一個看得見的男人都沒有。在這種情況下，毫無疑問，必須動的一定是邁克·比德利那批人。貨還裝在卡車上，他們沒什麼好耽擱，下午便早早開車走了，讓杜蘭特小姐和她的追隨者們擁抱自己的信條自生自滅。

直到這時，他們才有機會把莊園和附近的潛力好好勘查了一遍。房子主屋部分是封閉的，但在僕人房一帶，他們發現最近有人住過的痕跡。後來察看廚房菜園時，才清楚瞭解照看這裡的人發生了什麼事。一對男女和一個女孩的屍體緊挨著躺在散落的水果堆裡，附近有兩棵三尖樹耐心地等待著。莊園盡頭的示範農場附近也有類似的情況。這些三尖樹究竟是經由敞開的大門進入菜園，還是原本就在園裡的一些未修剪活體標本逃了出來，目前還不清楚，但它們構成了威脅，必須在造成更多破壞前迅速處理掉。杜蘭特小姐派了一個看得見的女孩沿著牆繞了一圈，把每一道門都關上，她自己則闖進了槍房。儘管缺乏經驗，她和另一個年輕女子還是成功地把能找到的每一棵三尖樹頂都打掉了，總共打了二十六棵。圍牆內沒再看見三尖樹，希望眞的是沒有了。

第二天，對這個村子的調查顯示，到處遊蕩的三尖樹數量相當可觀。只有把自己關在屋裡靠存糧盡可能長時間活下去的人，或者在短暫覓食行動中幸運地沒碰上三尖樹的人才得以倖存。她們把能找到的村民都帶回了莊園。這些人都很健康，大多數很強壯，但無論如何，就目前而言，他們更像是負擔而非助力，因為這些人沒有一個看得見。

那天又來了四個年輕女子。其中兩個輪流接手開了一部滿載貨物的卡車來，還帶著一個盲女。另一個自己開一部車，她看了周圍一圈之後，說覺得這裡的設施缺乏吸引力，又開著車走了。接下來幾天又陸續來了幾個人，但只有兩個留下來。來這裡的除了這兩個人之外，其餘都是女性。似乎大多數男性脫離寇克團隊時都比女性更直接而堅決，大部分都及時回來，加入了原來的隊伍。

至於約瑟拉，那女孩無可奉告。顯然她以前從來沒聽過這個名字，我的描述也沒讓她想起什麼。

我們說話時，房間裡的電燈突然亮了。那女孩抬起頭，帶著一種得到天啓的敬畏表情看著燈。她吹熄蠟燭，繼續縫補，不時抬頭看看燈泡，好像要確定它真的還在。

幾分鐘後，寇克晃了進來。

「我想是你幹的吧？」我對著燈揚了揚頭。

「是啊。」他承認。「他們這裡有自己的發電設備。與其讓汽油蒸發掉，還不如乾脆用完。」

「你的意思是說，從我們到這兒開始，本來是可以一直有燈用的？」女孩問。

「只要你們不嫌麻煩，開一下發動機就成了。」寇克看著她，說：「如果你們想要燈，爲什麼不試著發動看看？」

「我不知道機器在那兒，再說，我對發動機和電力什麼的也一竅不通。」

寇克若有所思地看著她。

「所以你就這樣一直坐在黑暗裡。」他說。「要是你在需要做點什麼的時候只是坐在黑暗裡，你覺得你能活多久？」

他的語氣刺痛了她。

「如果我不擅長這種事，那也不是我的錯。」

「這一點我不同意。」寇克告訴她。「這不但是你的錯——還是你自己造成的錯。而且，認爲自己因爲偏重性靈而無法理解機械方面的東西，叫做矯情。這是一種無聊又極度愚蠢的虛榮。人一開始對什麼都是一無所知的，但上帝給了他——甚至也給了她——大腦，去發現一切。不會用大腦並不是一種值得稱讚的美德：就算在女性身上，那也是令人痛惜的差距。」

她看起來很生氣，這可以理解。寇克則是從進來那一刻看起來就不太爽。她說：

「這些話都沒錯，但是不同的人思維方式本來就不同。男人懂得機械和電怎麼運作，但一般來說，女人對這類東西是不怎麼感興趣的。」

「別拿一堆荒謬的胡說八道和矯揉做作的話來搪塞我，我不接受。」寇克說。「你很清楚，女性不但可以，而且也已經——或者說曾經吧——操作過最複雜、最精密的機器，只要她們願意花點功夫理解。但通常的情況是，她們太懶了，除非萬不得已，否則根本不願意費心思。如果擺出一副無助的樣子可以被合理化，成爲女性的美德，她們何必自找麻煩呢？——只要把這件工作推給別人就好啦。通常，這是個不值得任何人花時間揭穿的姿態。事實上，這種姿態是被培養出來的。男人們堅定可靠地修理可憐小寶貝的吸塵器，還會換燒斷的保險絲，巧妙地配合演出。這是場雙方都能接受的把戲。強韌的實際和精神上的細緻、迷人的依賴相輔相成——而他就是那個把手弄髒的傻瓜。」

開場說得不錯，他繼續進逼：

「到目前爲止，這種用精神上的懶惰和寄生來自我取悅的行爲我們還能承擔。儘管已經有幾代人在談論男女平等了，但對女性來說，依賴的既得利益實在太大，所以她們連作夢都不想放棄這種依賴。因爲環境不斷變化，她們爲此做出了最低限度的必要修改，但一直都是最低限度——而且還很不情願。」他略停了停。「你懷疑嗎？好吧，我們來想想這樣一個事實：一個冒失的小姑娘和一個知性女子，在碰上比較敏感的玩笑話時各有不同的應對方式——但是當戰爭來臨，並且帶來社會責任和允許時，她們都可以被訓練成稱職的工程師。」

「她們不會成爲優秀工程師的。」她說。「每個人都這麼說。」

「啊，防禦機制啓動了。請容我指出，這樣說幾乎符合每個人的利益。但儘管如此。」他坦承，「某種程度上這也是事實。爲什麼呢？因爲她們當初唸書的時候幾乎都唸得很倉促，沒有打好該有的基礎，不僅如此，她們還得改掉多年來精心培養的習性，因爲她們認爲這些有趣的東西對她們來說彷彿異類，對她們嬌弱的本質來說太粗俗了。」

「我不知道爲什麼你要來跟我推銷這些東西。」她說。「我又不是唯一一個沒去開發動機的人。」

寇克笑了。

「你說得很對。這不公平。也不過就是在那裡找到了隨時可以運轉的發動機，卻沒人對它做點什麼，我就發火了。都是愚蠢的不作爲讓我變成這樣的。」

「那麼，我覺得你應該去跟杜蘭特小姐說這些話，而不是跟我說。」

「這你就不用擔心了，我會的。不過這不只是她的事，這是你的——也是所有人的事。我是說眞的，這你知道。時代已經發生了翻天覆地的變化，你不能再說：『喔，親愛的，這種事我不懂，』然後把事情留給別人替你做。現在沒有人會糊塗到分不清無知和天眞——這一點太重要了。無知再也不可愛，不有趣。它會變得很危險，非常危險。除非我們每個人都能盡快去理解許多我們以前不感興趣的事，不然我們和那些依靠我們的人都沒辦法度過這次的難關。」

「我不知道爲什麼你要把你對女性的鄙視都發洩在我身上——就因爲一台髒兮兮的舊發動機。」她生氣地說。

寇克抬頭望天。

「偉大的上主啊！我已經一直在解釋了，女性擁有一切能力，只要她們肯花點力氣去用就行了。」

「你說我們是寄生蟲。這可不是什麼好話。」

「我完全沒想到要說好話。我說的是，在這個已經消失的世界裡，女性扮演寄生蟲角色是一種既得利益。」

「你說了這麼一大篇，就只是因爲我碰巧不懂一部又臭又吵的發動機。」

「天哪！」寇克說。「你先把發動機暫時扔一邊去吧。」

「那爲什麼——？」

「發動機只是剛好成了一個象徵。重點是，我們不只要學習我們喜歡的東西，還要盡量多學習如何管理和支持一個社群。男人們不能只塡一張選票就把其他工作交給別人。一個女人說服了某個男人支持她，爲她提供了一個地方，讓她可以不負責任地生孩子交給別人教育的時候，她也不算履行了所有的社會義務。」

「嗯，我看不出這跟發動機有什麼關係……。」

「聽著。」寇克耐心地說。「如果你有個孩子，你希望他長大以後變成一個野蠻人，還是文明人？」

「當然是文明人。」

「好，那麼，要做到這一點，你得確保他有個文明的環境。他會學到的規範，都是從我們這裡學到的。我們都必須盡可能多了解，盡可能明智地生活，才能教給他最多東西。對我們每個人來說，這意思就是努力工作，多多思考。環境改變了，觀念必然也會改變。」

那女孩把縫補的東西收了，用批判的眼光打量了寇克幾眼。

「你有這種看法，我想你會發現比德利先生那夥人跟你比較合得來。」她說。「我們在這裡，沒打算改變自己的觀念，也不打算放棄自己的原則。這就是我們和另一派人分開的原因。所以，如果正派體面這群人的生活方式對你來說不夠好，我想你最好到別的地方去。」然後她發出一種像是嗤之以鼻的聲音，就這麼走開了。

寇克目送她離去。關上門之後，他用搬魚工人的流利口吻把心裡的感受大肆表達了一番。我哈哈大笑。

「你期待什麼呢？」我說。「你突然大搖大擺走進來，對這個女孩說話的口氣就跟在公審罪犯一樣——連整個西方社會體系都要她負責任。然後她生氣了，你居然還很驚訝。」

「就以爲她會明白啊。」他嘀咕。

「我不懂爲什麼。我們大多數人都看不到——我們只看見習以爲常。只要和她之前被訓練的正確和教養的感覺衝突，所有的改動，無論合理或不合理，她都會反對，而且還誠心誠意地相信她在展現堅定的品德力量。你太操之過急了。當一個人剛失去自己的家園時，給他看看至福樂土[1]，他會對那裡不屑一顧；把他留在那裡一段時間，他會開始覺得他家跟那裡差不多，只是更舒適。她會及時適應下來的，因爲她不適應不行——但她會繼續堅定地否認她已經改變了。」

「換句話說，需要的時候再臨機應變。不要刻意規劃，那樣反而走不長遠。」

「這就是領導力發揮作用的地方。領導者負責計劃，但是他很聰明，不會這麼說。當必須做出改變時，他會把這當成對形勢的讓步——當然只是暫時的——但如果他很優秀，他就會一點一點往正確的方向移，直到符合最後他要的樣子。不管什麼計畫，都會遭受排山倒海的反對，但緊急時刻，讓步是必須的。」

1至福樂土（Elysium 或Elysian Fields）。中文亦可翻譯為歸靜樂土或是歸淨樂土，意為回歸安靜或回歸純淨的樂土。

「我覺得這聽起來很權謀。我比較喜歡弄清楚自己的目標是什麼，然後直奔目標而去。」

「大多數人都不知道目標是什麼，儘管他們一定會抗議說他們知道。他們更喜歡被誘導、被哄騙，甚至被驅使。這樣他們就永遠不會犯錯：要是錯了，也一定是因爲什麼事或別人才會出錯。這種悶頭直奔目標的想法是一種機械論[2]的觀點，而一般來說，人不是機器。他們有自己的想法——雖然大多是農民的想法，他們站在熟悉的犁溝裡時，感覺最輕鬆。」

「聽起來你並不看好比德利會成功。他全是計畫。」

「他會有麻煩的。不過他那派人確實做出了選擇。而這批人是反對派。」我指出。

「他們會在這裡只是因爲他們抵制所有形式的計畫。」我停了停，然後又說：「你知道，那女孩有件事說對了。你跟比德利那群人在一起會更好。如果你想用你的方式掌控這群人，她的反應就是你身邊所有人的反應。你不可能把一群羊直直地趕到市場去，但總有辦法把它們趕到那裡的。」

2機械論（Mechanism）是一種對於自然界的信念，認為自然界整體就是一個複雜的機器或工藝品，人類亦然。

「你今晚憤世嫉俗得出奇啊，還特別會用隱喻。」寇克說。

我不同意。

「注意到牧羊人怎麼控制羊不算什麼憤世嫉俗。」

「有些人可能會這麼認為。」

「但比起把他們看成一堆配備思想遙控裝置的機器架子，這已經很不憤世嫉俗了，而且還更有價值。」

「嗯。」寇克說，「我得好好想想這話的含意。」

第十一章 繼續前進

第二天上午，我過得毫無章法。我到處走到處看，不時幫點忙，也問了很多問題。晚上有點慘。我直到躺下，才清楚意識到我有多渴望在泰恩斯漢姆找到約瑟拉。雖然已經走了一天的路，根本累壞了，但我睡不著；我清醒地躺在黑暗裡，覺得被困住了，不知道該怎麼辦好。我原本非常有信心，覺得她和比德利那群人一定在這裡，所以除了加入他們之外，沒有理由考慮別的計畫。這時我第一次意識到，就算我成功追上他們，也可能會找不到她。因爲她在我來找她之前不久才離開西敏區，無論如何，她一定落後主要隊伍有相當一段距離。現在該做的事，顯然是仔細詢問前兩天才到達泰恩斯漢姆的每一個人。

目前我只能假設她走的是這條路，這是我唯一的線索。這也就表示我同時假設她已經回去過大學，也發現了那個用粉筆寫下的地址——然而，她很可能根本沒有去那裡，而是因爲對整個情況太過厭惡，所以選擇了最快的路線離開倫敦這個臭氣薰天的地方。

我最抗拒面對的假設是，她可能也染上了那種病，那種導致我們兩支隊伍解體的病，不管那到底是什麼。除非逼不得已，否則我不考慮這種可能性。

在夜不能寐的幾個小時裡，我發現，我想加入比德利團隊這件事其實是次要的，我最大的願望是找到約瑟拉。如果我找到他們了，而她並沒有和他們在一起……嗯，下一步就要等待時機了，但我不會放棄的……。

我醒來的時候，寇克的床已經空了，我決定把上午時間的重點放在問人上。有個麻煩是，那些覺得泰恩斯漢姆讓人不喜歡而離開的人，他們的名字似乎都沒有人注意。約瑟拉的名字除了少數對她特別不以爲然的人之外，不管對誰來說都沒有意義。靠著我對她的描述所喚起的記憶都經不起仔細的盤問。當然，我確定這裡沒有穿海軍藍滑雪裝的女孩，但我也不能肯定她一直是這樣穿。我問得讓每個人都煩了，也加深了我的挫敗感。有個微弱的可能是，某個在我們抵達前一天來過又走了的女孩也許就是她，但我不覺得約瑟拉在別人腦中的印象會這麼不鮮明——就算是負面印象也不可能……。

午飯時間，寇克又出現了。他一直在每棟屋子進行大規模勘查。他把牲畜和盲人的數目都數了一遍，檢查了農用設備和機械，找到了淨水的來源，還察看了飼料的儲存情況，包括人吃的和牲畜吃的。他發現有些盲人女孩其實是災難發生前就失明的，他統計了她們的數量，安排其他人讓她們教，盡可能讓其他盲人多學點東西。

他還發現大部分男性都陷入了沮喪狀態，因爲牧師善意地向他們保證會有很多有用的事情讓他們做，比如說——呃——編籃子，和——呃——織東西，他盡了最大努力，以更有希望的前景驅散這種悲觀情緒。遇到杜蘭特小姐時，他告訴她，他們必須以某種方式讓盲人女性分擔明眼女性肩上的部分工作，否則這些人十天內就會累垮。而且，要是牧師同意讓更多盲人加入祈禱行列，這地方就會完全無法運作。他正準備進行更進一步的觀察，包括是否有必要立刻開始建立食物儲備、以及開始建造讓盲人能做有用工作的設備等等，這時她打斷了他的話。他看得出她的擔心遠超過她願意承認的程度，但導致她和另一派人斷絕關係的決心卻讓她毫不感激地反駁了他。最後她還跟他說，就她看來，無論是他個人或他的觀點，都不可能在這個社群和大家和諧相處。

「那個女人的問題是她想當老大。」他說。「這是人的天性——和什麼崇高信條一點屁關係也沒有。」

「這叫毀謗。」我說。「你的意思是說，她的信條是這麼完美崇高，所以她相信所以事情都是她的責任，也因此她有義務帶領別人。」

「差不多是這個意思。」他說。

「但這麼說聽起來好多了。」我說。

他想了一會兒。

「她會把這個地方搞得一團糟的，除非她立刻動手組織起來。你好好看過這個地方了嗎？」

我搖搖頭，告訴他我上午都做了些什麼。

「看來你沒問到什麼有用的東西。所以呢？」他說。

「我準備去找邁克．比德利那群人。」我說。

「如果她沒跟他們在一起呢？」

「目前我只能期望她在。她必須在。不然她還能去哪兒？」

他正想開口，又收住了。然後他接著說：

「我想，我跟你一起走吧。考慮一下各種情況，那群人也許不會比這裡的人更高興看到我——但是我可以忍耐。我已經目睹了一群人的崩潰，我可以預見這群人也會——速度更慢，而且，說不定更慘。這太奇怪了，不是嗎？體面正派似乎成了現在最危險的東西。這眞是他媽的太讓人遺憾了，因爲這地方是做得起來的，儘管盲人的比例太高。這裡需要的一切都隨手可得，而且都能撐一段時間。只需要組織起來就行。」

「還要有意願被組織起來。」我說。

「也是。」他同意。「你知道，問題在於，就算發生了這麼多事，這些人還是沒有意識到這一點。他們不想努力——因爲這會讓這裡變成一個最終的固定居所。在他們的內心深處，他們現在只是在外頭露營，堅持著，等著天上掉下什麼來拯救他們。」

「確實——但這並不意外。」我承認。「我們也花了很多時間才接受，他們還沒看見我們目睹的一切。而且，不知道爲什麼，這片鄉村，似乎還沒有那麼固定，也沒那麼——急迫。」

「嗯，如果他們想平安度過災難，必須趕快意識到這件事。」寇克說著，又掃視了大廳一圈。「不會有奇蹟降臨來救他們的。」

「給他們一點時間吧。他們會知道的，跟我們一樣。你就是性子太急。你知道，現在時間已經不再是金錢了。」

「金錢已經不再重要，但時間重要。他們應該好好想想怎麼收割，怎麼磨麵粉，怎麼給牲畜準備冬天的飼料。」

我搖搖頭。

「情況沒那麼緊急，寇克。城鎮裡一定還有大量的麵粉儲備，從目前的情況看來，我們用的應該很少。我們還可以靠這些資產生活很長一段時間。當然，當務之急是要在這些盲人不得不開始工作之前，先教會他們怎麼工作。」

「可是，要是不做點什麼，這裡的明眼人會垮掉的。只要有一兩個人這樣，這地方就會一團糟。」

我不得不承認這一點。

下午稍晚，我設法找到了杜蘭特小姐。對於邁克．比德利和他那群人去了哪裡，似乎完全沒有人知道，也沒有人關心，但我沒辦法相信他們完全沒爲那些可能追隨他們而去的人們留下絲毫線索。杜蘭特小姐不太高興。一開始我以爲她不會願意告訴我的。這不只是因爲我顯然更喜歡別的團體，而是在這種情勢下，失去一個明眼人是很嚴重的事，即使這人不太適合這裡。但儘管如此，她還是不願意服軟要我留下。最後她簡短地說：

「他們打算去多塞特郡比明斯特附近的某個地方，我只能告訴你這些了。」

我回去告訴寇克。他看看四周，然後搖了搖頭，雖然帶著一絲遺憾。

「好吧。」他說。「我們明天就離開這個破地方。」

「說得像個拓荒者似的。」我說。「——至少是更像個拓荒者，而不像英國人。」

到了第二天早上九點鐘，我們已經在路上開了大約十二英里，和之前一樣，開著我們那兩部卡車。我們考慮過是不是應該改開一部方便點的車，爲了泰恩斯漢姆那些人，把卡車留下，但我不願意放棄我的卡車。那裡面的東西是我親自收集的，我知道有什麼。除了邁克．比德利非常不以爲然的防三尖樹裝備之外，我在最後一次裝貨時，給自己選擇物品的範圍放得稍微寬了點，考慮到有些物品在大城市以外可能很難找到，我特意挑選了一些東西。像是一套小型照明設備，一些抽水幫浦，幾箱好用的工具。這些東西之後要是有需要還是找得到，但在一段時間內，城鎮無論大小最好都別去。泰恩斯漢姆的人有辦法從還沒有疾病跡象的城鎮得到補給。不管怎樣，一輛車的貨對他們來說不算什麼，所以最終，我們還是怎麼來，就怎麼走了。

天氣還是很好。在地勢比較高的地方，空氣依然新鮮，沒有受到污染，儘管大多數村莊已經變得讓人很不舒服了。靜止人形躺在田野或路邊的情況很少見，但就像在倫敦，人類的本能主要還是往某種隱蔽的地方躲。大多數村莊街道都空無一人，周圍的鄉野地一片荒涼，好像所有人類和大部分的動物都被偷偷帶走了。直到我們來到史迪波哈尼，情況才有所不同。

我們從山丘往下走，路上可以看見整個史迪波哈尼。這裡有條波光粼粼的的小河，上面有座石橋，村莊就在石橋的另一端。這地方很小，很安靜，中心是一座有點冷清的教堂，周圍綴著幾間粉刷過的小屋。一百多年來，茅草屋頂下的寧靜生活似乎從來沒被什麼事驚動過。但就和其他村莊一樣，這裡現在既沒有動靜，也不見炊煙。然後，當我們往下走到半山腰時，有個會動的東西引起了我的注意。

在我視野左側，也就是橋的另一頭，有棟屋子稍微偏離路邊，所以斜對著我們。牆上的支架掛著旅店的招牌，正上方窗戶裡有個白色的東西在晃動。我們接近時，我發現那是個男人，他正探出身子，瘋狂地揮舞著毛巾向我們示意。我判斷他一定瞎了，不然他應該會跑到路上來攔我們。他應該沒有生病，因爲他揮毛巾實在揮得太用力了。

我朝寇克打了個信號，過橋之後就停了車。窗口那人扔掉了毛巾，他喊了一句什麼，但在引擎聲裡我聽不見，然後他就消失了。我們兩個都熄了火，周圍變得很安靜，可以聽見那人在屋裡木樓梯上砰砰砰的腳步聲。門開了，他走出來，雙手伸在前方摸索。突然，有個東西從他左邊的樹籬裡竄了出來，閃電似地擊中了他。他尖銳地大叫一聲，就在原地倒下了。

我抓起獵槍爬出駕駛室，在四周繞了一圈，終於辨識出躲在灌木叢陰影裡那株三尖樹，然後一槍打掉了它的樹頂。

寇克也從卡車裡出來，站在我旁邊。他看了看地上那個人，又看了看那棵打掉頂芽的三尖樹。

「這——不，該死，這東西不會一直在這裡等著他吧？」他說。「這一定是碰巧……它不可能知道他會從那扇門出來……我是說，它沒辦法知道的——不是嗎？」

「說不定有辦法呢？這實在幹得太漂亮了。」我說。

寇克不安地看著我。

「這幹得太他媽乾淨俐落了。你不會眞的相信……？」

「有人刻意讓大家不相信三尖樹的事情。」然後我又補上一句，「這附近可能還有更多。」

我們仔細察看了附近的掩蔽處，一無所獲。

「我想去喝一杯。」寇克說。

要不是櫃臺上落了一層灰，旅店的小吧台看上去眞是再正常不過了。我們各倒了一杯威士忌。寇克一口乾了。他憂心忡忡地轉頭看著我。

「我不喜歡那個東西。完全不喜歡。比爾，你應該比大部分人更瞭解這些該死的東西吧。它不是——我是說，它一定是碰巧待在那兒的，對吧？」

「我想——」我才開口，又停下來，聽著外面斷斷續續的敲擊聲。我走過去打開窗戶，給了那棵已經打掉頂芽的三尖樹第二槍，這次正好打在樹幹上方。敲擊聲停止了。

「三尖樹之所以麻煩。」我說，我們又倒了一杯酒，「主要是因爲我們不了解它們。」我說了一兩個華特的理論給他聽。他驚訝萬分。

「你不會眞的認爲它們發出卡嗒聲的時候，就是在『說話』吧？」

「我還不確定。」我承認。「我可以說，我肯定那是某種信號。但華特認爲這就是眞正的『說話』——而他確實比我認識的所有人都了解它們。」

我退出兩個彈殼，重新上膛。

「他眞的說過它們比盲人更有優勢嗎？」

「那已經是好幾年前的事了。」我說。

「不過——這眞是個有趣的巧合。」

「還是那麼衝動。」我說。「只要夠努力，等待的時間夠長，幾乎所有命中注定的事都可以像是一個有趣的巧合。」

我們喝乾了酒，轉身要走。寇克往窗外瞥了一眼，便抓起我的胳膊，指了指。兩棵三尖樹搖搖晃晃轉過拐角，朝剛才那棵三尖樹藏身的樹籬走去。我一直等到它們停下來，才出手轟掉了它們的頭。我們從窗邊離開，那裡是沒有任何一棵三尖樹碰得到的地方，我們走近卡車，仔細察看四周。

「又是巧合？還是說，它們就是過來看看它們的同伴出了什麼事？」寇克問。

我們從這個村子撤離，沿著鄉間小路奔馳。我覺得現在附近的三尖樹似乎比我們上一趟路程看見的要多——還是說，這是因爲我現在更注意它們的存在？這也許是因爲到目前爲止，我們大部分走的是主要道路，遇到它們的情況比較少。根據經驗，我知道它們比較傾向避開堅硬的路面，我想可能是因爲這會讓它們肢狀的根不舒服。現在我開始相信，我們看見的三尖樹確實是越來越多了，而且我開始有種想法，它們對我們並不是完全不在乎——儘管我無法確定那些不時穿越田野往我們靠近的三尖樹，是不是只是碰巧朝我們這個方向走過來。

更明確的事件出現了。我經過一片樹籬，有棵三尖樹從裡頭甩了我一鞭。幸運的是，它瞄準移動車子的技術還不夠熟練，甩得太早，結果在擋風玻璃上留下了一串毒液痕跡。它還來不及打第二次，我車子已經開過去了。但從此之後，就算天氣暖和，我也絕不把側邊的車窗打開。

過去的一個多星期，我只有在遇見三尖樹的時候才會想到它們。之前在約瑟拉家看見的那些三尖樹，以及在漢普斯特德荒野附近襲擊我們小組的另一群都很讓我擔心，但大部分時間，我擔心的都是更急迫的事。然而，現在回想起我們這一路，在杜蘭特小姐採取獵槍掃蕩措施之前的泰恩斯漢姆，以及我們剛經過的那個村莊的情況，我開始懷疑，在居民失蹤這件事上，三尖樹究竟產生了多大的作用。

到了下一個村子，我放慢了速度，仔細地觀察。有幾片前院花園裡可以看見顯然已經躺了好幾天的屍體——而且幾乎總是有一株辨識得出來的三尖樹守在旁邊。似乎三尖樹只會埋伏在有軟土的地方，好讓它們在等待時扎根。房屋大門直接連著街道的地方就很少看見屍體，也從來沒見過三尖樹。

我猜想，大多數村莊發生的情況是，當居民外出尋找食物的時候，在鋪了硬地面的地方，他們移動時相對安全，但一離開這些地方，甚至只是靠近花園圍牆或柵欄，就會有被螫的危險。當這些人被擊中的時候，有些人會大叫，而當他們一直沒有回來，留在屋裡的人會變得更加恐懼。偶爾會有人因爲飢餓而不得不出門，少數人可能會幸運地回來，但大部分都迷失了方向，繼續遊蕩，直到倒下，或者進入三尖樹的射程內。剩下的人也許能猜到發生了什麼。在有花園的地方，他們可能也聽見了甩毒刺的嗖嗖聲，知道自己面臨抉擇：是要留在屋子裡挨餓，或者跟其他離開屋子的人遭遇同樣的命運。許多人留在屋裡，靠現有的食物活命，等著永遠不會到來的援助。在史迪波哈尼小旅店裡的那個人，也一定面臨著類似的困境。

我們經過的其他村莊，可能也還有一些孤立的群體在屋裡設法繼續生活，這種想法並不令人愉快。這又一次提出了我們在倫敦時遇到的相同問題——我們總覺得，按照所有文明的標準，我們應該設法找到這些人，爲他們做點什麼；同時理智又沮喪地明白，不管做了什麼樣的努力，最後都會輸給這種純屬浪費的消耗。

還是一樣的老問題。縱使懷著世上最良善的意願，除了延長痛苦，還能做什麼呢？再一次安撫自己的良心，只爲再次看到努力付諸東流。

我必須堅定地告訴自己，要是建築還在不停地倒塌，進入災區根本沒有任何好處——援助和救難工作必須在地震停止之後才能進行。但理智並不能讓事情變得容易點。老醫生總是強調心理適應的困難，說得眞是太對了……。

三尖樹的分布範圍意外的複雜。當然，除了我們公司的種植園之外還有很多苗圃。他們爲我們、私人買家，或使用三尖樹衍生品的小型公司種植三尖樹，大部分苗圃由於氣候原因都位於南方。然而，如果我們看見的，是這些三尖樹逃脫和自然分布方式的適當抽樣，那它們的數量一定比我想像的要多得多。每天都會有更多三尖樹長成，而已經剪除頂芽的活體標本也會持續長出毒刺，這種前景實在讓人沒辦法安心……。

我們只需要再停兩站，一站吃東西，一站加油。我們沒有拖延，下午四點半左右開進了比明斯特。我們直接進入鎮中心，一點比德利團隊待過這裡的跡象也沒看到。

乍看之下，這裡和那天我們看過的其他地方一樣毫無生氣。我們開進最大的商店街，除了停在路邊的幾部卡車之外，一個人也沒有。我在前面走了大約二十碼時，突然有個人從其中一部卡車後面走出來，舉起了步槍。他故意先朝我頭頂上方開了一槍，然後降低槍口，瞄準了我。

第十二章　死路

面對這種警告我不會多做考慮。我把車停了下來。

那人身材高大，一頭金髮，步槍操作很熟練。他沒把瞄準的槍口移開，只是朝側邊擺了兩次頭。我把這當成叫我下車的信號。我一邊爬下車，一邊讓他看我空空的雙手。當我接近那部停著的卡車時，又有一個男人在一個女孩的陪伴下從卡車後頭出現。寇克的聲音從我身後傳來：

「你最好把步槍舉起來，伙計。你們三個可是一點掩蔽都沒有。」

金髮男的視線離開了我，開始尋找寇克。如果我想，我這時就可以撲向他，但我說：

「他說得對。但無論如何，我們都不會動手。」

那人放下槍，不太服氣的樣子。寇克從我卡車遮蔽處鑽出來，我的車剛好擋住了他的出口。

「你們是來幹什麼大事的？狗咬狗？」他問。

「你們只有兩個人？」第二個男人問。

寇克看著他。

「不然你期待什麼？一場大型集會嗎？對啦，就我們兩個。」

那三個人明顯放鬆了。金髮男解釋說：

「我們以爲你們大概是從城市來的黑幫。我們一直認爲他們會來這裡搶食物。」

「噢。」寇克說。「從這話推斷，我們認爲你們最近可能沒看過別的城市是什麼樣子。如果這是你們唯一的擔憂，還是丟一邊去吧。目前黑幫更可能反其道而行。要我來說的話，他們現在做的事可能跟你一樣。」

「你覺得他們不會來？」

「不會，我敢肯定。」他打量著那三個人。「你們是比德利那個團隊的嗎？」他問。

他們臉上反應出來的茫然非常眞實。

「眞可惜。」寇克說。「本來這會是我們好長一段時間以來第一次交好運的。」

「比德利那個團隊是什麼意思？」金髮男問道。

在駕駛室曬了幾小時太陽，我已經又渴又累。我建議把討論地點從路中央改到更適宜的地方去。我們繞過他的小貨車，穿過一箱箱餅乾、茶葉、培根、糖、鹽，和其他各式各樣的東西，來到隔壁的一間小酒吧。幾壺酒時間中，我和寇克跟他們簡單說了我們做過和知道的事。然後輪到他們了。

他們似乎是這六人小組裡比較活躍的那一半——另外兩個女孩和一個男人守在他們接管之後做爲基地的房子裡。

五月七日星期二大約中午時分，那個金髮男子和他旁邊那個女孩坐著他的車往西去。他們打算去康瓦爾郡度兩星期的假，一路都很愉快，直到一部雙層巴士突然從克魯肯附近的一個拐彎處冒出來，以極爲果斷的方式撞了上來，金髮青年記得的最後一件事，是他驚恐地瞥見巴士看起來高得像座懸崖，從他們上方斜斜地壓過來。

他醒來時人在床上，和我一樣，發現周圍只有一片神秘的寂靜。除了疼痛、幾個小傷口和頭部重擊之外，似乎沒有什麼大問題。就他敘述，因爲一直沒有人來，他就把這地方好好勘查了一遍，發現這是一家小型鄉村醫院。他在一間病房裡找到了女孩和另外兩個女人，其中一個還清醒，但一條腿和一隻手臂上了石膏，失去了行動能力。另一間病房住著兩個人，一個就是他現在的同伴，另一個斷了一條腿，也打了石膏。這裡總共有十一個人，裡面有八個視力正常。盲人中有兩個臥床不起，病情嚴重。醫院完全沒有工作人員的蹤跡。他的經歷從一開始就比我的更令人費解。他們一直待在這家小醫院裡，爲那些無助的人盡一己之力，想著發生了什麼事，同時希望有人來幫助他們。他們不知道這兩個失明的病人怎麼了，也不知道怎麼治療。他們什麼也做不了，只能餵他們吃東西，盡量讓他們舒服一點。第二天，兩個人都死了。有一個男人失蹤，沒人看見他離開。巴士翻車受傷的都是當地人，他們一康復，就準備出院去找親人。他們這個團隊人數減少到六人，有兩個人斷了手腳。

這時他們已經意識到，這場大崩壞，已經糟到足以讓他們至少在一段時間內必須自己想辦法生存，但他們還完全沒能瞭解它的嚴重程度。他們決定離開醫院，找個更方便的地方，因爲在他們想像中，城市裡明眼人會更多，而混亂狀態會帶來暴民統治。他們每天都等著這些暴民到來，當城鎮的食物儲備耗盡，他們想像中的暴民就會像蝗蟲大軍一樣橫掃鄉村。所以，他們最重視的事就是收集物資，爲敵人圍城做準備。

我們向他們保證，這種情況是最不可能發生的，他們面面相覷，有點黯然。

他們是很奇怪的三人組。金髮男在證券交易所工作，名叫史蒂芬．布倫內爾。他的女伴是個很漂亮，身材勻稱的女孩，偶爾會淺薄地耍任性，但對接下來的生活並不怎麼驚慌。她做的都是些不太主流的職業——當服裝模特兒、賣衣服、當臨時演員、一再錯過去好萊塢的機會、在不知名的俱樂部當女招待，並且隨時準備好協助支援這一切活動，像是——康瓦爾度假計畫顯然也是其中之一。她有一個完全不可動搖的信念，認爲美國情況絕對不嚴重，只要再堅持一陣子，等到美國人來，就會把一切都整頓好。自從災難發生以來，她是我見過最不擔憂的人。雖然偶爾她也會有點懷念明亮的燈光，很希望美國人趕快來修好它。

第三個是那個膚色黝黑的年輕人，一肚子怨氣。他努力工作，拚命存錢，只爲開一家小小的收音機店，而且他還有雄心壯志。「看看福特[1]。」他對我們說，「再看看納菲爾德勳爵[2]——他創業時開的自行車店還沒有我的收音機店大呢，看看他後來的成就！這就是我要做的事。現在看看這該死的一切，一團糟！這不公平！」在他看來，命運顯然不再需要另一個福特或納菲爾德了——但他並不打算就此罷休。這只是對他的短暫試煉——總有一天，他會回到他的收音機店，穩穩地踏上成爲百萬富翁的第一步。

他們最失望的，是發現自己對於邁克．比德利那群人一無所知。事實上，他們只遇過一群人，在德文郡邊境附近的一個村子裡，幾個拿著獵槍的人勸他們不要再往那邊去了。他們說，那些人顯然是當地人。寇克認爲這表示那裡有一小群人。

1亨利．福特（英語：Henry Ford，1863—1947），美國汽車工程師與企業家，創立福特汽車公司。

2納菲爾德勳爵（1st Viscount Nuffield, GBE, CH, FRS，1877－1963），英國汽車製造商，慈善家。十五歲擔任自行車修理學徒，十六歲開了自行車修理店，成為他事業的開端。

「如果他們是個大型群體，就不會那麼緊張，而會表現出更多的好奇。」他主張。
「不過，要是比德利那群人在這附近，我們無論如何應該能找到他們。」他對金髮男說：「聽著，我們跟你們一起行動怎麼樣？我們可以盡自己的一份力，我們眞要找起他們來，大家也會輕鬆一點。」

那三個人疑惑地面面相覷，然後點了點頭。

「那好。幫我們搬一下東西，我們就可以走了。」那人同意了。

從夏科老宅的外觀看來，它曾經是座具有防禦力量的莊園。防禦工事目前正在加強。環繞莊園的護城河早已乾涸，但史蒂芬認爲自己已經成功破壞了排水系統，水很快就能逐漸積起來。他的計畫是炸開已經有積水的部分，這樣就可以讓整條護城河都有水了。我們帶來的消息顯示這件事可能毫無必要，他對這個未完成的計畫依依不捨，表情有點失望。老宅的石牆很厚。前方至少有三扇窗戶架著機關槍，他說屋頂上還有兩架。他自豪地展示給我們看，大門後放著一小堆迫擊砲和砲彈，還有幾支火焰噴射器。

「我們找到了一個軍火庫。」他解釋，「花了一整天才湊全這些東西。」

我看著這些武器，第一次意識到，這場災難因爲夠徹底，事後狀態反而比程度稍輕的災難要仁慈得多。如果還有一成或一成五的人沒有受到傷害，這樣的小社區可能就要爲了活命和飢餓的幫派作戰。然而，就當時情況來說，史蒂芬的軍事安排可能根本是徒勞。但有一樣東西說不定派得上用場。我指著火焰噴射器。

「這拿來對付三尖樹說不定很方便。」我說。

他笑了。

「你說得沒錯。眞的很有效。這就是我們用它做過的唯一一件事。順帶一提，這也是就我所知唯一能徹底毀掉三尖樹的武器。你可以一直朝它們噴火，它們直到被燒成碎片都不會動一下。我猜它們搞不清楚這個毀滅它們的東西是哪裡來的。但是只要這東西一噴火，三尖樹感覺到微溫就會瘋狂逃命。」

「它們給你們惹了很多麻煩嗎？」我問。

似乎是沒有。偶爾會有一株，或者兩三株走近，然後就被燒焦了。他們出發探險的時候有幾次幸運逃脫，但通常他們下車的地方都是建物密集的地區，也不太可能有遊蕩的三尖樹。

那天晚上天黑之後，我們都去了屋頂。時間尚早，月亮還沒出來。我們望著眼前的一片漆黑，不管怎麼仔細搜尋，也沒有一個人能發現一點有意義的光。至於白天是不是見過一絲煙，他們那夥人沒人有印象。我們又下了樓，回到點了燈的客廳，我很沮喪。

「那就只剩一個辦法了。」寇克說。「我們必須把這裡分成幾個區域，然後一塊塊搜查。」

但他口氣並不堅定。我懷疑他跟我一樣，認為比德利那群人會繼續在夜裡故意放光，而在白天放出其他信號——也許是煙柱。

反正，也沒人有更好的提議了，所以我們就開始把地圖分區，盡量讓每一區都有些高地，好看到更遠的地方。

第二天，我們開著一部卡車去了鎮上，然後從那裡分別找小車開去搜索。

這毫無疑問是我從西敏市開始四處尋找約瑟拉的蹤跡以來，最憂鬱的一天。一開始還不算太糟。陽光之下，有寬廣的道路，初夏的新綠。有指向「艾克斯特及西部」和其他地方的路標，彷彿他們依然過著平常的生活。有時還可以看到鳥，雖然很少。小路旁還有野花，看起來一如以往。

但風景之外的另一面就不怎麼好了。原野上的牛，有些躺在地上死了，有些盲目地遊蕩，沒人照料的牛痛苦地呻吟；羊生性容易氣餒，寧願在荊棘或鐵絲網裡聽天由命地等死，也不打算掙脫出來，其他羊有些步履不穩地吃著草，有些就這麼餓著，瞎了的眼睛裡彷彿在譴責什麼。

農場成了必須近距離通過時令人不快的地方。為了安全起見，我窗戶上方只給自己留下一吋寬的通風空間，但只要我看見前方路邊有農場，我就會把車窗完全關上。

三尖樹到處遊蕩。有時候我會看見它們穿過田野，或者注意到它們在樹籬邊休息。它們在農家院子裡找到自己喜歡的堆肥地，就在那裡等著死去的牲畜腐爛到適當程度，不只一處地方有這種情況。我現在一見到它們就噁心，我以前從來沒有這麼激烈的反應。這種恐怖的外來生物，是我們之中的一些人不知道怎麼創造出來，再由其他人因爲毫不在意的貪婪，在全世界各地培養出來的。我們甚至怪不了大自然。它們莫名其妙地被培育出來——就像我們培育美麗的花，或者醜怪滑稽的仿製狗一樣……我現在開始厭惡它們，不只是因爲它們吃腐肉的習性——而是因爲，它們似乎比其他任何東西更能從我們的災難中獲利，強大繁盛……。

日子一天天過去，我的孤獨感也越來越強烈。不管走到哪一座小山或高地，我都會停下腳步，盡可能眺望望遠鏡看得建的遠方。有一次，我看到了煙，到了火源處，才發現是一列小火車在鐵軌上燒毀了——我至今不知道那是怎麼發生的，因爲附近根本沒有人。還有一次，我看見旗杆上掛著一面旗幟，我急忙過去，進了一棟房子，發現那裡安安靜靜——雖然並不是空的。另外還有一次，遠處山坡上一陣白色的顫動吸引了我的目光，但是當我把望遠鏡對準它時，發現那是六隻羊在那裡驚慌地亂竄，有一棵三尖樹不斷攻擊牠們毛茸茸的背，但攻擊無效。不管哪裡，我都看不見活人的跡象。

我停下來吃東西時絕不多停留。我吃得很快，聽著周遭的一片死寂，我開始神經緊張，迫不及待地想再度上路，至少會有汽車的聲音陪著我。

這種時候，人會開始胡思亂想。有一次我看見窗外有隻手臂在揮舞，但當我開到那裡，只見一根樹椏在車窗前搖晃。我看見一個人在田中央停下腳步，轉身看著我經過；但望遠鏡卻告訴我，他不可能停下來，也不可能轉身，因爲他是個稻草人。我聽見有人喊我，在引擎噪音中隱約可聞；我停下車，熄了火。沒有聲音，什麼也沒有；只在很遠很遠的地方，有頭沒人擠奶的乳牛在哀鳴。

我突然想到，在這個國家，一定到處都有男女相信自己是全然孤獨的，是唯一的倖存者。我爲他們感到難過，就像爲災難中的其他人難過一樣。

我一下午都情緒低落，不抱任何希望，但還是堅持把地圖上屬於我的那一塊分成四等分，因爲我不敢冒險放棄我心裡的信念。然而，最後我確信，如果我被分配到的地區眞的有一大群人存在，那也一定是故意躲起來了。我不可能搜遍每一條巷弄和小路，但我可以發誓，在我負責搜尋的每一畝土地上，都能聽見我那絕對不微弱的喇叭聲。搜查完畢，我把車開回卡車停的地方，心情前所未有地沮喪。我發現其他人都還沒回來，爲了打發時間，也爲了需要抵禦精神上的寒冷，我走進附近的酒吧，給自己倒了一杯上好的白蘭地。

史蒂芬是第二個到的。這次考察對他的影響似乎和對我一樣大，因爲他面對我詢問的目光，只是搖搖頭，直接走向我打開的酒瓶。十分鐘後，收音機野心家也加入了我們。他帶來一個蓬頭垢面、眼神狂野的年輕人，好像已經幾星期沒有洗澡刮鬍子了。這人一直在旅行，這似乎是他唯一會做的事。有天晚上，他也不知道是哪一天，他找到一座很舒適的穀倉過夜，那天他走的路程比平時多了點，幾乎是一躺下就睡著了。第二天早上，他從惡夢中驚醒，那時他還不太確定瘋了的是這個世界還是他自己。反正我們認爲他是有一點，但他仍然對啤酒的功效有非常清楚的了解。

又過了大約半小時，寇克來了。和他一起來的還有一隻德國牧羊犬幼犬，和一位令人難以置信的老太太。她身上穿的顯然是她最好的一套衣服。她的清潔細緻和我們另一位新兵的相反情況同樣引人注目。她在酒吧門口優雅地猶豫了一下，在門檻上站定。寇克介紹了她。

「這位是佛賽特夫人，佛賽特環球百貨的唯一經營者，擁有大約十座農莊、兩家酒吧和一座教堂，這地方叫奇平頓德尼——而且佛賽特夫人會做飯。好傢伙，她飯菜做得眞棒！」

佛賽特夫人高貴地跟我們打了招呼，自信地走上前，謹慎地坐了下來，在我們力邀下同意喝一杯波爾多紅酒，接著又喝了第二杯。

回答我們的詢問時，她坦承在災難發生那晚和隨後一整夜，她睡得出奇的熟。她沒有提到爲什麼，我們也沒問。因爲沒發生什麼可以吵醒她的事，她又繼續睡過大半個白天。醒來的時候，她覺得不太舒服，所以又拖到下午三點左右才試著起床。她覺得沒人來喊她去店裡，這事似乎有點怪，但也頗幸運。她起床走到門口，看到「一棵可怕的三尖樹」站在她的花園裡，還有一個男人躺在她門外的小路上——至少她看得到他的腿。她剛要出去看看他，就看見那棵三尖樹動了一下，她及時碰一聲關上了門。這對她來說顯然是個痛苦時刻，想到這一幕，她又激動地給自己倒了第三杯波爾多紅酒。

從那之後，她就靜下心來，等著有人來把那棵三尖樹和那個男人弄走。奇怪的是，他們來這裡似乎要花好久好久，但她靠店裡的東西還是能過得相當舒適。她一邊解釋這些，一邊漫不經心地給自己倒了第四杯波爾多紅酒。寇克被她的炊煙吸引來的時候她還在家裡等，他開槍打掉了那棵三尖樹的頂芽，仔細觀察了一番。

她請寇克吃了一頓飯，作爲回報，寇克跟她說了一些消息。要讓她理解眞實情況並不容易。最後，他建議她到村子裡看看，當心提防三尖樹，他五點鐘會回來看看她有什麼感想。他回來的時候，發現她已經穿戴整齊，包包也收拾好了，準備離開。

那天晚上，我們回到夏科老宅，再度圍在地圖邊。寇克開始劃出新的搜索區域，我們毫無熱情地望著他。最後史蒂芬說出了我們的心聲，我想包括寇克本人也是這樣想的：

「聽著，我們已經搜遍了方圓十五英里左右的地區，顯然他們並不在附近。如果不是你的訊息有誤，就是他們決定不在這裡停留，繼續往前走了。在我看來，繼續按照今天的方式搜索只是浪費時間而已。」

寇克放下手裡的圓規。

「那你有什麼建議？」

「嗯，我覺得，要是我們從空中往下看，很快就能把這個區域大部分都看過一遍，而且夠清楚。我可以保證，不管誰聽到飛機引擎聲，都會跑出來做出某種回應的。」

寇克搖搖頭。「嗳，爲什麼我們之前沒想到呢。當然，應該用直升機——但是我們到哪裡去弄直升機，又要讓誰來開？」

「噢，這兩件事，我至少可以做好其中一件。」收音機修理工自信地說。

他的口氣似乎別有深意。

「你開過直升機？」寇克問。

「沒有。」收音機修理工承認，「不過我想，只要掌握了訣竅，問題應該不大。」

「嗯。」寇克說，有點保留地看著他。

史蒂芬想起來，不遠處有兩個英國皇家空軍基地，約維爾還有一家直升機出租公司。

儘管我們心有疑慮，收音機修理工還是信誓旦旦。他似乎完全相信自己對於機械的本能不會讓他失望。練習半小時之後，他駕著直升機起飛，回到了夏科老宅。

直升機在天上繞了四天，範圍一天比一天大。其中兩天由寇克觀察，另外兩天是我。我們總共發現了十個小群體。所有人都對比德利那群人一無所知，約瑟拉也不在任何一個群體裡面。我們只要找到一群人，就會降落。一個群體多半只有兩三個人，規模最大的是七個人。他們迎接我們的時候總是滿懷希望，很興奮，但當他們發現我們背後只是個跟他們差不多的團體，而不是大規模救援隊伍的先頭部隊，興趣就會迅速降低。他們還沒能拿到手的東西，我們能提供的也很少。有些人因爲失望，開始非理性地辱罵威脅，但大部分人只是再度陷入沮喪。一般來說，他們並不願意加入其他群體，而更傾向於抓住所有能抓住的東西，在等待一定會找到辦法的美國人到來時，盡可能舒適地當個難民。關於這一點，人們的觀念似乎普遍而固執。我們跟他們說，倖存的美國人可能也都在他們自己國內忙得不可開交，這話被很多人說掃興。他們向我們保證，美國人絕不會允許這種事在他們的國家發生。儘管這些異想天開的樂天民眾對於美國仙女教母如此痴迷，我們還是給每一群人都留了一張地圖，上面標著我們所發現各群體的大致位置，以防他們改變主意，考慮合作自助。

飛行成了任務，就很難令人覺得享受，但至少比一個人孤孤單單地在地面上偵察好。然而，在毫無成果的第四天結束後，我們還是放棄了搜索。

至少，其他人是這麼決定的。我和他們的想法不同。我搜尋的目的是私人的，而他們不是。不管他們現在找到誰，還是最後找到誰，對他們來說都是陌生人。尋找比德利團隊對我來說是一種手段，而不是目的。如果我找到了他們，發現約瑟拉沒和他們在一起，我會繼續找下去。但我不能寄望其他人純粹爲了幫我找人再多花時間下去。

我意識到一件奇怪的事，在整個過程中，我從來沒碰過另一個正在尋找別人的人。除了史蒂芬和他女朋友的意外事件，每個人都和朋友或親人切斷了那條把他和過去相連的聯繫，和原本是陌生人的人展開了新生活。就我所見，只有我迅速建立了一個新關係——而且那麼短暫，短到當時我幾乎意識不到它對我有多重要……。

一決定放棄搜索，寇克就說：

「好吧。那我們得想一下接下來要爲我們自己做什麼。」

「意思是，我們要儲備過冬的物資，就這樣繼續過下去了。還有什麼應該做的？」史蒂芬問。

「我一直在想這件事。」寇克對他說。「也許撐一段時間沒問題——但之後呢？」

「要是我們眞的物資短缺了，嗯，附近還有很多。」收音機修理工說。

「美國人聖誕節前就會到了。」史蒂芬的女朋友說。

「聽著。」寇克耐著性子對她說。「你就先把美國人當成一個美夢，好嗎？試著想像一個沒有美國人的世界——做得到嗎？」

女孩盯著他。

「但美國人肯定在的。」她說。

寇克深深地嘆了口氣。他把注意力轉向收音機修理工。

「那些商店不會永遠存在。在我看來，我們在一個新世界裡有了個相當高的起點。我們一開始就有了足夠的資本，但這種情況不會永遠持續下去。等著我們拿的那些東西，我們不可能全吃完，甚至幾代人都吃不完——前提是那些東西可以維持原樣。但不可能。這裡面有很多東西很快就會壞掉。不僅僅是食物，所有東西都會逐漸崩壞，很慢很慢，但肯定會壞。如果明年我們還想吃新鮮的食物，我們就得自己種，雖然現在看來還要很久，但總有一天，所有食物我們都得自己種。總有一天，所有曳引機都會磨損、會生鏽，汽油也會耗盡，沒有燃料可以啓動——到了那個時候，我們就會回歸自然，讚美我們的馬了——如果我們弄得到馬的話。

「這是一個暫停——天賜的暫停——我們撐過一開始的震驚，開始恢復鎮定，但這也不過是一個暫停。過一陣子，我們就得耕地了；再過一陣子，我們就得學習如何打造犁頭；再過一陣子，我們就得學習怎麼煉鐵做犁頭了。我們現在所在的道路會讓我們倒退，倒退，倒退，直到我們可以——如果我們可以的話——補起我們消耗掉的一切。直到那時，我們才有辦法阻止自己往野蠻一路沉淪下去。只要我們做得到這一點，也許我們就能再次慢慢往上爬升。」

他看了大家一圈，看看我們是不是還在聽。

「我們做得到的——只要我們願意。我們這個起步高點，最寶貴的部分是知識。這是一條捷徑，可以讓我們不必從祖先的起點開始。我們已經把所有的知識都記在書裡了，只要我們肯不怕麻煩地找出來。」

其他人都好奇地看寇克。這是他們第一次聽到他極具情緒渲染力的演說。

「現在。」他接下去說，「就我對歷史的了解，要運用知識，不可或缺的是閒暇。如果每個人都必須為了生存努力工作，沒有閒暇思考，知識就會停滯不前，人們也就跟著停滯不前。這樣的思考，很大程度上必須由沒有直接生產力的人完成——這些人看似完全依靠其他人的工作生活，但實際上，這是一項長期投資。學問是在城市和偉大的機構中產生的——由農村的勞動力支撐。這點你們同意嗎？」

史蒂芬皺起了眉頭。

「大概吧——不過我不知道你想說什麼。」

「我想說的是——經濟規模。一個像我們目前這種規模的社群，除了存在和衰落之外，不能期望出現第三種結局。如果我們像現在這樣待在這裡，只有十個人，下場就是逐漸消失，不可避免。如果有孩子，我們只能從勞動中抽出僅有的一點時間給他們進行最初級的教育；再過一代，我們就會變成野蠻人或土人了。要抓住我們已有的知識，並且充分利用圖書館裡的知識，我們必須有老師，有師傅，有領導者，在他們幫助我們的時候，我們必須支持他們。」

「所以呢？」史蒂芬遲疑了一下，說道。

「我一直在想比爾和我在泰恩斯漢姆看見的那個地方。我們跟你們提過。經營那裡的那個女人想要幫助，而且是非常非常想。她手下有五六十個人，有十幾個人是看得見的。這種情況下，她不可能成功。她知道不可能——但是她不想跟我們承認。她不打算求我們留下，欠我們人情。不過，如果我們最後還是回那裡去，請她收留我們，她應該會高興得不得了。」

「老天。」我說。「你想，她不會是故意給我們指錯路吧？」

「我不知道。由我來評判這件事可能不公平，但我們一路上完全沒見到也沒聽說比德利那群人的任何線索，這很怪，不是嗎？總之，不管她是不是故意的，事情就是這樣，因爲我已經決定回那裡去了。如果你想知道我的理由，主要原因有兩個。首先，那地方除非有人動手處理問題，否則會崩潰的，這對那裡的所有人來說都是一種浪費，也是恥辱。另一個理由是，它的條件比這裡要好得多。那裡有一座農場，不需要花太多時間整理就能用；它實際上是獨立的，但必要時也可以拓展。在這裡的話，啓動和實作要花費更多勞動力。

「更重要的是，這個社群夠大，足以承擔教學花費的時間——不但要教目前在那裡的盲人，也要教他們未來視力正常的孩子。我相信這可以做到，我會盡我所能——如果傲慢的杜蘭特小姐不能接受，叫她去跳河算了。

「眼前的重點就是這個。我覺得我可以在它目前的條件下做這件事——但我知道，如果我們這群人都去的話，我們可以在幾星期內讓那個地方重新組織運作，然後，我們就會在一個不斷成長的社群中生活，並且努力維持它。另一個選擇就是留在一個小團體裡，隨著時間過去，這個團體的人會越來越少，也越來越孤獨。所以，你們認爲呢？」

雖然有些爭論和針對細節的詢問，但疑問不多。我們這些外出搜尋的人已經看見了可能來臨的可怕孤獨。沒有人留戀這棟屋子。當初它之所以被選中，是因爲它的防禦特點，除此之外，並沒有太多值得稱讚的地方。大部分人已經感覺到孤立的壓迫感開始在周圍出現。擁有數量更多、背景更多樣的伙伴，這樣的想法本身就很有吸引力。一小時後，他們討論了運輸和搬遷的各種細節，幾乎算是決定採納寇克的建議了。只有史蒂芬的女朋友還在懷疑。

「泰恩斯漢姆這個地方——地圖上幾乎找不到吧？」她不安地問。

「別擔心。」寇克安慰她。「每一份美國最好的地圖上都標得清清楚楚。」

第二天凌晨某一刻，我突然知道，我不會跟其他人一起去泰恩斯漢姆了。也許以後會，但不是現在……。

一開始，我的想法是陪他們一起去，哪怕只是逼杜蘭特小姐把比德利一夥的眞實目的地說出來也好。但之後，我不得不再次承認，我根本不知道約瑟拉是不是跟他們在一起——而且事實上，目前爲止我能收集到的所有資訊，都顯示她沒跟他們在一起。她肯定沒有路過泰恩斯漢姆。但是，如果她沒去找他們，她又到哪裡去了呢？大學大樓裡也許有第二個指示，一個我錯過的路標……。

然後，就像一道閃電一樣，我想起了我們在公寓裡討論過的話。我可以看見她坐在那裡，穿著她那套藍色派對禮服，我們說話時，燭光映在鑽石上……。「薩塞克斯唐斯怎麼樣？——我知道那邊的北側有座可愛的老農舍……。」然後，我知道我必須做什麼了……。

早上我把這件事告訴寇克。他可以理解，但顯然不想讓我抱太大希望。

「好吧，就做你最想做的事吧。」他同意了。「我希望——嗯，反正你知道我們在哪兒，你們兩個都可以到泰恩斯漢姆來，幫忙磨練一下那個女人，直到她明白過來。」

那天早上突然變了天。我爬進那部熟悉的卡車時，大雨滂沱。但我興高采烈，覺得充滿希望；就算雨再大十倍，也不會讓我沮喪或者改變我的計畫。寇克出來送我。我知道爲什麼他這麼鄭重其事，雖然他沒有告訴我，但我意識到，他第一次輕率的計畫和它造成的後果一直讓他心裡不安。他站在駕駛座旁邊，頭髮被大雨打得塌塌的，水順著脖子往下流，他舉起手來。

「放輕鬆，比爾。最近沒有救護車了，她一定希望你毫髮無損地抵達。祝你好運——還有，當你找到那位小姐的時候，請代我向她道歉。」

他用的字眼是「當」，但口氣是「如果」。

我祝他們在泰恩斯漢姆一切順利。然後我鬆開離合器，在泥濘的車道上飛馳而去。

第十三章　迎向希望

上午發生了一些小事故。首先是化油器進了水。接著是我往北開了十幾英里，卻一直以爲自己在往東開，我還沒完全轉回正確的路，又在一條前不巴村後不著店的荒涼高地道路上點火系統出問題。無論是這些延誤或者隨之而來的自然反應，都大大破壞了我剛出發時充滿希望的心情。等到我把問題解決，已經一點鐘，天色也放晴了。

太陽出來了。每樣東西看起來都明亮而清新，但就算這樣，又加上接下來的二十英里一切順利，也沒能改變再次籠罩我的沮喪情緒。現在我眞的是一個人了，我沒辦法擺脫這種孤獨感。就像那天我們分頭去找邁克．比德利的時候一樣，它再次降臨，只是力量加倍了……。在那之前，我一直以爲孤獨是一種消極的東西——一種缺乏陪伴的狀態，當然，只是暫時的……。那天我才明白，它遠遠不止於此。這是一種可以壓迫人，讓人意氣消沉的東西，可以扭曲平常事物，玩弄心智。有種東西陰險地潛伏在四周，讓人神經繃得死緊，還用警報撥弄它，永遠讓人想著不會有人來幫忙，不會有人來關心。它把人弄成一顆在浩瀚宇宙中漂浮的原子，始終等著機會嚇他一下，或者把他嚇個半死——這就是孤獨眞正想做的事；也正是一個人絕對無法忍受的事……。

剝奪一個群居動物的同伴關係，就是殘害它，違反它的天性。囚犯和隱居修士都意識到，即使脫離人群，群居行爲依然存在；他們是群居的某一個面向。但一旦群體不存在，對於這族群的生物來說，就不再具有實體。他不再是實體的一部分，而是一個沒有容身之地的怪物。如果他不能堅守自己的理智，他就會眞的迷失；迷失得徹徹底底，極度恐怖，最後只是一具屍體肢端的微弱抽搐。

現在要阻擋它，需要比以前更大的力量。我只是靠著在旅途終點找到伴侶的強烈希望，才沒讓自己掉頭回到寇克和其他人面前，以求解脫。

我這一路上看見的景象，和這件事沒什麼關係。雖然有些畫面很可怕，但我現在對這些事已經習慣了。恐懼已經離他們而去，就像籠罩在偉大戰場上的恐懼也會逐漸湮滅在歷史中一樣。我也不再將這些事視爲令人印象深刻的巨大悲劇的一部分。我的掙扎完全是一種對抗人類本能的個人衝突。一場沒有盡頭的防禦，毫無勝算。我心裡很清楚，只靠我自己，是撐不了多久的。

爲了給自己找點事做，我車開得比我該有的速度要快。在一個名字已經被遺忘的小鎮上，我一個拐彎，直直撞上了一部擋住整條街的貨車。幸運的是，我那部結實的卡車除了一點刮痕之外沒什麼損害，但兩部車卻巧妙地卡在一起，令人惱火，在那樣狹窄的空間裡，要憑一個人的力量把它們弄開實在很棘手。這問題花了我整整一小時才解決，卻也幫了我一個大忙，讓我把心思轉向了現實。

在那之後，我一直分外小心，除了剛進入新森林區[1]那幾分鐘之外。那是因爲我從樹叢間瞄到一架直升機飛在不太高的地方，它會在前方某處經過我要走的路，不幸的是，那裡的樹長得離路邊很近，從空中肯定完全看不到我。我加快了速度，但是當我開到比較開闊的地方，直升機已經成了遠方漂浮的一個小點。然而，就算只是看到它，也彷彿得到了一些支撐的力量。

又往前開了幾英里，我穿過一個小村莊，它整齊地分佈在一片三角形的綠地上。第一眼看上去，這裡有茅草屋、紅瓦房，還有花朵盛開的的花園，和圖畫書一樣迷人。但我經過的時候並沒有靠近細看花園；因爲裡面有太多地方樣子不對勁，有三尖樹的形狀格格不

1 新森林（New Forest）地處英國南部地區，在人口聚集的西南英格蘭保留著大量的無圍欄牧場，低矮灌木叢和森林。包括了漢普郡西南部，並延伸至威爾特郡的東南部和多塞特郡東部。

入地矗立在花叢中。我快要開出村莊時，有個小小的人影從最後一座花園的門裡跳出來，一邊跑向我一邊拚命揮手。我停下車，本能地先四處搜尋了一下三尖樹，然後才拿了槍爬下車。

那孩子穿著一件藍色連身棉衣裙，還有白襪子和涼鞋，看上去約莫九歲或十歲。是個漂亮的小女孩——儘管她深棕色的捲髮沒人打理，滿臉淚痕，也還是看得出是個美人胚子。她拉著我的袖子。

「拜託，拜託。」她急切地說，「拜託你，來看看湯米怎麼了。」

我站在那裡，低頭看著她。一整天可怕的孤獨感消散了。我的思緒似乎打破了我爲它製造的框架。我想把她抱起來，摟在懷裡。我可以感覺自己的眼淚快冒出來了。我朝她伸出手，她牽住了。我們一起走回她出來的那扇門。

「湯米在那邊。」她指著說。

一個大約四歲的小男孩躺在花壇之間的一塊小草坪上。他在那裡的原因一望即知。

「那個東西打他。」她說。「它打了他，然後他就倒下去了。我想去幫他，結果它也想打我。好可怕的東西！」

我抬起頭，看見一株三尖樹的樹頂從花園籬笆上伸出來。

「耳朵摀起來。我要弄個大聲音出來了。」我說。

她照做了，我打掉了那棵三尖樹的頂芽。

「好可怕的東西。」她又說了一次。「它現在死掉了嗎？」

我們走向那個小男孩，他蒼白的臉上腥紅的鞭痕依然鮮明，事情一定是幾小時前剛發生的。她跪在他身邊。

「沒用的。」我溫和地告訴她。

她抬起頭，眼裡噙著淚水。

「湯米也死了嗎？」

我在她身邊蹲下，搖了搖頭。

「恐怕是的。」

過了一會兒，她說：

「可憐的湯米！那我們要埋了他嗎？像埋小狗那樣？」

「是的。」我說。

在席捲一切的災難中，這是我唯一挖過的墳，而且是個非常小的墳。她採了一小把花，放在墳上。然後我們就開車離開了。

她叫蘇珊。她父母不知道發生了什麼，眼睛看不見了，對她來說，這似乎已經是很久以前的事。她爸爸出去求援，就沒再回來。她媽媽後來也出去了，要求孩子們絕對不可以離開家。她是哭著回來的。第二天她又出去了，這次她沒有回來。兩個孩子把能找到的東西都吃完之後，開始餓了。最後，蘇珊餓得受不了，只好拋開媽媽的吩咐，到商店去找華頓太太幫忙。商店開著，但華頓太太不在。蘇珊喊了幾次也沒人回應，所以她決定帶點蛋糕、餅乾和糖果回去，晚一點再跟華頓太太講這件事。

她回家的時候，看到了幾棵「那東西」。有一棵還攻擊了她，但它錯估了她的身高，毒刺掃過她的頭頂。她嚇壞了，剩下的路程她是一路跑回去的。從那時開始，她對那些東西一直非常注意，在進一步的探險時，她也教了湯米要小心它們。但湯米實在太小了，那天早上他出去玩，沒能看見藏在隔壁花園裡那棵三尖樹。蘇珊試了六次想接近他，但不管她多小心，每次都會看見那棵三尖樹的頂芽在微微顫抖、晃動……。

過了大約一個小時，我決定該是停下來過夜的時候了。我把她留在卡車裡，自己去看了一兩棟小屋，最後我找到一棟適合的，我們就把東西弄好準備一起吃飯。我不太了解小女孩，但這孩子能吃掉的食物分量似乎相當驚人，她一邊吃一邊承認，拿餅乾蛋糕和糖果當飯吃似乎不像她想像的那麼令人滿足。我讓她稍微梳洗了一下，又在她的指導下幫她用梳子梳頭，成果讓我相當得意。而她似乎也因爲有人可以說話，而暫時忘記了發生的一切。

我可以理解，因爲我自己也有同樣的感覺。

但就在我送她上床睡覺，自己下樓之後不久，就聽見了啜泣聲。於是我又回到她身邊。

「沒事的，蘇珊。」我說。「沒事的。可憐的湯米並不很痛，你知道，事情發生得太快了。」我在她床邊坐下，握住她的手。她不哭了。

「不只是湯米的事。」她說。「在湯米出事以後——就沒有人了，一個人也沒有。我好怕好怕……。」

「我懂。」我告訴她。「我眞的懂。我也很怕。」

她抬起頭看著我。

「可是你現在不怕了吧？」

「不，我還是怕。你也一樣。所以你看，我們一定要在一起，好讓另外一個人不害怕。」

「好。」她認眞地考慮了一會兒，然後答應了。「我想那樣就沒問題了……。」

於是我們繼續討論了很多事情，直到她睡著。

「我們要去哪裡啊？」第二天早上我們再度出發時，蘇珊問道。

我說我們要去找一位女士。

「她在哪裡？」蘇珊問。

我不確定。

「我們什麼時候可以找到她？」蘇珊問。

這我也沒辦法給出滿意的答案。

「她漂亮嗎？」蘇珊問。

「漂亮。」我說，很高興這次終於能明確回答了。

不知道爲什麼，蘇珊似乎對這個答案很滿意。

「太好了。」她表示讚許，然後我們就轉到別的話題去了。

爲了她，我盡量避開比較大的城鎮，但在這片鄉間，令人不舒服的景象依然無法避免。過了一段時間，我放棄了，不再假裝它們不存在。蘇珊看那些景象和看一般景物一樣超然。它們雖然令她困惑，也引發她的一些疑問，卻沒有讓她驚慌。我想，在她即將長大的這個世界，我小時候學的那些過分講究和委婉的詞語應該沒什麼用處，所以我盡可能以同樣客觀的方式對待各種恐怖和奇特事物。這對我來說確實也是件好事。

到了中午，烏雲密布，雨又下起來了。直到五點鐘，我們把車停在離普爾伯勒不遠的路上時，傾盆大雨還沒有要停的意思。

「我們現在要去哪裡？」蘇珊問。

「這是個好問題。」我承認，「就是那邊，一個我也不知道哪裡的地方。」我說，一面朝南邊霧濛濛的唐斯丘陵揮了揮手。

我一直努力回憶約瑟拉到底還對這個地方說過什麼，但我只記得那棟房子座落在山丘北側，我印象中它的對面是分隔它們和普爾伯勒的低地沼澤區。我都走這麼遠了，這似乎還是個相當模糊的指示：因爲唐斯丘陵從東到西，綿延了好幾英里長。

「也許我們要做的第一件事，就是看看那邊能不能找到煙。」我說。

「到處都下雨，什麼都看不見啊。」蘇珊說，這話非常實際，也很正確。

半小時後，老天大發慈悲，大雨稍微停了一會兒。我們下了車，並排坐在一堵牆上。我們仔細觀察了山坡底下好一段時間，但蘇珊敏銳的眼睛和我的望遠鏡都沒有發現任何煙霧痕跡或活動跡象。然後雨又開始下。

「我餓了。」蘇珊說。

這時食物對我來說已經是件微不足道的小事。現在離目標這麼近了，我急著想知道自己的猜測對不對，對這件事的關心壓過一切。蘇珊還在吃東西，我就開著卡車到我們後方的小山上走了一小段路，想看得更清楚一點。在陣雨間，光線越來越暗的情況下，我們又把山谷另一邊重新觀察了一次，但沒有結果。整個山谷一片寂靜，除了幾頭牛和幾隻羊，以及偶爾一株三尖樹蹣跚走過底下的田野之外，沒有任何生命，也沒有東西在動。

我突然有個想法，決定進村裡去。我不想帶著蘇珊，因爲我知道那裡的樣子一定很讓人不舒服，但我又不能把她留在原地。我們到了那裡之後，我發現那些景象對她的影響還沒有對我的影響大。孩子們對恐懼的慣性反應是不一樣的，直到有人教了他們該對什麼東西感到害怕。情緒低落的只有我。我發現蘇珊，與其說厭惡，還不如說她對一切都很感興趣。她穿上一件鮮紅的絲綢雨衣，儘管大了好幾號，但她的快樂卻完全抵銷了她的憂鬱。我的搜索也頗有收穫。我帶著一盞頭燈回到卡車那兒，那東西看起來就像一盞小型探照燈，那是我們在一輛外觀豪華的勞斯萊斯上找到的。

我把燈裝在駕駛座窗邊一個類似支撐軸的東西上，準備插電。燈裝好之後，除了等待天黑，希望雨停，就沒有什麼可做的了。

等到天全黑，雨滴也只剩飛濺的小水花了。我打開電源，一道壯麗的光刺穿夜空。我慢慢把燈從一邊打到另一邊，讓光束始終對準對面的山丘，同時焦急地試著同時觀察整排小山，尋找回應的光。我持續來回掃了十幾次，也許更多，每掃完一次光，就會把燈關掉幾秒鐘，在黑暗中尋找最微弱的閃光。但山上的夜始終是漆黑一片。接著雨又下大了。我把光束調到正前方，坐在車裡等，聽著雨打在車頂上擂鼓似的聲音，蘇珊靠在我胳膊上睡著了。過了一小時，擂鼓聲漸漸小了，變得啪嗒啪嗒的，然後停了。我又開始移動探照燈，這時蘇珊醒了。我剛掃完第六次，她突然喊：

「看哪，比爾！看那裡！那裡有光！」

她指著我們前方偏左幾度的地方。我關掉燈，沿著她手指的那條線望出去。很難確定。如果不是我們眼睛的錯覺，就是個像遠處螢火蟲一樣模糊的東西。就在我們看著的時候，大雨又鋪天蓋地地落下。等到我拿起望遠鏡，已經什麼也看不見了。

我猶豫著要不要移動。那盞燈，可能在比較低的地方是看不見的，如果那眞是一盞燈的話。我再次把我們的燈對準前方，坐下來盡我所能地耐心等。又過了快一小時雨才停。雨一停，我就關掉了燈。

「就是它！」蘇珊激動地大叫。「看！快看！」

確實是。儘管從望遠鏡依然看不出細節，但它的亮度已經足以消除所有疑慮。

我又開了燈，用摩斯密碼打出一個「V」——這是除了「SOS」之外我唯一知道的，所以只能打這個字母。我們盯著那盞燈，它突然閃了一下，然後開始認眞打出一串有長有短的訊號，不幸的是，我根本不知道那是什麼意思。爲了把位置估計得更準確，我又發了好幾個「V」，然後在我們的地圖上標出遠處光源的大致界線，然後我打開車燈。

「是那位女士嗎？」蘇珊問。

「一定是。」我說。「肯定是。」

這段路路況簡直糟透了。要穿過這片低窪的沼澤地，我們得先走一條稍微偏西的路，然後再沿著山腳往東繞回來。才走一英里左右，不知道什麼東西擋住了我們的視線，我們再也看不到那盞燈了，而雨又下了起來，更難在黑暗的小徑上找出要走的路。因爲排水閘沒有人看管，有些田已經淹掉了，某些地方的水甚至已經漫過了道路。雖然我最想做的事是把油門一踩到底，這時也不得不小心翼翼地往前開。

我們一到山谷另一邊，就不再碰到淹水了，但我們的速度並沒有變快，因爲小路上到處都是原始的扭曲彎路和難以置信的大迴轉。我只能把全副心神都放在方向盤上，孩子則凝視著旁邊的山丘，等待那燈光再次出現。我們到了地圖上那條線和我們現在走的路相交的地方，卻什麼也沒看到。我試著在下一個上坡轉彎。我們花了大約半小時才從那片白堊礦場回到公路上。

我們沿著地勢比較低的路繼續前進。這時，蘇珊在我們右手邊的數之間看見了一絲微光。下一個轉彎就幸運多了，這條路把我們帶回山上的一個斜坡，我們在那裡可以看見山坡上離這裡半英里或更遠的地方，有著小小亮亮的方形窗戶。就算到了這個時候，而且還有地圖幫忙，要找到通往那裡的小路也不容易。我們東倒西歪地往前開，始終以低檔慢慢爬，但每次我們再看到那扇窗戶，它都更近了一點。

這條小路並不是爲笨重的卡車設計的。碰到比較窄的地方，就只能從灌木叢和荊棘之間擠過去，它們在兩邊扒著車，就像是要把我們拖回去一樣。

但終於，前方路上出現了一盞搖晃的風燈。它不斷往前移動，搖晃著，帶領我們轉進大門。然後那盞風燈被固定在地上。我把車開到離燈只有一兩碼遠的地方，停下車。我打開車門，一道手電筒的光突然照進我的眼睛。我瞥見燈後有個人形，穿著雨衣，全身濕得閃閃發光。

那聲音微微帶點嘶啞，破壞了說話者竭力控制的平靜。

「哈囉，比爾。你來得眞晚啊。」

我跳下車。

「噢，比爾。我眞沒想到——噢，親愛的，我一直都好期待……噢，比爾……。」約瑟拉說。

我已經把蘇珊完全忘了，直到一個聲音從車上傳來。

「你們會淋濕的，你們這兩個傻瓜。爲什麼不到房子裡去親呢？」那聲音說。

第十四章　舍爾寧

我來到舍爾寧農場時的感覺很有趣——當時它告訴我，我絕大部分的煩惱都已經結束了。有趣之處在於，它顯示了人的感覺可以有多離譜。把約瑟拉摟進我懷裡這件事進展十分順利，但由於種種原因，立刻帶著她到泰恩斯漢姆和其他人會合的必然結果，卻沒有預想中那麼容易。

我必須承認，自從我想到她可能的去處開始，我就以一種電影的方式在想像她，想像她勇敢地對抗大自然的所有力量，諸如此類。某種程度上，我想她確實是這樣，但場景配置和我想像的非常不一樣。我原本的計畫很簡單，就是說一句：「上車。我們去跟寇克那群人會合。」然而，事情並不如我所想。大家可能都知道，事情往往不會這麼簡單——而且令人驚訝的是，最後結果是好事的，常常一開始都像是壞事……。

並不是我從一開始就不喜歡舍爾寧而屬意泰恩斯漢姆，只是加入大一點的團體顯然更明智。但舍爾寧是個很迷人的地方。「農場」已經是這個地方的專屬尊稱。直到大約二十五年前，它一直是一座農場，現在看起來還是像農場，但實際上，它已經成了一座鄉村別墅。薩塞克斯和附近幾個郡到處都是這樣的房子和農莊，疲憊的倫敦人發現它們很符合自己的需求。房屋內部已經做了現代化改造，之前的佃農是不是認得出一個房間來都很令人懷疑。屋外也變得整齊清爽。院子和棚屋的整潔程度，與其說這裡是鄉村，不如說是城市郊區了，多年來，生活在這裡最粗野的動物不過是幾匹供人騎乘的馬匹和小馬。農場院落沒有實際使用的樣子，也沒有鄉村的氣味；院裡鋪滿剪得短短的草坪，像個保齡球場。經受風雨後褪色的紅瓦下，房子的窗戶凝望著田野，那些田長期以來都由其他更接地氣的農家耕種。但畜欄和穀倉狀態依然很好。

約瑟拉的朋友們，也就是現在的主人，一直有個抱負，就是有朝一日要把這地方的規模改造到某個程度，爲了達成這個目的，他們不斷拒絕誘人的出價，希望有一天，他們可以以某種目前還不清楚是什麼的方式獲得足夠的資金，開始把屬於它的土地合法地買回來。

這地方有自己的水井和發電設備，還有很多值得推薦的東西——但是當我仔細觀察這裡的時候，就明白了寇克所說的合作努力的智慧。我對農業一竅不通，但我感覺得到，如果我們打算留在這個地方，爲了養活我們六個人，需要做的工作是非常非常多的。

約瑟拉到這裡的時候，已經有其他三個人在。這三個人是丹尼斯和瑪麗．布倫特夫妻，以及喬伊絲．泰勒。丹尼斯是房子的主人，喬伊絲拜訪這裡之後就住下了，一開始是爲了陪伴瑪麗，後來是爲了在瑪麗肚裡的孩子出生時幫忙打理這棟房子。

在綠色閃光降臨的那晚——如果你是還相信那是彗星的人，應該會說那是彗星綠光——還有另外兩位客人，瓊和泰德．丹頓，他們在那裡度了一星期假。五個人都去花園欣賞了綠光秀。到了早上他們醒來時，世界已經是永恆的黑暗。剛開始他們試著打電話，發現沒辦法接通，便抱著希望，等待每天都會到的傭人來。結果她也沒有來。泰德自告奮勇出門，想弄清楚發生了什麼事。丹尼斯原本也要一起去，但當時他妻子近乎歇斯底里，所以泰德是自己一個人去的。他沒有回來。那天稍晚，瓊沒有通知任何人，靜靜溜了出去，大概是想找自己的丈夫。她也從此消失了。

丹尼斯一直用摸時鐘指針的方法掌握時間。到了那天接近傍晚，他再也受不了只能空等什麼事都不做。他想試著到村子裡去，兩位女性都表示反對。因爲瑪麗的狀況，他讓步了，但喬伊絲決定一試。她走到門口，拿一根棍子在前方探路，才剛跨過門檻，就有個東西嗖一聲落在她左手上，灼痛得像根滾燙的電線。她大叫一聲跳了回去，丹尼斯發現她的時候，她已經倒在大廳裡。幸運的是她意識清醒，還能因爲手痛呻吟出聲。丹尼斯摸著那腫起來的鞭痕，已經猜到是什麼東西造成的了。雖然看不見，他和瑪麗還是勉強給她做了熱敷治療，瑪麗煮了一壺熱水，他則為她綁上止血帶，再努力把毒液吸出來。治療完之後，他們不得不把她抬到床上去，在毒性逐漸消失前，她在床上躺了好幾天。

而在這段時間，丹尼斯做了一些測試，先在房子前門做，然後是後門。他把門稍微打開一點，小心翼翼地在頭部高度伸出一支掃把。每次都出現了甩毒刺的嗖嗖聲，也感覺到掃把柄在他手裡微微顫抖。面朝花園的一扇窗戶也有同樣的情況，其他窗戶似乎沒事。要不是瑪麗太擔心，他本來打算從其中一扇窗戶爬出去的。她很確定，要是房子周圍都是三尖樹，一定還有別的三尖樹在，所以她不讓他冒險。

幸運的是，他們食物很充足，可以維持一段時間，儘管準備餐食並不容易；還有喬伊絲，雖然發著高燒，但她似乎撐過了三尖樹毒素的攻擊，所以情況也不那麼危急。第二天的大部分時間，丹尼斯都在給自己設計頭盔。他只有大網眼鐵絲網，所以他必須把網子層層堆疊綑綁起來用。這花了他一些時間，但是，有了這副裝備和一雙沉重的防護手套之後，他那天稍晚就可以出發到村子裡去。他離家還不到三步遠，就被一棵三尖樹襲擊了。他摸索著抓到那棵樹，就把它的莖給扭斷了。一兩分鐘後，他的頭盔上又中了一鞭。儘管它揮了足足六下才放棄，但他找不到那棵三尖樹，也沒辦法解決它。他找到路去了工具房，從那裡走上小路，這時他抱了三大捆園藝麻繩，一路走一路放，之後好順著繩子回家。

走在小路上，他又碰上了幾次毒刺攻擊。他花了很久才走完大約一英里路來到村子，他的麻繩在抵達之前就用完了。他在死寂中一路踉蹌前行，覺得很害怕。他偶爾會停下來喊一聲，但沒有人回答。他不止一次擔心自己迷路，但當他的腳感覺到一條鋪得比較平整的路面時，他就知道自己在哪裡了，還藉著一個路標確認了自己的位置。他繼續摸索著往前走。

走了一段似乎相當遠的距離之後，他發現自己的腳步聲聽起來不一樣，有點微弱的回音。他走到路邊，發現了一條小徑，然後是一堵牆。再往前幾步，他發現了一個嵌在磚牆裡的郵筒，於是他知道，自己終於真的到村裡了。他又喊了一次。有個聲音在他身後出現，是個女人的聲音，但距離很遠，聽不清喊了什麼。他又喊了一次，開始往聲音的方向走。這回應聲突然被一聲尖叫打斷，之後便回歸沉寂。直到這時，他才半信半疑地意識到村裡的情況並不比他家好多少。他在長滿草的路邊坐下，思考自己接下來該怎麼做。

他從空氣裡的感覺判斷，天一定已經黑了。他肯定離家有整整四小時了，這時只能回家。儘管如此，他也沒理由空手回去……。他拿著手杖沿牆一路敲，敲到了村裡商店掛的一個馬口鐵廣告牌。在最後五六十碼路，他的頭盔上中了三次毒刺。打開大門時又中了一次，還被躺在路上的一具屍體絆倒了。那是一個男人的屍體，很冷。

他覺得，這家店在他之前已經有其他人來過了。但他還是找到了一塊相當大的培根。

他把培根和好幾包奶油或乳馬林、餅乾和糖一起扔進袋子，再加進各式各樣的罐頭，這些罐頭是從一個貨架上拿下來的，他印象中那個架子是專門放食物的——不管怎麼說，至少沙丁魚罐頭絕對錯不了。然後他找了找，找到了十來團繩子，然後他就扛起袋子，出發回家了。

當中他迷了一次路，當他沿原路回頭，重新調整方向時，也慌得難以控制。但他最後還是知道自己又回到了那條熟悉的小路上。他摸索了一會兒，終於找到了出發時放的那條麻繩，把它和手裡的繩子繫在一起。從那裡開始，回程的路相對來說就容易多了。

接下來一星期，他又去了村裡那家商店兩次，每次房子周圍和路上的三尖樹似乎都多了很多。與世隔絕的三個人除了抱著希望等待之外別無他法。然後，彷彿奇蹟似的，約瑟拉來了。

這時，立刻遷往泰恩斯漢姆的想法顯然已經出局。首先，喬伊絲·泰勒依然極度虛弱——我見到她的時候，很驚訝她居然能活下來。丹尼斯的及時處理救了她的命，但在接下來的一星期，他們完全沒辦法給她適當的復元藥物，甚至連適合的食物都沒有，導致她恢復得很慢。一兩星期內就讓她長途跋涉是非常不智的嘗試。而且瑪麗分娩的時間也近了，不適合旅行，唯一的辦法似乎就是所有人都留在原地，直到這些危機過去。

我的任務再次變成了搜尋和覓食。這次我必須負責的東西更複雜了，不只包括食物，還有給照明系統用的汽油、下蛋的母雞、兩頭剛生了小牛的母牛（儘管已經瘦到肋骨都凸出來了，還是活了下來）、瑪麗的醫療必需品，還有一份令人咋舌的雜物清單。

這地方周圍的三尖樹比我在其他地方見過的都多。幾乎每天早上都會有一兩個新傢伙潛伏在房子附近，我每天的第一項任務就是把它們的頂芽打下來，後來我拉了一道鐵絲網圍欄，把它們擋在花園外面。就算到了這個時候，它們也會直接走上前，暗示性地貼著圍欄閒逛，直到我動手對付它們爲止。

我打開幾箱裝備，教小蘇珊怎麼用三尖樹槍。她很快就成了給「那些東西」（她還是繼續這樣叫它們）去除武裝的專家。對它們復仇成了她的日常工作。

我從約瑟拉那裡知道了大學大樓火警發生後她的遭遇。

她跟我一樣，也和一群人一起被帶走了，但她對兩個和她鍊在一起的女人打交道的方式倒很乾淨俐落。她發了個直截了當的最後通牒：讓她擺脫所有限制，這樣的話，她會盡一切力量幫助她們；但要是她們繼續強迫她，很可能不知道哪一天，她們就會發現自己在她的覓食推薦下喝了氫氰酸或吃了氰化鉀。她們可以自己選。她們做了明智的選擇。

接下來那段時間，我們說給對方聽的內容幾乎大同小異。她帶的小組最後解散時，她也跟我一樣分析了一大堆原因。她找了一部車，開車去漢普斯特德找我。她沒碰到我那群人的倖存者，也沒有遇到那個紅髮快槍手帶領的殘餘部隊。她在那裡一直坐到太陽快下山，才決定往大學大樓去。因爲不知道會發生什麼事，她小心地把車停在幾條街外走路過去。離大門還有段距離時，她聽見一聲槍響。她不知道槍聲是怎麼回事，就躲進了之前我們躲過雨的那座花園。從那裡，她看見了同樣小心往前走的寇克。她不知道那槍是我朝廣場上那棵三尖樹開的，也不知道就是這槍引起了寇克的警惕，她懷疑這是個陷阱。她決心不讓自己再掉進去一次，便回車上去了。她不知道其他人的去處——如果他們眞的全都離開了的話。她所能想到的，唯一一個兩人都知道的避難所，就是她幾近漫不經心地跟我提過的那個地方。她決定去那裡，希望我如果還活著，能想起這個地方，並且想辦法找到那裡。

「一離開倫敦，我就縮在車後座睡了一覺。」她說。「第二天早上，我到這裡的時候還很早。車子的聲音引來了丹尼斯，他在樓上窗口提醒我當心三尖樹。然後我看見至少有六棵三尖樹無論如何都守在屋子邊，好像在等人從裡頭出來。丹尼斯和我這麼來回喊話，三尖樹動了，其中一棵開始朝我走來，爲了安全，我趕緊鑽進車裡。它還是不斷逼近，我發動了車，故意把它撞倒。但還有其他三尖樹在，而我除了那把刀之外沒有別的武器。丹尼斯解決了這個難題。

「『如果你有多的汽油罐，朝它們扔一些，然後再給它們一塊燃燒的抹布。』他建議。『那應該能解決它們。』

「沒錯。後來我一直用澆花噴水器做這件事。我也不知道爲什麼我沒把這地方燒掉。」

在一本食譜幫助下，約瑟拉想辦法做了幾頓糟糕的飯，並開始動手把這裡多少整理了一下。工作、學新事物和拼湊東西讓她忙得顧不上擔心幾週後的事。那段時間她完全沒見過別人，但她確信，某些地方一定還有其他人在，於是她白天觀察整座山谷有沒有煙，晚上就看有沒有燈光。在她視野範圍內，她始終沒有看到煙，而直到我來的那天晚上，她才第一次看見光。

某種程度上，原本住在這裡的三個人，受影響最大的其實是丹尼斯。喬伊絲還是很虛弱，處於半殘疾狀態。瑪麗維持著自己孤僻的個性，似乎頗能夠從思考未來的母職中不斷獲得精神消遣和補償。但丹尼斯就像一隻落入陷阱的野獸。他並沒有像我聽過的許多人那樣無意義咒罵，而是字字句句都帶著惡毒的怨恨，彷彿它逼他進入了一個他根本不想待的籠子裡。在我到這裡之前，他已經說服約瑟拉在百科全書裡找到了點字系統，並且做了一份縮小版字母表讓他學。他每天都要花幾個鐘頭做筆記，試著把學習工具讀回來。其餘的大部分時間，他都在爲自己的無能煩惱，儘管他很少提起。他總是不斷地想做這個想做那個，帶著一種執拗的堅持，讓人看了難過，我必須克制自己才能不出手幫他——一個人只要體驗過那種不請自來的幫助所引起的痛苦，就知道有多難受。我開始對他痛苦自學的那些東西感到驚訝，儘管我印象最深刻的還是他在失明第二天就製作出來的那頂有用的鐵網頭盔。

他和我一起出門探險找食物，這讓他很高興，幫忙搬重箱子讓他覺得自己很有用。他非常想要點字書，但最後我們決定，必須等可能成爲污染源的大城鎮風險降低之後才能去拿。

日子開始變快了，對我們三個看得見的人來說自然是這樣。約瑟拉忙得不可開交，大部分時間都待在家裡，蘇珊學著幫她。還有很多工作等著我去做。喬伊絲復原得很不錯，雖然第一次出房間時有點發抖，但之後就開始迅速恢復。不久之後，瑪麗開始陣痛了。

那晚對每個人來說都很難熬。也許對丹尼斯來說，最難熬的是，他知道一切都只能依靠兩個有意願卻沒有經驗的女孩照顧。他的自制贏得了我的欽佩，雖然這欽佩絲毫無濟於事。

天才剛亮，約瑟拉就下樓來找我們，看上去累壞了：

「是個女孩。母女平安。」她說，然後讓丹尼斯上樓去。

一會兒之後她回到樓下，拿起我們爲她準備的酒。

「很順利，感謝老天。」她說。「可憐的瑪麗好怕孩子也看不見，但當然不是這樣。

現在她哭得好慘，因爲她看不見寶寶。」

我們喝了酒。

「眞奇怪啊。」我說，「我說的是事態發展的樣子。就好像一顆種子——看起來又乾又癟，你以爲它死了，可是沒有。現在，一個新生命開始了，進入了這個……。」

約瑟拉雙手摀住臉。

「噢，天哪！比爾。非得一直這樣下去嗎？一直——一直一直這樣下去——？」

然後她也哭了。

三週後，我去泰恩斯漢姆找寇克。爲了在一天之內來回，我開了一部普通汽車。

我回來的時候，約瑟拉在大廳迎接我。她看了我一眼。

「怎麼了？」她說。

「只能說，我們還是不去那兒了。」我說。「泰恩斯漢姆完了。」

她回頭盯著我。

「發生了什麼事？」

「我也不確定。看起來是瘟疫傳到那兒了。」

我簡單描述了情況。並不需要太多調查。我到那兒的時候，大門是敞開的，看見停車場到處是走動的三尖樹，我心裡隱約知道不妙。下車時的氣味證實了這一點。我強迫自己走進屋裡，從屍體的樣子看來，至少已經丟在這裡兩個星期以上了。我把頭探進其中兩個房間，這對我來說已經太夠了。我喊了一聲，聲音立刻在空空的屋裡迴盪開。我沒再繼續走進去。

前門上釘著一張告示，但只剩下一角空白紙片。我花了很長時間去找那張一定是被風吹走了的紙，但沒有找到。後面院子裡沒有卡車，也沒有汽車，大部分物資也跟著不見了，我不知道去了哪裡。我無計可施，只好回到車裡，就這麼回來了。

「那——怎麼辦？」我說完之後，約瑟拉問。

「那，親愛的，我們就待在這兒。我們要學會怎麼養活自己，然後，繼續養活自己——除非有人來幫忙。也許在某個地方，會有個組織……。」

「我想我們最好忘了所有關於救援的事。到處是幾百萬幾百萬的人一直在等待、期盼著沒有到來的幫助。」約瑟拉搖搖頭。

「會有辦法的。」我說。「在全歐洲——或者說全世界，一定有成千上萬這樣的小團體。會有一些人聚在一起，他們會開始重建的。」

「要花多久？」約瑟拉說。「幾代人嗎？也許要等到我們這一代消失吧。不——世界已經消失了，只剩下我們……。我們必須自尋生路。我們必須計畫怎麼生存下去，就好像援助永遠不會來一樣……。」她停住了。臉上有一種茫然的奇怪表情，是我從未見過的。她的嘴一癟。

「親愛的……。」我說。

「噢，比爾，比爾，我不適合過這種生活。要是你沒有來，我……。」

「靜下來，我的小寶貝。」我溫柔地說。「靜下來。」我摸著她的頭髮。

過了一會兒，她鎮靜下來了。

「對不起，比爾。自怨自艾……眞討厭啊。以後不會了。」

她用手帕輕輕按了按眼睛，又吸了幾下鼻子。

「所以我就要當農夫太太了。不管怎樣，我還挺願意跟你結婚的，比爾——就算這婚姻不怎麼體面，也不怎麼合法。」

她突然冒出一聲我很久沒聽到的輕笑。

「怎麼了？」

「我只是想到，以前我有多害怕結婚。」

「你這樣還是很矜持，很體面——只是有點意外而已。」我說。

「嗯，不完全是這一點。是我的出版商、報紙和電影人。他們會玩得多開心啊。我那本愚蠢的書要有新版本了——說不定連電影都要有新版本——而且每一份報紙都會刊登照片。我覺得你應該不會太喜歡這樣。」

「我還想到另一件我不怎麼喜歡的事。」我說。「你還記不記得——那天在月光下你提了一個條件？」

她看著我。

「嗯，也許有些事還沒壞到那個地步。」她說。

第十五章　世界縮小

從那時開始，我一直持續寫日誌。這是一本日記、物資清單和一般記事本的結合體。裡面有我對探查地點的紀錄、收集物資明細、可用數量估計、房屋狀況觀察，以及應該首先清除避免惡化的東西備忘錄。食物、燃料和種子是最常尋找的對象，但並不僅限於此。條目裡詳細記錄了大量的衣服、工具、家用床單桌巾、馬具、廚房用具、大量木樁，還有電線、電線，以及更多的電線，另外還有書。

從日誌中可以看到，從泰恩斯漢姆回來之後，一星期內，我就開始建造鐵絲圍欄防堵三尖樹。我們弄好了柵欄，可以把它們擋在花園和屋子一段距離之外。這時我有了個更雄心勃勃的計畫，要把幾百英畝土地從它們手裡搶回來。計畫包括一圈利用自然地貌和豎立木樁圍起來的堅固鐵網柵欄，裡面再加一圈稍微輕型的柵欄，好防止牲畜或我們不小心進入主柵欄的被螫範圍。這項工作既繁重又乏味，我花了好幾個月才完成。

而同時，我也在努力學習農業的基本知識。這並不是能輕易從書本上學到的東西。首先，農業作家似乎從來沒想過會有農民眞的從零開始。所以我發現，所有農業書籍都是從中間開始講，把我完全沒有的基礎和專業詞彙視爲理所當然。面對實際問題，我的生物學知識幾乎毫無用處。許多原理需要的原料和物質，不是我弄不到手，就是我找得到也認不出來。我很快就意識到，一旦我放棄那些不久之後就弄不到的東西，比如說化學肥料、進口飼料，以及簡單機械之外的所有機器，我就必須付出大量汗水，是不是會有回報還是個問題。

就算書裡一步步教授的馬匹管理、奶製品加工或屠宰場程序等知識，也絕對無法爲這些技藝打夠基礎。必須注意的重點那麼多，根本沒辦法半途停下來去查相關章節。更糟的是，書上說得簡單，現實狀況卻總是相去甚遠，讓人倍感挫折。

幸運的是我們有足夠時間犯錯，並從中吸取教訓。知道還要再過幾年，我們才會落到只能靠自己活下去的境地，這讓我們不至於因爲失望而絕望。還有一點也很讓人放心，因爲我們眞的很有遠見，小心翼翼地不浪費任何東西，所以就算靠儲存的物資也可以活好一陣子。

爲了安全，我過了整整一年才再次去倫敦。這是我收集食物收穫最多的地區，也是最令人沮喪的地區。這地方依然勉強能給人一種魔杖輕輕一點就能復活的印象，儘管停在街上的汽車很多都開始鏽了。過了一年，這種變化更加明顯。房屋門面剝落的大片灰泥開始散在人行道上，街上可以看見掉下來的瓦片和煙囪頂罩，雜草霸佔了水溝，塞住排水道，落葉堵死了雨水管，於是裂縫和屋頂排水道的淤泥裡長出了更多雜草，甚至是小灌木。幾乎每座建築都戴上了綠色的假髮，這麼一來，底下的屋頂就會潮濕腐爛。從窗戶可以瞥見各式各樣的東西，像是掉下來的天花板，剝落的捲曲牆紙，濕得閃閃發光的牆壁。公園和廣場花園成了蔓延到街道上的荒野。事實上，好像每個地方都有東西在長，它們在鋪路石的縫隙間扎根，從水泥裂縫冒出來，甚至在廢棄汽車的座位上棲身。它們從四面八方入侵，要把這片人造荒漠收回來。奇怪的是，當各式生物逐漸奪回主導地位，這地方的感覺反而變得不那麼壓抑了。當它脫離魔杖的法力範圍，幽靈也大多隨之而去，慢慢地退回歷史。

有一次——不是那年，也不是隔年，是很久之後了——我再度站在皮卡迪利廣場，看著周圍的荒涼，企圖在腦子裡重現當年曾經熙熙攘攘的人群。我再也做不到了。即使只在我腦海裡，他們也缺乏眞實性。現在這裡已經一點他們存在過的痕跡都沒有了。他們已經成了歷史的背景，就像羅馬競技場裡的觀眾或亞述大軍，而且也跟他們一樣遙遠。寂靜的時候，偶爾會有一種懷舊情緒爬上心頭，這種心情比眼前的傾圮更讓我遺憾。我一個人在鄉間的時候還能回想起過去生活的愉快，而在這些粗礪、緩慢倒塌中的建築之間，我能想起的卻好像只有混亂、挫敗、不知道該往何處去的開車、到處滾動的空罐噹啷聲，我們究竟失去了多少東西，連我自己也開始不確定了……。

第一次探路行程是我一個人去的，回來的時候帶了好多箱三尖樹槍釘、紙、發動機零件、點字書，和丹尼斯非常渴望的點字打字機，還有各種飲料、糖果、唱片，以及更多給我們其他人的書。一星期後，約瑟拉和我一起來，這次的搜尋更實際，就是找衣服，除了爲大人找，也爲瑪麗的寶寶和她肚裡的小傢伙找。這趟旅行讓她很難過，她就只去了這麼一次。

我偶爾還是會去倫敦找一些比較稀缺的必需品，也習慣抓住機會找幾件小奢侈品。除了幾隻麻雀和偶爾出現的三尖樹，我從來沒見過會動的東西。貓狗一代比一代更具野性，鄉村看得到，倫敦沒有。但有時我會發現證據，證明除了我之外還有其他人在那裡尋找物資，但是我從來沒見過他們。

第四年年末，我去了最後一次，並且發現現在這裡已經有了我不該冒的風險。第一個跡象，是我身後近郊某個地方傳來雷鳴似的崩塌聲。我停下卡車回頭看，看見馬路對面某個碎石堆上塵土飛揚。顯然我經過時的震動給了搖搖欲墜的房屋門面最後一擊。那是我那天弄倒的唯一一座建築物，但我還是擔心會有磚頭和灰泥垮下來。從那之後，我就把注意力放在小一點的城鎮，通常都走路過去。

原本布萊頓應該會成爲我們最大也最方便的物資來源，但我一直沒去。等到我覺得是時候了，那裡早就被別人捷足先登。「別人」是誰，有多少人，我都不知道。我只是看見一堵粗製濫造的石牆堆在馬路上，上頭用油漆寫著：**禁止進入！**

接著，一聲步槍發射的爆裂聲和我前方的一股塵土爲這告示大力撐腰。我眼前沒看見一個可以爭辯的人——再說，這種開場法也不像是容許爭辯的樣子。

我開著卡車，一邊思索一邊掉頭走了。我在想，會不會有一天，史蒂芬當初爲防禦做的種種準備，最終也會證明並不那麼不合時宜。爲了安全起見，我又安裝了幾挺機關槍和迫擊砲，那是從之前拿到火焰噴射器的地方弄來的，我們用它對付過三尖樹。

第二年十一月，約瑟拉生下了第一個寶寶，我們給他取名大衛。我對他的愛，有時也夾雜著我們生下他、讓他面對這一切的擔憂。但比起我，約瑟拉的擔憂就少多了。她很愛他。彷彿他就是她所失去的一切換來的回報，矛盾的是，她開始不像以前那樣擔心未來。無論如何，他是個健壯的孩子，這表示將來他有能力好好照顧自己，所以我克制住不安，在這片總有一天要養活我們所有人的土地上加倍努力。

那之後不久，約瑟拉就讓我把注意力更密切地轉回了三尖樹。這幾年，我已經習慣在工作時對它們採取預防措施，所以對我來說，它們成了很普通的景觀，我比其他人更不在意。我也習慣了和它們打交道時要戴上鐵絲網面罩和手套，所以當我開車外出時，戴上這些東西早就不是新鮮事。事實上，我已經習慣不去在乎它們，就像在公認的瘧疾疫區對蚊子視而不見一樣。某一天晚上，我和約瑟拉躺在床上，她提起了這件事，當時唯一聽得見的，幾乎只有它們堅硬的小棒子在敲打莖幹的聲音，那聲音從很遠的地方傳來，時有時無。

「最近它們越敲越厲害了。」她說。

一開始我沒反應過來。長期以來，在我生活和工作的地方，這種聲音一直是一種平常的背景音，除非我刻意去聽，否則是不會知道有沒有的。我聽了一會兒。

「我沒聽出有什麼不一樣。」我說。

「沒有不一樣。只是更多了——因爲三尖樹比以前多了很多。」

「我沒注意到。」我漠不關心地說。

圍籬一裝好，我的興趣就完全集中在圍籬內的土地上，不再費神去關心圍籬外的情況。而在出外探險的時候，我的印象是，大多數地區，我碰上三尖樹的機率和以前大致相同。我記得我剛到這裡的時候，它們在當地的數量引起了我的注意，我還以爲這附近一定有幾座大型三尖樹苗圃。

「肯定有。你明天去看看。」她說。

到了早上，我想起這件事，一邊換衣服一邊往外望。我發現約瑟拉是對的。光是窗戶可以看見的一小段圍欄，後面就可以數到一百多棵。我在早餐時提了這件事，蘇珊看起來很驚訝。

「但是它們一直都在變多啊。」她說。「你沒注意到？」

「我還有一大堆事情要操心。」我說，對她的口氣有點惱火。「反正它們在圍欄外，那就不重要了。只要我們把在這裡發芽生根的種子都拔掉，它們在外頭愛幹什麼就幹什麼。」

「就算是這樣。」約瑟拉有點不安，「它們一下子跑來這麼多，有什麼特別的原因嗎？我相信是有的——我只是想知道爲什麼會這樣。」

蘇珊再次露出又驚又氣的表情。

「嘿，就是他帶它們來的啊。」她說。

「不准指人。」約瑟拉不假思索地對她說。「這話是什麼意思？我相信比爾不會帶它們來的。」

「但是他就是帶了。所有的噪音都是他製造的，它們就這麼來了。」

「聽好。」我說。「你在說什麼呢？是說我在睡覺的時候吹口哨把它們叫到這裡來，還是怎樣？」

蘇珊看起來氣壞了。

「好。如果你們不相信我，吃完早飯我就讓你們看看。」她宣布完，就氣呼呼的不說話了。

我們吃完早餐，她溜下桌，回來時帶著我的十二毫米口徑獵槍和望遠鏡。我們走到草坪，她四處搜尋，終於發現圍欄外有一棵三尖樹在移動，然後她把望遠鏡遞給我。我看著那東西蹣跚地緩緩穿過田地，它離我們有一英里多，正在往東走。

「現在，繼續盯著它。」她說。

她對空放了一槍。

幾秒鐘後，那棵三尖樹明顯轉了方向，開始朝南走。

「看見了？」她揉著肩膀問。

「嗯，它看上去確實是——你確定嗎？再試一次。」我說。

她搖搖頭。

「這樣做沒有好處。現在，所有聽見槍聲的三尖樹都朝這邊來了。大概十分鐘內，它們都會停下來仔細聽。要是它們離得夠近，聽得到圍籬邊的人發出的閒聊聲，就會過來。要是它們什麼都沒聽到，就會等一陣子，然後繼續去它們之前要去的地方。」

我承認，聽見這件事我確實大吃一驚。

「嗯——呃。」我說。「你一定一直都在仔細觀察它們吧，蘇珊？」

「我總是盯著它們。我恨它們。」她說，彷彿這理由已經夠充份了。

我們還站在那裡，丹尼斯也來了。

「我跟你一樣，蘇珊。」他說。「我不喜歡它。我已經不喜歡它好一段時間了。那些該死的東西已經騎到我們頭上來了。」

「噢，少來了——」我開口說。

「我跟你說，它們比我們想像的要複雜得多。它們是怎麼知道事情的？要是沒人阻擋，它們馬上掙脫束縛往外逃，第二天房子就被它們包圍了。你能解釋這種情況嗎？」

「這對它們來說不是什麼新鮮事。」我說。「在叢林地區，它們習慣沿著小路閒逛。包圍小村莊是很常有的事，要是沒人擊退，它們就會入侵。在很多地方，它們都是一種危險的有害生物。」

「但不到這個程度——這就是我要說的。在條件允許之前，它們是做不到這個程度的，這時候它們連試都不會試。但要是條件允許，它們會立刻行動——簡直就像，它們非常清楚自己做得到一樣。」

「夠了，理智點，丹尼斯。想想你在暗示什麼吧。」我說。

「我很清楚自己在暗示什麼——至少有一部分是。我沒辦法弄出明確的理論，但我還是要說：它們用驚人的速度利用了我們的缺陷。另外我還想說，現在它們當中有種可以感覺得到的、類似秩序的東西。你太專注在工作上，沒有注意到它們是怎麼聚集、怎麼在圍欄外頭等著的，但是蘇珊注意到了——我聽她說過這件事。只要稍微想一下就好，你覺得它們在等什麼？」

我沒打算回答這個問題。我說：

「你覺得我最好別再用那把會吸引它們的十二毫米口徑獵槍，改用三尖樹槍，是嗎？」

「吸引它們的不只是槍聲，所有的聲音都會。」蘇珊說。「曳引機最糟，因爲它聲音最大，而且一直不停，所以它們很容易就能找到聲音是從哪裡來的。但是它們也能在很遠的地方就聽見照明設備的發動機聲音。我見過它們一聽到發動機啓動聲，就集體往這邊轉的樣子。」

我煩躁地對她說：「我希望你不要老是說它們『聽見』，好像它們是動物似的。它們不是動物，不會『聽見』。它們就只是植物。」

「不管怎樣，反正它們就是聽到了。」蘇珊固執地反駁。

「好吧——反正，我們會想點辦法對付它們的。」我答應她。

我們確實這麼做了。第一個陷阱是個簡陋的風車，可以發出強力的敲擊聲。我們把它裝在半英里外。它相當有用，把我們圍欄外和其他地方的三尖樹都吸引過去了。等到那裡圍了好幾百棵之後，蘇珊和我就開車過去，用火焰噴射器掃射它們。第二次用效果依然不錯——但在這之後，能引來的三尖樹就少之又少了。我們的下一步，是在圍欄內再圍出一塊堅固的圈地，然後拆掉一部分主圍欄，以一扇閘門代替。我們選了一個聽得見照明設備發動機聲的地方，讓閘門開著。幾天後，我們放下閘門，一口氣摧毀了幾百棵進了圍欄的傢伙。這招一開始也相當成功，但要是我們在同一個地方嘗試兩次，情況就不一樣了，就算換地方，我們抓到的獵物數量也是逐漸下降。

每隔幾天用火焰噴射器巡一次邊界，可以有效減少三尖樹的數量，但這要花很多時間，而且很快就會耗盡我們的燃料。火焰噴射器是很耗燃料的，我們軍火庫裡爲它準備的庫存並不多。要是燃料用完，我們珍貴的火焰噴射器就和垃圾差不多了，因爲我不知道有效燃料的配方，也不知道怎麼製造。

我們試過用迫擊砲對付密集的三尖樹兩三次，結果令人失望。三尖樹就和樹木一樣，能承受大量損傷，卻不至於致命。

時間慢慢過去，儘管我們設下陷阱，偶爾還來場大屠殺，但圍欄沿線的三尖樹數量依然繼續增加。它們在那裡沒做任何嘗試，也沒幹什麼事。它們就是安頓下來，把根扎進土裡，留在那兒。從遠處看，跟一般樹籬一樣毫無動靜，要不是有著肯定是當中幾棵發出來的卡嗒聲，說不定比一般樹籬更不起眼。但要是有人懷疑它們的警覺性，只要開車沿小路走一圈就知道了。那樣的話，就得承受一場毒刺狂甩的艱難考驗，甚至必須到主幹道上停一下，把擋風玻璃上的毒液擦乾淨才行。

我們偶爾會有人想出對付它們的新辦法，比如在圍籬外的地上噴灑高濃度砷溶液，不過它們只撤退了一陣子，沒多久又回來了。

我們嘗試各種避開三尖樹的方法試了一年多，有一天，蘇珊一大早就跑進我們房間，跟我們說「那東西」闖進圍欄裡了，屋子周圍到處都是。那天她跟往常一樣早起去擠牛奶。她臥房窗外的天空灰灰的，但她下樓之後，卻發現樓下一片漆黑。她意識到情況不該是這樣，便開了燈。她一看到皮革似的綠葉緊貼在窗戶上，立刻猜到發生了什麼事。

我踮著腳尖穿過臥室，猛地把窗戶關上。就在合上的那一刻，一根刺從底下甩過來，正好撞在玻璃上。我們往下一看，只見一叢三尖樹貼著房屋外牆站著，足足有十到十二英尺高。火焰噴射器在外屋的一個房間裡。我去拿噴射器的時候沒敢冒險，我穿上厚厚的衣服，戴著手套、皮革頭盔，鐵絲網面罩底下還戴著護目鏡，然後用我能找到最大的切肉刀再三尖樹叢林中開出一條路。毒刺不停甩打在鐵絲網上，浸透了網子，毒液開始被打成細細的水霧，把護目鏡濺得模糊不清，我到了外屋的第一件事就是趕緊把毒液從臉上洗掉。我只敢拿一支噴射器，用短促、低瞄準度模式清出回家的路，因爲怕把門和窗框燒了，但光是火焰驅趕它們、讓它們緊張的效果，已經夠我安然無恙地回家了。

接著，約瑟拉和蘇珊拿著滅火器在旁邊待命，我還是一副深海潛水員兼火星人的樣子，從屋子每一邊的上層窗戶探出身，朝那群圍城的畜生噴火。沒花多少時間，我們就燒焦了其中幾棵，讓其他三尖樹準備撤離。蘇珊這時已經裝備妥當，她拿起另一支火焰噴射器，開始了她非常滿意的新任務：追殺三尖樹，我則準備動身穿過田地找出麻煩的源頭。

這並不難。站上第一塊高地，我就能看見三尖樹湧進我們圍欄的地方，它們搖晃的莖葉匯成綠色的樹流，腳步蹣跚地往圍欄裡擠。它們在接近入口處稍微散成了扇形，但每一株都鎖定房子的方向前進。要擋住它們很簡單。前方用一支火焰噴射器阻擋它們的去路，兩邊再各用一支把它們逼回原路就行了。偶爾有些火花掉在它們身上或者落在中間，它們就會匆忙回頭，把後面的三尖樹也一起帶了回去。大約二十碼外，有一段圍籬倒在地上，連木椿都斷了。我暫時把圍籬簡單裝回去，同時來回噴火，盡可能把東西燒焦震懾它們，這樣至少幾小時內還不至於出問題。

約瑟拉、蘇珊和我花了快一整天修理缺口。又過了兩天，蘇珊和我才確定我們已經搜遍圍籬的每一個角落，找出了最後一個闖進來的傢伙。之後，我們檢查了整座圍欄，把所有有疑慮的地方都重新加固。四個月後，它們又弄破圍欄進來了⋯⋯。

這一次，缺口處躺著幾棵殘破的三尖樹。我們猜想，在圍牆倒塌之前，它們就是靠在圍牆邊的那群，牆一倒，它們也跟著倒下，被其他三尖樹踩踏而過。我們顯然必須採取新的防禦措施。我們已經沒有比塌掉的部分更堅固的圍欄了，通電似乎是讓它們保持距離最有效的方法。爲了給圍欄供電，我找到一台裝在拖車上的軍用發電機拖回家。蘇珊和我開始動手拉電線。沒等我們完工，那些畜生又從另一個地方鑽了進來。

我相信，要是我們能讓這個系統一直維持運作，甚至只是運作大部分時間，這個系統都絕對有效。但相對的是燃料消耗。汽油是我們最珍貴的資產之一。食物之類的東西我們還有自己種出來的希望，但要是汽油和柴油都沒有了，隨著喪失的就不只是方便而已。我們再也不可能出外探險搜尋，也因此不會再有物資補給。原始生活將正式開始。所以，爲了省燃料，隔離電線每天只通兩三次電，每次幾分鐘。這讓三尖樹退避了幾碼，也因此阻止它們對圍欄施加壓力。我們還在圍欄內加裝了一條警報線當作額外防護，好讓我們能在破壞變嚴重之前及時處理。

這套系統也有難以應對的事，三尖樹顯然能從經驗中學習，就算不完全，至少也有一定的能力。我們發現，比方說我們早晚給電線通電一陣子這件事，它們已經適應了。我們開始注意到，在我們通常打開發電機的時間，它們都會離電線遠遠的，發電機一停，它們又開始靠近。它們是不是眞的把電線充電和發電機的聲音連結在一起，當時我們覺得不可能，但後來已經毫不懷疑，它們確實可以。

要讓通電時間不規則很容易，但一直把它們當敵人研究的蘇珊很快就篤定地認爲，電擊讓它們撤退的時間越來越短。但即使如此，通電圍欄和偶爾在它們最密集的地方掃蕩，還是讓我們維持了一年多時間沒有被入侵，後來也發生過幾次小事件，但我們都收到了警報，在小麻煩擴大之前就先擋住了它們。

我們在安全的圍欄裡繼續學習農業，生活也慢慢穩定下來。

第六年夏季的某一天，我和約瑟拉一起去了海邊，我們開了一部半履帶車，因爲現在路況已經太糟了，所以我一般都會開這部車。對她來說，這算是放假，她已經好幾個月沒出門了。爲了打理這個地方和照顧孩子，除了必要的幾次旅行，她幾乎沒有放鬆的時間，但目前我們已經到了可以把家裡交給蘇珊負責的時候了，當我們往山上去，越過山巔時，有種釋放的感覺。我們在低緩的南邊山坡上停了一會車，就這麼坐在那裡。

那是個晴朗的六月天，純淨的藍天裡只有幾朵淡淡的雲。陽光照在沙灘和遠方的海面上，和從前一樣金光閃閃，只是那時海灘上擠滿了泳客，海面上也還點綴著小船。我們靜靜地往下方看了幾分鐘，約瑟拉說：

「比爾，你會不會偶爾還覺得，要是閉上眼睛一會兒，再睜開，說不定會發現一切都還跟原來一樣？——我會。」

「現在不怎麼會了。」我說。「但那是因爲我看見的比你要多得多。就算是這樣，有時候……。」

「看看那些海鷗——跟以前一模一樣。」

「今年鳥多了很多。」我同意。「我很高興。」

從遠處看起來，這座小鎮依然和印象中一樣，有著一大堆紅屋頂的小房子和平房，居民多數是生活舒適的退休中產階級——但這種印象只持續了幾分鐘。雖然瓦片還在，但牆幾乎都看不見了。整齊的花園已經淹沒在無人遏止的綠色植物裡，精心培育的花卉後代在上頭點綴出零星的色彩。從這個距離看過去，連道路都成了一條一條的綠色地毯。但要是我們真的到了那兒，就會發現柔軟青翠的視覺效果其實是假的，那都是粗糙雜亂的雜草。

「也不過才幾年前。」約瑟拉若有所思地說，「人們還在抱怨那些平房破壞了鄉村景觀呢。現在看看那些房子。」

「鄉村復仇記，這麼說沒問題。」我說。「那時候大自然好像快完蛋了似的——『可是誰想得到這老頭子會有這麼多血？』[1]」

「我真的嚇壞了，好像每件事都爆掉了一樣。真高興我們解決了，自由地走自己的路。但是我在想……？事情發生到現在，我們會不會只是一直在自欺欺人？你覺得我們真

---

1 出自莎士比亞《馬克白》第五幕，馬克白夫人台詞。

的解決了嗎，比爾？」
我在外面搜尋物資的時候，思考這個問題的時間比她多得多。
「親愛的，如果你是別人，也許我會用正氣凜然的英雄模式回答你，那種明明是一廂情願，卻常常被當成信念和堅定的想法。」
「那如果我是我呢？」
「我會給你誠實的答案——並沒有完全解決。但只要有生命，就有希望。」
我們靜靜地看著眼前的景象。
「我覺得。」我強調，「提醒一下，只是我覺得，我們的機會很渺茫——非常渺茫，想恢復，要花很長很長的時間。如果不是因爲三尖樹，我會說機會眞的很大——雖然還是要花上相當長的時間。但三尖樹是個確實存在的因素。在這之前，沒有那個文明在興起的時候必須對抗它。它們會奪走屬於我們的世界嗎？還是我們有辦法阻止它們？
「眞正的關鍵是，我們必須找到簡單的方法對付三尖樹。我們還不算太糟——我們拖得住它們。但是到了我們的孫輩，他們要怎麼處理呢？難道他們得在人類保留區裡過一輩子，只能靠永無休止的勞動遠離三尖樹嗎？
「我很確定有簡單的方法。問題是，簡單的方法需要極爲複雜的研究。而我們沒有投入研究的資源。」

「當然有，我們有的是資源。只要去拿就行了。」約瑟拉插嘴說。

「材料上是的。但是沒有腦力。我們需要一整個團隊，一支專家團隊，就可以徹底解決三尖樹的問題。有些事做得到，我肯定。也許可以從選擇性的植物毒殺藥物方面下手。要是我們可以製造某種適當的荷爾蒙，在三尖樹身上弄出某種不平衡狀態，卻不對其他物種造成太大影響……一定是可能達成的——要是你有足夠的腦力投入這項工作的話……。」

「如果你都這麼想了，為什麼不試試呢？」她問。

「理由太多了。首先，我做不到——我只是一個非常平庸的生化學家，而且只有我一個人。必須有個實驗室，還有設備。除此之外，還得有時間，而我還有太多事情要做。即使我有這種能力，還需要有大量生產這種合成荷爾蒙的方法。這需要一座普通規模的工廠。但在這之前，還是要先有研究團隊才行。」

「人是可以培養的。」

「是的——那得等到有夠多的人空閒下來，可以不再只為塡飽肚子拚命的時候。我收集了一大堆生化書籍，只希望也許有一天有人能用上——我會盡我所能教大衛，他必須把這些知識傳下去。不過，除非哪天能有閒暇時間作這件事，否則除了人類保留區，我看不見另一種未來。」

約瑟拉皺起眉頭，看著下方田野裡漫步的四株三尖樹。

「人們過去總是說，人類眞正的勁敵是昆蟲。在我看來，三尖樹其實和某些昆蟲有共通點。喔，我知道從生物學角度來看它們是植物。我的意思是，它們並不關心它們的個體，而個體本身也不關心它們自己。單獨來說，它們擁有某種看起來有點類似智力的東西；而從群體看來就更像了。它們就像螞蟻或蜜蜂一樣，爲了某種目的一起工作——然而可以說，這個群體當中，沒有一個個體意識到任何目的或計畫，儘管它們是其中一員。這一切非常奇怪——也許我們根本不可能理解。它們這麼與眾不同。我覺得，這似乎違背了我們所有關於遺傳特徵的觀念。蜜蜂或三尖樹身上是不是有某種社會組織的基因，或者螞蟻身上是不是有建築的基因存在？如果它們有這種東西，爲什麼一直沒有發展出語言的基因或者烹飪基因呢？反正，不管這是什麼，三尖樹似乎有類似的東西。也許沒有哪一株三尖樹知道自己爲什麼一直在我們的圍籬附近徘徊，但那個群體卻清楚自己的目的是抓到我們——而且遲早抓得到。」

「還是會有可以阻止它們的東西。」我說。「我不是故意要讓你對這一切感到沮喪的。」

「我沒有沮喪——除了偶爾眞的很累的時候。平時我太忙了，忙得沒有時間去擔心未來幾年可能會發生什麼。我不沮喪，一般來說，最多就是有一點點悲傷——那種十八世紀思想中崇尚的，淡淡的惆悵。你放唱片的時候，我就會感傷起來——一個偉大的管弦樂團明明已經消逝，卻仍然在為一群被圍困、而且越來越趨近原始生活的人演奏，這眞的很可怕。它把我帶回過去，因為想到那些不管情勢如何發展，我們都再也不可能做的事，就會開始難過。你偶爾不也有這種感覺嗎？」

「嗯。」我承認。「但我發現，隨著時間過去，我更容易接受現在了。我想，如果有什麼願望可以實現的話，我會希望以前的那個世界回來——但這是有條件的。你看，不管發生了什麼，我心裡比過去任何時候都快樂。你懂得的，對嗎，約瑟拉？」

她把手放在我手上。

「我也這麼覺得。讓我傷心的並不是我們已經失去的東西，不是的，而是孩子們永遠沒有機會知道的東西。」

「要怎麼懷著希望和抱負養大他們是個問題。」我承認。「我們會不由自主地以過去確定方向，但孩子們不能一直回頭看。消逝的黃金時代[2]和擁有魔法的祖先們，這種傳說

2黃金時代（golden age）是希臘神話中的詞彙，在海希奧德（Hesiod，750?—650?BC）的長詩《工作與時日》（Works and Days）中，將人類世紀劃分為五個時代，其中黃金時代是第一個時代，之後逐漸墮落，在此之後依次為白銀時代、青銅時代、英雄時代和黑鐵時代。

是最要命的事。整個種族都帶著某種自卑感，在光芒萬丈的過往傳統中陷入倦怠。但是我們要怎麼做，才能阻止這種事發生呢？」

「如果我現在還是個孩子。」她思索著，「我想我會需要一個理由，什麼樣的都好。一定得給我這樣一個理由才行——也就是說，如果就這樣讓我覺得自己生在一個被毫無意義摧毀掉的世界，那我也會覺得生活毫無意義。這確實讓事情變得非常難辦，因爲已經發生的一切似乎就是這樣……。」

她停了停，思考了一下，又說：

「你覺得我們也許——你覺得我們有正當理由編一個神話來幫助他們嗎？一個世界的故事，這個世界非常聰明，卻極度邪惡，必須摧毀——或者說，它意外摧毀了自己？像是又來了一場大洪水之類。這樣就不會讓他們覺得自卑了——說不定還能激勵他們去打造世界，而且這次要打造出更好的世界。」

「是……」我想了想，說：「是的，告訴孩子們眞相通常是個好主意，某種程度上，會讓他們之後的一切變得容易點——只是，爲什麼要假裝這是個神話呢？」

約瑟拉爲它辯護。

「你的意思是？那些三尖樹——嗯，我承認那是某個人的錯，或者弄錯了什麼。但其他的事……？」

「我認爲我們不能爲了三尖樹的事過分苛責任何人。在這個大環境下，三尖樹能提供的萃取物是很有價値的。沒有人能預知一個重大發現會帶來什麼，無論是一部新發動機，或者是一株三尖樹，而且在正常情況下，我們是可以應對它們的。只要情況對它們不利，我們就會從它們那裡得到很多好處。」

「嗯，大環境變了並不是我們的錯。就像地震或颶風，這都是保險公司所謂的天災。也許就是這樣——一場天譴。我們可從來沒帶那顆彗星來。」

「是嗎，約瑟拉？你眞的這麼確定？」

她轉頭看著我。

「這話是什麼意思，比爾？我們怎麼可能做到呢？」

「親愛的，我的意思是——那眞的是一顆彗星嗎？你知道，有種對彗星不信任的古老迷信一直深植人心。我知道我們已經夠現代化了，不會在大街上向彗星下跪祈禱——但不管怎樣，這都是一種根深蒂固了幾百年的恐懼症。它們是天怒的預兆和象徵，是末日即將來臨的警告，在很多故事和預言裡都有。所以，當你看見一個驚人的天體現象時，有什麼比直接歸咎在彗星頭上更自然呢？否定需要時間——而這次恰好沒有時間。當隨後的大災難來臨，就只是向所有人證實了那必然是一顆彗星。」

約瑟拉緊盯著我。

「比爾，你想說的是，你根本不認爲那是彗星嗎？」

「就是這樣。」我同意。

「可是——我不懂。那一定是啊——不然還能是什麼？」

我打開一罐眞空包裝的香菸，兩人各點了一支。

「你還記得邁克·比德利說過，我們這麼多年來一直在走鋼絲嗎？」

「記得，但是——」

「嗯，我想事情是這樣的，我們逃出來了——我們就是剛從墜機事件中僥倖生還的那幾個人。」

我抽了口煙，望著大海，和它上方無邊無際的藍天。

「就在那上面。」我繼續說，「那上面，有數量不明的衛星武器一圈又一圈地繞著地球轉——也許現在還在。它們只是一堆潛在的威脅，不斷地繞啊繞，只等某個人或某一件事讓它們落下來。那裡面有什麼呢？你不知道，我也不知道。絕密的東西。我們聽到的都只是猜測——核分裂物質、放射性粉塵、細菌、病毒……。現在假設，如果有人碰巧製造出某種東西，專門發出我們眼睛無法承受的輻射——某種會燒壞、或至少會損害視神經的東西……？」

約瑟拉抓住我的手。

「噢，不，比爾！不，他們怎麼能……那太——太恐怖了……噢，我真不敢相信……噢，不，比爾！」

「親愛的，那上面繞著的全是恐怖的東西……然後，如果出了點錯，或者也許是個意外，剛好又碰上了流星雨——如果你喜歡這麼想的話——就讓這當中的某個東西炸開了……。

「有人開始談論彗星。這時候否認這個說法可不太聰明——而且不管怎樣，事實證明，時間已經不多了。

「然後呢，這些東西原本自然是打算在離地面近一點的地方操作的，這樣就會在一個可估計的區域內擴散。但它們開始在太空中，或者在撞到大氣層的時候爆炸——不管哪一種，位置都太高了，結果讓全世界的人都直接承受了輻射……。

「當時到底發生了什麼，現在誰也不知道。但有一件事我很確定——不管是什麼，一切都是我們咎由自取。還有那場瘟疫也是：你知道的，那不是傷寒……。

「我發現，要相信一顆具有毀滅性的彗星在幾千年時間裡，剛好選在我們成功設置衛星武器之後的幾年到來，對我來說，是種集合了所有錯誤的巧合——你不覺得嗎？是的，想到可能發生的一切，我覺得，我們已經在鋼絲上堅持很長一段時間了——但哪天突然腳一滑，也是遲早的事。」

「嗯，既然你都這麼說了——」約瑟拉低聲說。她停住了，沉默了好一陣子。然後她說：

「我認爲，某種程度上，這比大自然只是隨機襲擊我們的想法更可怕。但我不這麼去想。這反而讓我對一切不那麼絕望，因爲至少，它讓事情變得可以理解。如果眞是這樣，至少這是一件可以避免再次發生的事——只是另一個我們的曾孫輩必須避免的錯誤。只是，噢天哪，錯誤眞多啊！但我們可以警告他們。」

「嗯——這個嘛——」我說。「不管怎麼說，等到他們打敗了三尖樹，從這場混亂中脫了身，就會有大把機會犯屬於自己的全新錯誤了。」

「可憐的小傢伙們。」她說，口吻彷彿正低頭望著一排又一排、越來越多的曾孫，「我們能給他們的實在不多，是吧？」

「人們總是說：『生活是你自己創造出來的。』」

「我親愛的比爾，除了限制嚴格的極少數人之外，這句話根本就是一坨——嗯，我不想太粗魯。但我記得我叔叔泰德老愛說這句話——直到有人丟了顆炸彈，把他的雙腿炸沒了爲止。這件事改變了他的想法。我個人不管做過什麼事，都不足以讓我活到現在。」她扔掉了剩下的煙頭。「比爾，我們究竟做了什麼，可以讓我們成爲這一切的幸運兒呢？偶爾——意思是，在我沒有累過頭的感覺也不光想到自己的時候——我就會想，我們眞是太幸運了，眞希望有個感謝的對象。但後來我發現，如果有任何人或任何東西可以讓我感謝，那他們應該挑選一個比我更值得這一切的人才是。對一個單純的女孩來說，這一切太令人無所適從了。」

「我呢。」我說，「我覺得，如果眞有什麼人或什麼東西掌控著一切，歷史上有一大堆事情可能都不會發生。但我不會太擔心。我們很幸運，親愛的，如果明天又變天了，那就讓它變吧。不管發生什麼，都不能奪走我們在一起的時間。這比我應得的要多得多，也比大多數男人一輩子能得到的多得多。」

我們在那裡又坐了一會兒，望著空蕩蕩的大海，然後就開車下山，到小鎭上去了。一番搜索之後，清單上大部分東西我們都找到了，接著我們就往下走，到海邊曬太陽野餐——我們背後是一大片砂石地，三尖樹如果靠近，一定會有聲音。

「我們必須在還做得到的時候，多來點這樣的行程。」約瑟拉說。「現在蘇珊也大了，我不需要綳得那麼緊。」

「要說誰有資格放鬆一下，那就是你了。」我表示同意。

說這話時我有種感覺，我希望我們能一起去，在還有可能的時候，對我們熟悉過的地方和事物作最後的告別。如今，囚禁的可能一年比一年更近。想從舍爾寧往北去，必須繞好幾英里路，穿過已經變成沼澤的地方才行。在雨水和溪流侵蝕之下，所有的路都在迅速崩壞，樹根也把路面撐裂了。目前還能找到一部油罐車、把它弄回家的時間已經所剩不多。有一天，會連小徑都無法前進，很可能就此堵塞。半履帶車還能在夠乾燥的地面走，但隨著時間過去，要找到一條能走的路也會變得越來越困難。

「我們得在最後好好放肆一回。」我說，「你再打扮得漂漂亮亮的，我們去——」

「噓！」約瑟拉打斷了我，她舉起一根手指，側耳聽著風聲。

我屏住呼吸，豎起耳朵。空氣裡有種比聲音震動更重一點的感覺。很弱，但漸漸在變強。

「那是——飛機！」約瑟拉說。

我們手遮在眼睛上，望著西邊。那聲音依然比昆蟲的嗡嗡聲大不了多少。聲音變大的速度非常慢，慢到除了直升機之外沒有其他可能，因為如果是其他的飛機，應該在我們聽見聲音的那一瞬間就從我們頭頂過去了。

約瑟拉先看到了。是一個小點，離海邊有點遠，顯然正以與海岸平行的方向朝我們飛來。我們站起來，開始揮手。那小點越變越大，我們也越揮越瘋狂，還不怎麼理智地用最大的聲音拚命喊叫。如果駕駛就這麼飛過來，開闊的海灘上，他不可能看不見我們，但是他沒有過來。在離我們還有幾英里的地方，他突然向北轉，往內陸去了。我們繼續狂揮手，希望他還有機會看見我們。但是直升機沒有一點遲疑的樣子，引擎聲也毫無變化，從容鎮定地朝山上嗡嗡飛去。

我們放下雙手，看著對方。

「如果它能這樣來一次，就能來第二次。」約瑟拉口氣堅定，但並不怎麼有說服力。但這架直升機的出現，改變了我們的生活。我們精心建立起來的接受事實心態被它一舉摧毀了。我們一直跟自己說，其他群體肯定是存在的，但他們的處境不會比我們好，很可能是更糟。但是，當一架直升機飛來，那景象和聲音，就像是從過去回來似的，它勾起的就不只是回憶了：這表示在某個地方，有人努力讓自己過得比我們更好。——有一點嫉妒嗎？——它也讓我們意識到，雖然我們已經很幸運了，但我們的天性依然是群居動物。

直升機留下的不安感破壞了我們的情緒，也破壞了我們一直思考的路線。我們心照不宣地開始收拾東西，彼此都心事重重，我們回到半履帶車上，準備回家。

第十六章　接觸

回舍爾寧的路程才走了大約一半，約瑟拉就注意到煙了。第一眼看上去，會覺得那可能是片雲，但等到我們接近山頂，就能看見在散開的上層底下有根灰色煙柱。她指著它，一言不發地看著我。這幾年我們看到的幾次起火，都是夏末的野火自燃。我們兩個立刻知道，眼前的煙柱是舍爾寧附近升起來的。

我猛催半履帶車，想逼它飆出前所未有的速度。我們在車裡被甩得東倒西歪，但車還是像在爬。約瑟拉一路一言不發，雙唇緊閉，眼睛盯著煙。我知道她在尋找線索，想證明這股煙來自更近或更遠處，不管在哪裡，只要不是舍爾寧就好。但我們越接近，懷疑的餘地就越小。我們開過最後的小路，完全沒注意經過時三尖樹甩來的毒刺。然後在轉彎處，我們才看見起火的不是房子，而是一堆木頭。

我們一按喇叭，蘇珊就跑出來拉繩子，從一段安全距離外拉開大門。她喊了些什麼，但聲音淹沒在我們車開進來的轟轟聲裡。她空著的那隻手指的不是火堆，而是房子前方。我們跑進院子，便明白了原因。剛才那架直升機，已經熟練地降落在我們草坪的中央。

我們走出牛履帶車，一個穿著皮夾克和馬褲的男人也從屋裡走出來。他個子很高，金髮，曬得黑黑的。光是第一眼，我就覺得我以前在什麼地方見過他。我們快步走過草坪，他愉快地揮手微笑。

「我想您就是比爾・梅森先生吧。我是辛普森——伊凡・辛普森。」

「我記得。」約瑟拉說。「在大學大樓那天晚上，你弄了一架直升機來。」

「沒錯。你記性眞好。不過我想讓你知道，你可不是唯一一個記性好的人：你是約瑟拉・普萊頓，寫過一本書叫——。」

「你錯了。」她口氣堅定地打斷他。「我是約瑟拉・梅森，我的作品叫『大衛・梅森』。」

「啊，對。我剛剛看過原版了，也是技巧極爲精湛的作品，如果我可以這麼說的話。」

「等等。」我說。「那堆火——？」

「那火很安全。風向不是往房子去的。只是我擔心你們的木柴庫存價格又要飆高了。」

「發生了什麼事？」

「是蘇珊。她不想讓我錯過這裡，所以一聽見我的引擎聲，就抓了一支火焰噴射器跳出來，用最快的速度開始發信號。那堆木頭就在旁邊——她對它做的事，誰都不會看不見的。」

我們走進屋子，跟其他人會合。

「還有。」辛普森對我說，「邁克說，一定要先代他向你道歉。」

「向我道歉？」我疑惑地說。

「你是唯一一個看出三尖樹有危險的人，他卻沒有相信你。」

「可是——你是說，你知道我在這兒？」

「幾天前，我們得知了你的可能所在的大致位置——是一個我們都有理由記住的人說的：寇克。」

「所以寇克也平安度過了。」我說。「我看到泰恩斯漢姆那一團亂的樣子，還以爲他也病了。」

後來，我們吃過飯，喝了最好的白蘭地之後，才從他嘴裡問出了事情的經過。

邁克．比德利帶著他那群人走了，把泰恩斯漢姆留給了杜蘭特小姐的仁慈和信條，他們沒有去比明斯特，也沒去那附近的任何地方。他們往東北方前進，去了牛津郡。杜蘭特小姐一定是故意誤導我們，因爲從來也沒人提到過比明斯特。

他們在那裡找到了一處莊園，起初似乎還可以滿足這群人的一切需求，毫無疑問，他們原本可以在那裡站穩腳跟，就像我們在舍爾寧一樣。但隨著三尖樹威脅日益嚴重，這地方的不利條件也變得越來越明顯。還不到一年，邁克和上校對那裡的長期前景已經非常不看好。雖然已經在那裡投入大量建設，但到了第二年夏末，大家一致認爲最好還是及時止損。爲了建立社群，他們必須以年、甚至是好幾年爲單位考量。他們還必須時刻牢記，時間拖得越長，要動就會變得越困難。他們需要一個能擴充、有發展空間的地方；一塊擁有天然防禦工事、只要清除了三尖樹，就可以不再耗費資源阻絕他們的區域。他們現在的落腳處，必須付出大量勞動力去維護柵欄。當三尖樹數量越來越多，圍欄長度也必須相應增加。很顯然，能自我維護的最佳防禦屏障是水。他們以這點爲目標，就各個島嶼的相對優點進行了討論。他們之所以選擇懷特島，主要是氣候考量，儘管對於要清理出整片區域還是有點不安。就這樣，到了隔年三月，他們又收拾好行李，繼續前進。

「我們到那裡的時候。」伊凡說，「三尖樹的密度比我們剛離開的地方還要高。我們才開始在戈茲希爾附近一處鄉村莊園安頓下來，它們就成千上萬地沿著牆聚集起來。我們任它們這麼聚集了幾星期，然後用火焰噴射器把它們一口氣處理掉了。」

「我們這樣消滅一群之後，就會讓它們再累積一次，然後再燒——就這麼一次一次做下去。要是能用這種方法徹底清除它們，我們是負擔得了的，因爲一旦完全清除，我們就不再需要火焰噴射器了。島上的三尖樹總量有限，跑來讓我們消滅的三尖樹越多，我們就越高興。

「我們這樣做了十幾次，才開始有明顯的效果。牆附近燒焦的殘根斷枝形成了一條黑色地帶，之後它們才開始退避。它們的數量比我們預計的要多得多。」

「以前那座島上至少有六個苗圃在培育高品質植物——私人種植和公園苗圃就更不用提了。」我說。

「這我不意外。那裡的苗圃看起來有上百個。事情還沒發生之前如果有人問，我會說這東西全國只有幾千棵，但它們肯定有幾十萬棵了。」

「一定有。」我說。「它們幾乎什麼地方都能長，而且利潤可觀。它們關在農場和苗圃裡的時候看起來還沒有這麼多。就算是這樣，從這附近的數量看來，現在鄉下地方的三尖樹應該已經全跑光了。」

「是這樣沒錯。」他同意。「不過，只要有人去鄉下住，沒幾天它們就又聚起來了。這從空中看得出來。就算蘇珊沒放火，我也知道有人在這裡。只要有人住的地方，它們都會聚集出一道暗色的邊界來。

「不過，一段時間之後，我們還是努力讓圍牆周圍的三尖樹變少了一點。也許它們終於發現那樣對自己有害，也可能它們不怎麼喜歡踩在親人燒焦的遺體上——當然，它們的總數也變少了。所以我們開始出去獵殺三尖樹，而不只是讓它們來找我們。接下來幾個月，這就是我們的主要工作。我們把島上每一寸土地都搜遍了——至少我們是這麼覺得。工作完成的時候，我們估計我們已經把這地方的三尖樹無論大小都幹掉了。

「即使如此，隔年，後年，還是又冒出來一些。現在，因爲從英國本土吹來的種子，我們每年春天都要密集搜索，發現了就立刻解決。

「這麼做的同時，我們也開始組織起來。一開始我們大概有五六十個人。我在直升機上到處繞，只要看到哪裡有人群聚集的跡象，就下去邀請他們加入我們。有些人願意——但有些人就是沒有意願，而且這種人數量高得驚人：他們逃離了統治，就算他們有那麼多麻煩，也不願意再被人統治了。

「南威爾斯有些地方已經形成各式各樣的部落社群，除了他們爲自己建立的最低限度組織之外，所有的組織概念他們都討厭。在其他煤田附近，你也會發現類似的地方。帶頭的通常是那些碰巧在地底下輪班，所以沒看到綠色流星的人——雖然他們是怎麼從豎井爬上來的只有天知道。

「這些人當中，有些人因爲極度不肯被外界打擾，就會朝直升機開槍——布萊頓就有這樣一群人——」

「我知道。」我說，「他們也警告過我。」

「最近這種事更多了。梅德斯通有一群，吉爾福德也有一群，別的地方還有。他們才是我們之前沒發現你藏在這裡的眞正原因。只要一靠近，就會覺得那片地方不怎麼對勁。我不知道他們認爲自己在做什麼——說不定是弄到了一些好吃的東西，怕別人來搶。不管怎樣，冒這個險沒有意義，我就讓他們自生自滅了。

「不過還是有很多人加入。一年之內，我們就增加到三百多人——當然，不是每個人都看得見。

「直到大約一個月前，我才碰到寇克他們——順帶一提，他問的第一件事就是你來了沒有。他們情況很糟，尤其是一開始。

「他回到泰恩斯漢姆沒幾天，有兩個女人從倫敦過來，把瘟疫也帶來了。症狀一出現，寇克就把她們隔離了，但爲時已晚。他決定立刻離開。杜蘭特小姐不肯。她決定留下照顧病人，等到能走的時候再跟上他們。她再也沒有出現。

「瘟疫也跟著他們走了。他們又緊急撤離了三次，才成功擺脫了它。那個時候，他們已經往西走到德文郡，在那裡待了一段時間。但後來他們開始碰到和我們一樣——也跟你們一樣的困難。寇克堅持了快三年，他和我們的思路大致相同，只是他沒想到島嶼，而是決定用一條河隔開，再用柵欄把康瓦爾的腳趾尖切掉[1]。他們抵達那裡之後，前面幾個月都在建圍欄，圍欄建成之後就去搜尋裡頭的三尖樹，就像我們在島上那樣。但是他們那邊做起來要困難得多，而且他們一直沒能完全清除。圍欄剛開始還算成功，但他們不能像信任大海那樣永遠信任它，只能浪費大量人力不斷巡邏。

「寇克認爲，等孩子長大，可以工作了，一切也許就能上軌道，但要一直過下去會很艱難。我一找到他們，他們毫不猶豫就決定過來。他們立刻開始往漁船上裝行李，幾週後就全部到島上來了。寇克發現你沒跟我們在一起，就跟我們說，你可能還在這附近。」

「你可以跟他說，這些話已經把我們對他的所有怨恨都一筆勾消了。」約瑟拉說。

「他會變成非常能幹的人。」伊凡說。「而從他告訴我們的話來看，你也是。」他看著我，又加上一句。「你不是個生化學家嗎？」

「生物學家。」我說，「只是懂得一點點生物化學而已。」

「嗯，如果你要分得這麼細也行。重點是，邁克一直想研究出用科學方式消滅三尖樹

1 有人認為整個英國的形狀，就像女巫騎著一隻豬。女巫是蘇格蘭，英格蘭是那隻豬，鼻子在西南方的威爾斯，伸出去的腳是康瓦爾，屁股是諾里奇。位於康瓦爾郡的蘭茲角，便恰巧成了腳趾尖。

的方法。如果我們想有點進展，就必須把這個方法找出來。但目前的問題是，我們唯一找得到的那些人，學校裡學過的生物學大部分都還給老師了。你覺得——你來當教授怎麼樣？這是份很值得做的工作。」

「我想不出比這更值得做的工作了。」我說。

「這是不是表示，你要邀請我們所有人到你們島上去避難？」丹尼斯問。

「嗯，至少要大家都同意才行。」伊凡回答。「比爾和約瑟拉也許還記得那天晚上在大學裡訂下的基本原則，那些原則依然有效。我們並不是要重建——而是要建立某種全新、而且更好的東西。但有些人不喜歡這樣。如果他們不喜歡，那這些人對我們就沒有用處。我們就是對試圖固守舊有壞特點的反對派不感興趣。我們寧願讓這些人到別的地方去。」

「在這種情況下，到別的地方去聽起來是很糟的建議。」丹尼斯說。

「噢，我的意思不是說我們要把他們扔回去給三尖樹。但他們人數不少，總得要有個地方去。所以一群人就這樣渡海去了海峽群島，開始清理那邊，用的就是我們清理懷特島的方法。差不多有一百人搬過去那裡，在那邊也做得很好。

「所以，現在我們有了個彼此都接受的制度。新來的人會跟我們一起生活六個月，然後會有一場委員會的聽證會。如果他們不喜歡我們的生活方式，就說出來；如果我們覺得他們不適合，也會說。要是適合，就留下；如果不行，我們就會看他們是要去海峽群島——還是想回英國本土，如果他們眞的怪到比較喜歡那裡的話。」

「聽起來有那麼點獨裁的味道——你們那個委員會是怎麼組成的？」丹尼斯想知道。

伊凡搖了搖頭。

「現在討論憲法問題說來就話長了。想了解我們，最好還是親自來看看。如果你喜歡我們，就會留下來——但就算你不喜歡，我想你也會發現，海峽群島幾年後可能會比這裡更好。」

晚上，伊凡離開這裡，消失在西南方之後，我走到花園角落我最喜歡的長凳上坐下。我望著山谷的另一邊，想起那裡那片排水良好、照料得也很不錯的牧場，現在已經在野化的路上了。沒人照管的田野上散佈著灌木叢、蘆葦和死水窪。大點的樹木正慢慢地淹沒在濕透的土壤裡。

我想起寇克，想起他說的、關於領袖、老師和醫生的事——想到爲了養活自己，我們需要在那幾畝土地上做的一切。想著如果我們被隔絕在這裡，會對我們每個人造成什麼樣的影響。想到那三個盲人，雖然年齡越來越大，卻依然覺得自己沒有用處，覺得沮喪。想到蘇珊，她本來應該有結婚生子的機會。想到大衛，還有瑪麗的小女兒，以及其他可能會有的孩子，一旦他們長得夠壯了，就要被迫成爲體力勞動者。另外還有約瑟拉和我，我們越老，工作就得越拚命，因爲我們需要養活的人越來越多，必須靠手工完成的工作也會越來越多……。

然後是耐心等著的三尖樹。圍欄後面的深綠色樹籬那裡，我就可以看到幾百棵。一定要研究出來——某種天敵，某種毒藥，某種能破壞平衡的東西，非找出對付他們的辦法不可；所以我必須從其他工作中脫身——而且要快。時間站在三尖樹那邊。它們只需要繼續等，等到我們把資源用完就行。一開始是燃料，接著是修補圍欄的鐵絲。而當鐵絲鏽蝕的時候，它們或它們的後代還在那裡等著……。

然而，舍爾寧已經是我們的家了。我嘆了一口氣。

草地上傳來輕輕的腳步聲。約瑟拉來了，她在我身邊坐下，我用一隻手臂環住她。

「他們怎麼想？」我問她。

「他們很難過，可憐啊。他們一定很難理解，它們明明看不見，怎麼會那樣等著他們，而且還能找到路包圍這裡，你看。你要是看不見，光想到要去一個完全陌生的地方都一定很可怕了。他們只知道我們告訴他們的事。我覺得他們並沒有完全理解在這裡繼續待下去有多麼不可能。如果不是爲了孩子，我相信他們會直接說不的。你知道，這地方是他們的，他們只剩下這裡了。他們對這件事感受很強烈。」她停了停，又說：「他們是這麼想的——不過，當然，這裡其實並不完全是他們的；這裡是我們所有人的，不是嗎？我們爲這兒付出了這麼多努力。」她把手放在我手上。「比爾，你爲我們做了這一切，還拚命維持下去。你覺得呢？我們是要再多待一年還是兩年？」

「不。」我說。「我努力，是因爲一切似乎只能靠我一個人。現在看起來——根本沒有意義。」

「噢，親愛的，別這麼說！俠士做的事怎麼會沒有意義呢。你爲我們所有人戰鬥，趕走了惡龍啊。」

「主要是對孩子們沒有意義。」我說。

「是——對孩子們來說。」她同意。

「你知道，我一直在想寇克說過的——第一代，靠勞力；下一代，野蠻人……我覺得，我們最好在這天來臨之前就承認失敗，現在就離開。」

她緊握著我的手。

「不是失敗，親愛的比爾，這只是——那句話怎麼說的？——戰略性撤退。我們退回去努力，爲能回來的那一天作計畫。我們總有一天會回來的。你要教我們怎麼消滅這些可惡的三尖樹，把我們的土地從它們手裡奪回來。」

「親愛的，你眞有信心啊。」

「爲什麼沒有？」

「嗯，至少我會跟它們戰鬥。但第一件要決定的事情是——我們什麼時候走？」

「你覺得，我們可以在這裡過完夏天再走嗎？對我們大家來說，這可能會像度假一樣——因爲不必爲過冬做準備。我們也該有個假期了。」

「我想可以。」我同意了。

我們就這麼坐著，看著山谷漸漸消失在暮色裡。約瑟拉說：

「眞奇怪，比爾。現在我可以走，我卻不怎麼想走了。有時候，這裡就跟監獄一樣——但現在離開它卻像是背叛。你看看我——我在這裡過得比以前任何時候都快樂，儘管發生了這麼多事情。」

「對我來說，親愛的，我以前簡直連活都沒有活過。但是還有更好的日子等著我們——我保證。」

「說起來很傻，不過我們要走的時候，我會哭的。我會哭得一塌糊塗。到時候你不要介意。」她說。

但是，當離去的時刻來臨時，我們根本忙得連哭都沒時間哭……。

第十七章　戰略性撤退

就像約瑟拉說的，不必那麼急。等到夏季降臨舍爾寧，我可以先勘查一下我們在島上的新家，還可以跑個幾趟，把我們收藏中最有用的物資和裝備先運過去。但木柴堆燒掉了。我們不需要太多燃料，只要能讓廚房用幾星期就好，於是第二天早上，蘇珊和我就出門去搬煤了。

半履帶車不適合運煤，所以我們開了一部四輪傳動的卡車。雖然最近的鐵路煤倉離我們只有十幾英里，但因爲有些路已經不通，其他道路狀況也不好，這趟路我們繞來繞去，花了將近一整天。雖然沒發生什麼大事故，但我們回家時天都快黑了。

我們拐進車道最後一個轉角，三尖樹在車道兩邊和往常一樣奮力猛鞭卡車，我們卻驚訝地盯著前方。大門後的院子裡停著一輛外型怪異的車。這景象讓我們大吃一驚，我們呆呆地坐著，好一會兒之後，蘇珊才戴上頭盔和手套，爬下卡車打開大門。

我把車開進去之後，兩個人一起過去看那部車。我們發現車底是金屬履帶，表示這是軍方的車。整體感覺介於警用巡邏車和商用露營車之間。蘇珊和我看了看車，又揚起眉毛對看一眼。然後便進屋去了解更多情況。

客廳裡除了我們自己人之外，還有四個穿著灰綠色滑雪裝的男人。其中兩個右邊髖部掛著手槍皮套，另外兩個把衝鋒槍立在椅子旁邊的地板上。

我們走進客廳，約瑟拉轉過身來，臉上一點表情也沒有。

「這是我先生。比爾，這位是托倫斯先生。他跟我們說他是什麼官員什麼的，要向我們提一些建議。」我從來沒聽過她用這麼冰冷的口氣說話。

我有大約一秒鐘沒說話。她指給我看的那個人並不認識我，我卻瞬間就想起了他。眼前那張臉的特徵，和那一路上看見的景象都牢牢地在我腦子裡。還有他那頭與眾不同的紅髮。我清清楚楚地記得，在漢普斯特德，那個高效率年輕人是怎麼讓我帶的那群人折回原路去的。我對他點了點頭，他看著我，說：

「梅森先生，據我所知，你是這裡的負責人對吧？」

「這裡是布倫特先生的產業。」我回答。

「我是說，這個團體是由你組織的？」

「以目前的情況來說，是的。」我說。

「很好。」他露出「這下總算有點進展了」的神氣。「我是東南部地區的指揮官。」他說。

他說得像是這句話應該已經向我傳遞了某種重大訊息似的。事實上沒有。我模糊以對。

「意思是。」他口氣更強調了點，「我是英國東南地區緊急委員會的首席執行官。而監督物資分發和人員派遣恰好是我負責的其中一項。」

「說眞的。」我說。「我從來沒聽過這個——呃——委員會。」

「也許吧。我們也不知道這裡有你們這群人存在，直到昨天看見你們放的火。」

我等他繼續說下去。

「當我們發現這樣一個群體的時候。」他說，「我的工作就是對它進行調查和評估，並且做出必要的調整。所以你可以認爲我是代表官方到這裡來的。」

「是代表一個官方的委員會——還是代表一個碰巧是自己選出來的委員會？」丹尼斯問。

「法律和秩序是必需的。」那人口氣生硬地說。然後他語氣一轉，說：

「梅森先生，你這地方不錯啊。」

「這裡是布倫特先生的。」我糾正他。

「我們先把布倫特先生放一邊。他會在這裡，只是因爲你讓他待在這裡這件事成爲可能而已。」

我看著對面的丹尼斯，他臉僵住了。

「不管怎樣，這是他的財產。」我說。

「它是，這我明白。但承認他所有權的社會狀態已經不存在了，所以，財產所有權也不再有效。再說，布倫特先生看不見，所以無論如何，我們都不能認爲他具備擁有所有權的法定資格。」

「但這裡確實是他的。」我又重複一次。

從我第一次見到這個年輕人開始，我就對這個人以及他殺伐決斷的做事方式感到厭惡。就算多講了幾句話，也沒辦法讓這種感覺稍減一點。他繼續說：

「這是生存問題。不能讓感情用事干擾必要的實際措施。然後呢，梅森太太跟我說，你們總共有八個人。五個大人，這個女孩，還有兩個小孩子。除了這三個之外都看得見。」他指了指丹尼斯、瑪麗和喬伊絲。

「是這樣沒錯。」我承認。

「嗯，你知道，這可是相當不成比例啊。恐怕這裡得做點調整才行。這種時候，我們必須現實一點。」

約瑟拉和我目光相接，我在她眼神裡看見了警告。但無論如何，當時我並沒有想到要爆發。我見識過那人的直接；對於自己面臨的狀況，我想多知道一點。他顯然也意識到了。

「我最好把情況告訴你。」他說。「簡單來說是這樣的。我們的區域總部在布萊頓。倫敦很快就不適合我們待了。但是在布萊頓，我們清出城鎮的一部分隔離出來，進行管理。布萊頓地方很大。等到瘟疫過去，我們可以去的地方多了，物資也就跟著多起來。之後我們一直派車隊到別的地方去找東西，但現在也停止了。路況對卡車來說太糟糕，得開很遠才行。當然就算這樣，也還是要做。我們原本以為可以在那裡多待幾年的——現在大家還在那裡。可能是我們一開始就收了太多人。反正，現在我們必須分家。要繼續活下去，唯一的方法就是不能只靠這塊土地。要做到這一點，我們必須分成更小的單位。每個單位的標準已經訂好了，一個明眼人配十個盲人，兒童不限。

「你這地方很好，完全有能力養活兩單位人。我們會分配十七個盲人給你，加上已經在這裡的三個，總共二十個——當然，他們可能有的孩子也包括在內。」

我訝異地盯著他。

「你說二十個人跟他們的孩子可以靠這塊土地活下去，你是認眞的嗎？」我說。

「嘿，這根本不可能。我們連它能不能養活我們幾個人都不確定。」

他自信地搖搖頭。

「完全有可能。我打算安排兩單位人進駐這裡，由你管轄。我說白了吧，要是你不肯接受，我們會安排另一個願意幹的人。我們現在可承受不了浪費時間。」

「但是，你看一眼就知道了。」我又說了一次。「這裡就是做不到啊。」

「我保證可以，梅森先生。當然，你得把心裡的標準降低一點——接下來幾年我們都得這樣，但等到孩子們大些，就有勞動人口可以讓你輕鬆一點了。我承認，意思是接下來的六七年，你都得一個人辛苦工作——這是沒有辦法的事。但是，從那時開始，你會慢慢變輕鬆，直到你只負責監督爲止。只是辛苦個幾年，這也算是相當不錯的回報吧？

「就你現在的情況，有什麼未來可言呢？除了拚命工作，工作到死之外，什麼都沒有——你所有的孩子也都會用同樣的方式工作，拚命維持生活，僅此而已。在這種體制下，未來的領導者和管理者要從哪裡產生？按照你的方式，再過二十年，你就會筋疲力竭，卻還是沒辦法放下重擔——而你的孩子都會變成莊稼漢。如果按照我們的方式，你會擁有一支爲你工作的部族，你將成爲這個部族的首領，而且還擁有一筆遺產，可以傳給你的子孫。」

我開始有點懂了。我詫異地說：

「我是不是可以理解成，你打算給我一塊——類似封建領地？」

「啊。」他說。「我看你總算開始明白了。當然，對於我們現在這種不得不面對的狀況，這是一種顯而易見、而且也十分自然的社會和經濟形式。」

毫無疑問，這人提出的是個非常認眞的計畫。因爲不想評論，我又重複了一遍：

「但這裡養活不了那麼多人。」

「接下來幾年，你鐵定得用擣碎的三尖樹當主食餵飽他們——這種原料看起來是不會短缺的。」

「那是牛吃的東西！」我說。

「但是我聽說，那東西富有各種重要維生素。而乞丐——尤其是看不見的乞丐——沒有挑三揀四的餘地。」

「你是認眞建議我把這些人都接過來，然後給他們吃牛飼料？」

「聽我說，梅森先生。如果沒有我們，那些瞎子一個都活不成，他們的孩子也是。我們讓他們做什麼他們就得做什麼，給他們什麼他們就得接受什麼，不管得到什麼都要心存感激。如果他們要拒絕我們給的東西，那是他們自尋死路。」

我覺得現在說出對他的想法有什麼感覺並不明智，所以我從另一個角度下手：

「我不太懂——可以告訴我，你和你的委員會在這當中站在哪個位置嗎？」

「最高權力和立法權屬於委員會。委員會負責統治，也控制武裝部隊。」

「武裝部隊！」我呆呆地重複了一次。

「當然。必要的時候，我們會從你所謂的領地徵兵增加軍力。而在有外來襲擊或內部動亂的情況下，你也有權要求委員會出兵平定，作爲回報。」

我開始有點喘不過氣了。

「軍隊！這根本是一支武裝機動警察小隊——？」

「梅森先生，我看你還沒有完全搞清楚情況。你知道，我們遭遇的苦難並不只出現在這些島嶼上。全世界都是。到處都是一樣的混亂——絕對是的，不然我們現在應該已經聽見不同的情況了——每個國家都可能有少數倖存者。現在，按照常理說，第一個重新站起來讓自己重新恢復秩序的國家，就是有機會給其他地方帶來秩序的國家，對吧？你覺得我們應該讓其他國家來做這件事，讓它成爲歐洲甚至更遠地區的新主導力量嗎？顯然不應該吧。這點很清楚，我們的國家責任就是讓我們自己盡快站起來，取得主導地位，那我們就可以防止危險的反對派組織起來對抗我們。所以，我們越早徵召一支足以阻止任何可能侵略者的軍隊，就越好。」

屋裡沉默了好一陣。然後丹尼斯不自然地笑出聲來：

「全知全能的上帝啊！我們已經經歷了這一切——現在這個人還準備挑起戰爭？」

托倫斯簡短地說：

「我好像沒表達清楚。『戰爭』這個字眼誇張得沒道理。這只是個平定已經回歸原始、缺乏法治的部落，和管理他們的問題。」

「當然，除非他們碰巧也想到了同樣慈善的好主意。」丹尼斯說。

我注意到約瑟拉和蘇珊都用力看著我。約瑟拉指指蘇珊，我明白了原因。

「讓我把事情理清楚。」我說。「你希望我們三個明眼人，對這裡的二十個盲人和數目不詳的孩子負全部責任。在我看來——」

「盲人不是完全沒有能力。他們可以做很多事，像是照顧自己的孩子，幫忙準備自己的食物之類。要是安排得當，很多事情可以簡化到監督和指導就好。但這只需要你們兩位，梅森先生——你和你太太，而不是三個人。」

我看著身穿藍色工作服、頭髮繫著紅緞帶，坐得直挺挺的蘇珊。她看看我，又看看約瑟拉，眼神流露出焦急的懇求。

「三個人。」我說。

「很抱歉，梅森先生。十個人一單位。這個女孩可以到總部來。我們可以在那裡幫她找個有用的工作，直到她大到能自己負責一單位人爲止。」

「蘇珊就像我太太和我的親生女兒。」我簡短地告訴他。

「我再說一次，我很抱歉。但規定就是規定。」

我注視著他，他也定定地回望我。最後我說：

「如果不得不這樣，我們當然需要得到關於她的保證和承諾。」

我感覺自己幾度呼吸急促。托倫斯的態度稍微軟化了一點。

「我們會給你所有實際可行的保證，這是當然。」他說。

我點點頭。「我需要點時間好好考慮這些事。這一切對我來說前所未有，而且也太讓我吃驚了。我馬上就想到一些問題。這裡的設備一直在磨損，現在也很再難找到沒壞的。我看得出來，不久之後我就需要又好又壯的工作用馬匹了。」

「要馬很難。目前庫存很少。你可能有段時間必須要用人力。」

「另外。」我說，「還有住宿問題。外屋太小了，沒辦法滿足我們目前的需求——我一個人連搭組合屋都做不到。」

「我想我們可以為你提供一點幫助。」

我們繼續討論細節討論了二十幾分鐘，終於讓他露出了一點親切的樣子，然後我藉著讓他實地參觀的名義，讓氣呼呼的蘇珊當嚮導，打發他走了。

「比爾，你到底——？」那群人身後的門才剛關上，約瑟拉就開口了。

我把我認識托倫斯的經過，還有他用及早槍決處理問題的做事方式告訴了她。

「我一點都不意外。」丹尼斯說。「但是，你知道嗎，現在我最驚訝的是，我突然對三尖樹產生了好感。如果不是因爲它們，我想現在這種事會多得多。如果它們是阻止農奴制回歸的唯一因素，那我祝它們好運。」

「整件事根本荒謬。」我說。「完全不可能。我和約瑟拉怎麼能在照顧這麼多人的同時，還能把三尖樹擋在外頭呢？但是——」我繼續說，「四個荷槍實彈的人提出的建議，我們實在很難直接說『不』。」

「所以你並不是——？」

「親愛的。」我說，「你還眞以爲我會變成一個領主，用鞭子趕著我的農奴和佃農爲我拉車嗎？——就算三尖樹踩過我屍體了我也不會這麼做好嗎？」

「可是你說——」

「聽著。」我說。「天已經黑了，他們現在要離開已經太晚。所以他們必須在這裡過夜。我想明天他們會把蘇珊帶走——你知道，對於我們接下來的行動，她會成爲一個很好的人質。他們可能會留下一兩個人監視我們。我想我們沒辦法接受這種事的，對吧？」

「是不行，但是——」

「嗯，我希望目前我已經讓他相信我打算改變主意。今晚我們要有一場能讓人認爲我們已經達成共識的晚餐。要豐盛一點。每個人都要放開吃，也要給孩子們一大堆食物，把我們最好的酒拿出來。確保托倫斯和他手下盡可能多喝，但我們其他人要非常克制。晚餐快結束的時候，我會消失一會兒。你讓派對繼續進行掩護我，給他們放點吵鬧的唱片什麼的，大家一起歡呼一下。另外還有一件事——誰都不能提起邁克．比德利和他們那群人。托倫斯肯定知道懷特島的計畫，但他以爲我們不知道。現在我需要一袋糖。」

「糖？」約瑟拉呆呆地說。

「沒有嗎？嗯，那就來一大罐蜂蜜吧。我想應該也行。」

晚餐每個人都表演得很出色。一群人不僅關係融冰，甚至還開始升溫了。比較正統的酒喝完，約瑟拉又拿出她自釀的蜂蜜烈酒補上，效果很好。我悄悄離席的時候，客人們都處於輕鬆愉快的放鬆狀態。

我抓起之前就準備好的一捆毯子、衣服和一包食物，匆匆穿過院子，來到我們停半履帶車的小屋。我從我們裝汽油的油罐車抽出一根管子，把半履帶車的油箱加滿，然後把注意力轉向托倫斯那部怪車。在手動式手電筒的幫助之下，我設法找到了加油蓋，然後往油箱裡倒了至少一夸脫蜂蜜。那一大罐蜂蜜剩下的部分，就倒進了油罐車。

我可以聽見那群人在唱歌，看來一切順利。我又往半履帶車裡塞了些防三尖樹的裝備和其他雜七雜八的東西，然後才回去加入他們。聚會最後在一種圓滿的氣氛中結束，就算再細心的旁觀者也會以爲這種氣氛友好得近乎依依不捨。

我們給了他們兩小時時間，等他們睡熟。

月亮升起來了，院子裡一片銀白。我忘記給小屋的門上油了，門只要嘎吱一響，我就咒罵一聲。其他人排成一排朝我走來。布倫特夫妻和喬伊絲對這裡已經很熟悉了，不需要人帶。約瑟拉和蘇珊抱著小孩跟在他們後面。大衛睏了在鬧，聲音大了點，但很快就被約瑟拉摀住了嘴。她走到前座，手裡依然抱著他。我看著其他人進了後座關上門，然後我才爬上駕駛座，吻了約瑟拉，深深吸了一口氣。

院子那頭，三尖樹聚集的地方離大門更近了，要是幾小時沒人打擾，它們總是會這樣。

謝天謝地，半履帶車的引擎一下就發動了。我猛一下打到低速檔，一個急轉避開托倫斯的車，直接衝向大門。厚重的擋泥板砰一聲撞壞大門，我們的車掛著鐵絲網和斷木頭往前狂奔，像戴著花圈似的，一口氣撞倒了十幾棵三尖樹，沒被撞到的三尖樹在我們經過的時候朝我們猛烈揮鞭。然後我們開上了大路。

爬坡途中的一個彎道，可以讓我們往下看見舍爾寧，我們停了車，關掉引擎。有幾扇窗戶後面的燈還亮著，我們看著那兒的時候，那部怪車的燈突然亮起來，照亮了整座房子。點火器開始發出摩擦聲。引擎啓動時，儘管我知道我們的速度是那個笨重傢伙的好幾倍，心裡還是一陣不安。那部車開始猛力轉彎，向大門衝，彎還沒轉完，引擎就劈哩啪啦地停了。點火器又開始響，煩躁地不斷吼叫著，但引擎毫無反應。

三尖樹已經發現大門垮了。在月光和車燈照耀下，我們可以看見它們高大修長的身影已經笨拙地搖晃著走進院子，其他三尖樹也沿著小徑邊跟在它們後面蹣跚前進……。

我望著約瑟拉。她並沒有哭得一塌糊塗：她根本就沒有哭。她看看我，又看看睡在她懷裡的大衛。

「我已經擁有我眞正需要的一切了。」她說，「至於其他，總有一天你會帶我們回去的，比爾。」

「妻子信任丈夫是非常好的個性，親愛的，但是——不，該死，沒有但是——我一定要把你帶回來。」我說。

我下車清理半履帶車前方的殘破碎片，擦掉擋風玻璃上的毒液，好讓自己開車翻越山頂往西南方去的時候看得清楚。

從這裡開始，我個人的故事和其他人的故事有了聯繫。你可以在伊麗莎白．凱利那本傑出的殖民地歷史中看到。

如今我們的希望都集中在這裡。托倫斯的新封建計畫似乎不太可能有什麼結果，儘管依然有他的領地存在，我們聽說，他們的居民在圍欄後面過著骯髒悲慘的生活。但領地的數量已經沒有以前多了。每隔一段時間，伊凡就會報告說，又有一處領地被攻陷，包圍它們的三尖樹已經散了，加入了其他的圍城戰。

所以，我們必須把未來的任務當成只有我們要面對的任務。現在我們認爲自己已經看見了方向，但還有很多工作和研究要做，然後我們，或者我們的孩子或他們的孩子，會穿越窄窄的海峽發動一場偉大的十字軍東征，擊退三尖樹，來回掃蕩，直到把最後一株三尖樹從他們奪走的土地上徹底消滅爲止。

國家圖書館出版品預行編目(CIP)資料

三尖樹時代 / 約翰・溫德姆著 ; 王聖棻、魏婉琪譯. -- 初版. --
臺中市 : 好讀出版有限公司, 2024.04

面 ;　公分. -- (典藏經典 ; 154)

譯自 : The Day of the Triffids

ISBN 978-986-178-711-4（平裝）

873.57　　　　113002747

好讀出版

典藏經典 154

三尖樹時代

原　　著／約翰・溫德姆
譯　　者／王聖棻、魏婉琪
總 編 輯／鄧茵茵
文字編輯／莊銘桓
封面設計／鄭年亨
發行所／好讀出版有限公司
台中市407西屯區工業30路1號
台中市407西屯區大有街13號（編輯部）
TEL:04-23157795 FAX:04-23144188 http://howdo.morningstar.com.tw
（如對本書編輯或內容有意見 請來電或上網告訴我們）
法律顧問　陳思成律師

填寫讀者回函
獲購書優惠卷

讀者服務專線／TEL：02-23672044 / 04-23595819#212
讀者傳眞專線／FAX：02-23635741 / 04-23595493
讀者專用信箱／E-mail：service@morningstar.com.tw
網路書店／http : //www.morningstar.com.tw
郵政劃撥／15060393（知己圖書股份有限公司）
印刷／上好印刷股份有限公司
如有破損或裝訂錯誤 請寄回知己圖書更換

初版／西元2024年4月1日
定價：400元

Published by How Do Publishing Co. ,LTD.
2024 Printed in Taiwan

ISBN 978-986-178-711-4